ars vivendi
Krimi

VEIT BRONNENMEYER

STADTGRENZE

Albach und Müller: der dritte Fall

Kriminalroman

ars vivendi

Originalausgabe

1. Auflage März 2009

2. Auflage Dezember 2009

www.arsvivendi.com

Lektorat: Dr. Hanna Stegbauer

Umschlaggestaltung: Anna Ponton

Druck: Fuldaer Verlagsanstalt, Fulda

Printed in Germany

ISBN 978-3-89716-929-6

Für meine Großmutter Anni Frank

Inhalt

1. Zuständigkeiten I

»Die g'hört fei euch!«, schmähte der Kollege, auf die Leiche deutend.

»So? Und wer sagt das?« Renans Ton verriet Angriffslust.

»Kommissar Nothaft, Kriminalinspektion Fürth!«

»Müller, K11 Nürnberg« – Renan blickte sich auf der gesperrten A73 um – »und ich glaube nicht, dass wir hier auf Nürnberger Gebiet sind.«

»Auf Fürther jedenfalls auch nicht.« Nothafts Züge hatten etwas Dachsartiges. »Der Frankenschnellweg ist hier die Stadtgrenze, und das da ist die Fahrspur Richtung Bamberg, und die liegt näher an Nürnberg.«

»Muss ich erst das Stadtvermessungsamt anrufen oder was?« Renan hielt drohend ihr Handy hoch.

»Das kannst du machen, wie du willst«, der Dachs zuckte mit den Schultern, »wir nehmen die jedenfalls nicht mit!«

»Abwarten«, knurrte Renan und setzte sich in ihren Dienstwagen. Es war bereits zehn Uhr nachts. Natürlich konnte man um diese Uhrzeit niemanden vom Vermessungsamt erreichen. Im Handschuhfach fand sie einen Stadtplan. Sie schlug ihn auf und folgte dem Verlauf der Stadtgrenze mit dem Finger. Die beiden Städte gingen an den meisten Stellen nahtlos ineinander über. Meist wurde die Grenze durch Straßen markiert, im Süden auch ein Stück weit durch den Kanal. Im Norden verlief sie gezackt an Feldwegen entlang. Nur hier, zwischen der Fürther Straße und der Herderstraße, fiel sie auf knapp einem Kilometer mit der A73 zusammen, dem Frankenschnellweg. Renan blickte über ihre Schulter hinauf zu der Fußgängerbrücke, von der die Frau offensichtlich gekommen war. Dem Plan konnte sie entnehmen, dass es sich dabei um den »Mainausteg« handelte. Renan atmete tief durch und ließ die nächtliche Kulisse ein paar Minuten auf sich wirken. Auf der Gegenfahrbahn donnerte der Verkehr vorbei, doch sie empfand fast so etwas wie Ruhe. Die Fahrspur Richtung Norden war kurz nach dem Vorfall total gesperrt worden. Der Widerschein von acht Blaulichtern zuckte auf den Brückenpfeilern und Böschungen am Straßenrand. Renan fühlte sich mit der Situation ein klein wenig überfordert und rang sich schließlich dazu durch, ihren Kollegen Alfred anzurufen. Sollte der alte Kripo-Hase doch mal vorturnen, wie mit so einer Situation umzugehen war. Sie zückte ihr Handy. Alfred leistete keinen großen Widerstand, im Gegenteil, die Tote auf der Stadtgrenze schien ihn richtiggehend anzuspornen. Sie schaltete das Radio ein. Es war Bayern 5 eingestellt. Soeben wurde vermeldet, dass die Arbeitslosenzahl im September weiter gesunken sei.

»Entschuldigung, Frau Kommissarin«, meldete sich ein Kollege von der Verkehrspolizei, »aber können wir die Leiche nicht langsam wegschaffen? Wir möchten die Totalsperrung gern irgendwann wieder aufheben.«

»Das muss jetzt warten!« Renan schlug die Fahrertür zu.

Auf der gesperrten Autobahn standen sich eine Nürnberger und eine Fürther Streifenwagenbesatzung, zwei Löschzüge der Nürnberger Feuerwehr und drei Rettungswagen aus Fürth gegenüber. Die Kollegen von der Spurensicherung waren auch schon vor einer halben Stunde eingetroffen, wollten aber nicht so richtig anfangen, bevor die Kriminalbeamten sich nicht einig waren, wem der Fall und damit die Leiche nun gehörte. Zu tun gab es für die verschiedenen Professionen genug. Die tote Frau war vom Mainausteg aus auf die Autobahn gestürzt oder gestoßen worden. Das nächste heranrasende Fahrzeug bremste scharf, überfuhr sie aber noch mit etwa 60 Stundenkilometern. Der Wagen war daraufhin nach links gegen die Leitplanke geschleudert und hatte eine Karambolage von vier weiteren Fahrzeugen verursacht, darunter ein Tanklastzug, der aber zum Glück leer unterwegs war. Im ersten Fahrzeug, einem schwarzen Passat, saß ein Kugellagervertreter aus Schweinfurt, der sich auf der späten Heimreise befand. Der Mann war nur leicht verletzt, stand aber unter Schock und wurde bereits von einer Psychologin betreut. In den drei anderen Autos gab es auch nur leichte Prellungen und Schürfwunden. Das eine oder andere Schleudertrauma würde aber sicher noch hinzukommen. Der Blechschaden war beträchtlich. Alles in allem konnte man froh sein, dass der Vorfall sich so spät ereignet hatte. Wäre er statt um neun um sechs oder sieben passiert, hätten sie sicher mehr als nur eine Tote zu beklagen. Renan war sich der Absurdität der Situation durchaus bewusst. Sie war Kommissarin bei der Mordkommission und da draußen lag eine tote Frau, die offensichtlich unter Fremdeinwirkung von einer Brücke auf die A73 gestürzt war. Sie müsste sich eigentlich mit Feuereifer an die Arbeit machen, aber Renan war auch schon etliche Jahre Polizistin und kannte die ungeschriebenen Regeln ihres Berufsstandes genau. Man ließ sich nicht ohne Widerstand so einfach Mehrarbeit aufhalsen. Es musste immer zuerst die Frage nach der Zuständigkeit gestellt werden. Renan stimmte nicht mit allen traditionellen Gepflogenheiten bei der Polizei überein, aber diese hatte sie doch verinnerlicht. Sie traute sich aber auch nicht, den Tatort einfach so zu verlassen. Ebenso wie der Fürther Dachs, der rauchend an der Leitplanke lehnte und mit einem der Fürther Verkehrspolizisten sprach. Das Risiko, sich quasi unerlaubt vom Unfallort zu entfernen, wollte keiner eingehen. Daher belauerten sie sich gegenseitig, wer als erster die Nerven verlieren würde. Derweil versorgten die Sanis die leichten Blessuren der anderen Unfallbeteiligten, und zwei Nürnberger Verkehrspolizisten deuteten den potentiellen Gaffern auf der Gegenspur mit deutlichen Gesten an, dass sie weiterfahren sollten. Der Notarzt war einer der ersten am Unfallort gewesen. Er konnte nur noch den Tod der Frau feststellen. Auch er wusste nicht so recht, wie mit der Patt-Situation umzugehen war. Er stand neben seinem Notarztwagen und hob immer wieder hilflos die Arme.

Schließlich traf Alfred mit seinem roten Alfa ein. Er war für seine Verhältnisse mit einer Jeans, einem Poloshirt und einer hellgrauen Schimanski-Jacke eher leger gekleidet. Er quälte sich etwas mühsam vom Fahrersitz hoch, grüßte zwei der Streifenpolizisten mit Handschlag und versprühte mit seinem angegrauten Haupthaar sofort eine seniore Souveränität, um die ihn Renan immer noch manchmal heimlich beneidete. Da Renan den Fürther Dachs auf höchstens 45 schätzte, war Alfred wahrscheinlich der ranghöchste, auf jeden Fall aber der dienstälteste Beamte vor Ort. Renan war nun gespannt, wie er die Situation lösen würde. Sie versammelten sich um die Leiche, über die bereits ein weißes Laken gedeckt war, das sich an mehreren Stellen rot färbte.

»Also, was haben wir hier?«, fragte Alfred.

»Tote Frau«, erklärte der Dachs, »ist von da gekommen.« Er deutete schräg nach oben in Richtung des Mainaustegs.

»Da fällt man nicht so einfach runter«, stellte Alfred fest.

»Nicht wirklich«, stimmte Renan zu.

»Sie war wohl gerade beim Joggen.« Alfred hatte sich Latexhandschuhe übergezogen und das Laken zurückgeschlagen. Die Frau trug handelsübliche Laufkleidung, nun größtenteils zerfetzt. Eine knöchellange, eng anliegende Hose, ein atmungsaktives Shirt. In den Oberkörper und die Unterschenkel hatten die Autoreifen brutale Gräben gezogen. Die Augen waren geöffnet und blutunterlaufen, das Gesicht ebenfalls mit Blut und Straßendreck verkrustet. Der linke Arm war unnatürlich verdreht, die Finger der Hand sichtbar gebrochen. Die Haut war großflächig aufgeschürft, lediglich die Laufschuhe von Reebok waren unversehrt geblieben. Sie schien etwa Mitte dreißig gewesen zu sein.

»Das hat sie um den Hals getragen.« Der Notarzt hatte sich zu ihnen gesellt und hielt einen MP3-Player hoch. Als Renan und der Dachs zögerten, das Fundstück anzunehmen, griff Alfred zu und steckte das Gerät in ein durchsichtiges Plastiktütchen.

»Also Mord oder Selbstmord«, schloss er. »Irgendwelche Auffälligkeiten, Doktor?«

»Nichts Ersichtliches«, sagte der Notarzt. »Hören Sie, die Leiche muss schleunigst in die Rechtsmedizin. Ich bin hier jedenfalls fertig!« Er entfernte sich in Richtung seines Wagens.

»Mord oder Selbstmord ist die eine Frage«, sagte Renan, »die andere wäre: Nürnberg oder Fürth.«

»Hm«, Alfred musterte den Fürther Kollegen, der schweigsam rauchend neben ihm stand, »haben Sie vielleicht Feuer?«

»Wie meinen?«

»Feuer«, wiederholte Alfred lächelnd. »Auch in Nürnberg gibt es noch Raucher.« Der Dachs zog ein Feuerzeug aus der Tasche und gab es Alfred, der sich eine Selbstgedrehte anzündete.

»Danke«, nahm Alfred das Gespräch wieder auf. »Also, ich würde vorschlagen, dass die Sanis die Tote erst mal zur Gerichtsmedizin fahren. Die ist in Erlangen, womit wir zunächst nichts falsch machen können.«

»Meinetwegen«, erwiderte Nothaft.

»Und dann ...«, Alfred nahm einen tiefen Zug, »der Frankenschnellweg ist auf dieser Höhe die Stadtgrenze, nicht wahr?«

»Eine ziemlich breite«, sagte Nothaft, »und weil die östliche Fahrbahn näher an Nürnberg liegt und die westliche näher an Fürth, gehört die da euch!« Er deutete mit der Zigarette auf die Leiche.

»So einfach ist das nicht«, erklärte Alfred. »Das ist eine Bundesautobahn, die gehört weder zu Nürnberg noch zu Fürth.«

»Aha«, antwortete der Dachs abfällig, »sollen wir dann den Bundesgrenzschutz holen?«

»Das würde wahrscheinlich nichts bringen« – Alfred kratzte sich am Kinn – »es gibt aber kommunale Gepflogenheiten in solchen Fällen ...«

»So?« Nothaft wurde misstrauisch. »Welche denn?«

»Im Zweifelsfall entscheidet der Wohnort des Opfers.«

»Das ist mir neu!«

»Dann sind Sie noch nicht lange genug dabei«, lächelte Alfred. »1978 wurde so verfahren, bei einer Wasserleiche in der Pegnitz, und 1985 bei einem Prostituiertenmord in der Höfener Straße.«

»Na gut.« Nothaft machte ein gleichgültiges Gesicht. »Das bringt uns jetzt bloß nichts, weil wir die Identität noch nicht feststellen konnten.«

»Keine Papiere?«, fragte Alfred an Renan gewandt.

»Gehst du mit deinem Personalausweis joggen?«, fragte sie kopfschüttelnd.

»Schlüssel oder ähnliches?«

»Haben wir bis jetzt noch keine gefunden, wobei auch noch niemand so richtig gesucht hat.« Renan rammte die Fäuste in die Hosentaschen.

»Tja«, Alfred hob die Schultern, »dann müssen beide Seiten sich auf eine Ermittlung vorbereiten, würde ich sagen. Bis wir wissen, wo die Frau gewohnt hat.«

»Von mir aus«, seufzte Nothaft, seine Kippe austretend.

»Ist unsere Spurensicherung soweit fertig?«, fragte Alfred.

»Soviel gibt's da ja nicht. Das dauert höchstens noch zehn Minuten«, sagte Renan. »Fotografiert haben wir reichlich. Das Auto, das sie erwischt hat, bleibt sowieso hier, und die anderen bringen uns ja nichts.«

»Die Brücke?« Alfred deutete in Richtung des Mainaustegs.

»Ich schicke Pit gleich hoch«, sagte Renan.

»Gibt es womöglich Zeugenaussagen, ob sich eine Person oder zwei da oben befunden haben?«, hakte er noch mal nach.

»Von den Fahrern, die in die Karambolage verwickelt waren, hat keiner etwas gesehen.« Renan ging wieder zurück in Richtung Dienstwagen. »Außerdem war es ja schon dunkel. Und derjenige, der sie erwischt hat, ist gerade nicht vernehmungsfähig.«

»Kriegt da jemand Manschetten?«, fragte Alfred scheinheilig, während Nothaft leicht panisch seinen Fürther Kollegen eine Kamera in die Hand drückte.

»Von diesem Wohnortprinzip habe ich noch nie was gehört«, raunte Renan ihm ins Ohr.

»Ich auch nicht«, erwiderte Alfred und ging in Richtung seines Alfas.

»Also, wenn ich mich umbringen wollte, würde ich nicht noch vorher joggen gehen.« Renan wühlte in einer ihrer Schreibtischschubladen.

»Ich würde auch nie einen Faschingsprinzen geben ...« Alfred setzte sich und begann, Zigaretten zu drehen. »... aber selbst bei uns finden sich immer wieder Typen, die scharf drauf sind.«

»Ja, ja! Ich soll nicht immer von mir auf andere schließen, ich weiß.« Sie wühlte weiter.

»Ich tippe auf eine Lehrerin.« Alfred lehnte sich mit der halbfertigen Kippe zurück und leckte das Papier ab.

»Nee, nee, mein Lieber«, sie sah kurz von ihrer Suchaktion auf«, das war eine höhere Einkommensklasse.«

»Wie kommst du denn darauf?«

»Die Klamotten waren nicht vom Aldi und die Schuhe waren auch extrem teuer, und dann die Ohrringe, die Fingernägel ...«

»Auf was ihr Frauen immer achtet ...«

Renan atmete laut und tief ein.

»Das war bewundernd gemeint«, beeilte er sich zu versichern, »mir sind diese Details nämlich nicht aufgefallen.«

»Soso«, brummte sie.

»Also dann eben eine Dozentin von der Uni, da gibt's doch jetzt diese Junior-Professoren«, nahm Alfred die Spekulationen wieder auf.

»Also, ich würde eher auf eine Business-Frau tippen«, Renan begann wieder zu kramen, »mittleres Management oder so. Siemens, Datev, was weiß ich.«

»Dann wird sie ja hoffentlich schnellstens vermisst«, seufzte er. »Irgendwie tut's mir immer leid, wenn Tote keine Namen haben.«

»Wird da jemand sentimental?«

»Ich gestehe, dass mir das um diese Zeit etwas schwer fällt.« Er führte die Zigarette zum Mund.

»Untersteh dich, jetzt hier zu rauchen!«

»Einen Versuch war's wert.« Er zuckte mit den Schultern und steckte die Kippe in sein Etui. »Was suchst du denn?«

»Na, das Übertragungskabel von der Digitalkamera.« Renan schlug die Schublade zu und öffnete eine andere.

»Hm, hm.« Alfred räusperte sich demonstrativ.

»Was denn?« Ihr Ton wurde wieder ungnädig.

»Wenn ich deine Aufmerksamkeit mal auf dein Bermuda-Dreieck lenken dürfte.« Er zeigte mit einem Lineal in die Mitte ihrer Schreibtischplatte.

»Wie? ... oh«, sie zog das Kabel unter einer alten Zeitung hervor, »sag' jetzt bloß nichts!«

»Würde mir nie einfallen.« Alfred bemühte sich um eine ausdruckslose Miene und öffnete eine Flasche Wasser.

»Warum bist du eigentlich erst zum Präsidium gefahren und hast einen Dienstwagen geholt?«, fragte er schließlich. Renan besaß kein eigenes Auto, weil ihr die dauernde Parkplatzsuche und das Verhalten der anderen Verkehrsteilnehmer tierisch auf die Nerven gingen. Sie fuhr die meiste Zeit mit dem Fahrrad. Wenn sie dazu zu faul war, musste Alfred sie abholen. Der hasste Dienstfahrzeuge, weil sie meist kein Radio mit CD-Player besaßen und außerdem nicht Alfreds Vorstellung von automobilem Stil entsprachen. Daher fuhr er die meiste Zeit mit seinem privaten Alfa herum. Würde ziemlichen Ärger geben, wenn er beispielsweise einen selbstverschuldeten Schaden erlitte, aber bis dato war nichts dergleichen passiert.

»Ich hatte mir heute Abend einen ausgeliehen, weil ich Getränke besorgen musste«, erklärte sie beiläufig, »von daher dachte ich, ich fang mal alleine an. Zumal du abends um halb zehn doch mindestens schon drei Bier drin hast.«

»Dienstfahrzeuge für private Zwecke, ts ts ts!« Er schnalzte mit der Zunge. »Das ist aber nicht statthaft.«

»Alfred!« Ihr Blick wurde finster.

»Schon gut«, er hob abwehrend die Hände, »nur eine Randbemerkung. Schwamm drüber.«

»Ich dachte, die Oberlehrer-Phase hätten wir jetzt langsam überwunden!«

»Welche Oberlehrer-Phase?« Alfred tat ahnungslos. »Aber zurück zu unserem Fall ...«

»Wenn es überhaupt unserer ist!«

»Ich würde mal damit rechnen. Insgeheim denke ich, dass der Fürther Kollege recht hatte mit seiner Interpretation der Zuständigkeit.«

»Dann hast du ja wenigstens noch eine Fifty-fifty Chance herausgeholt!« Sie nickte anerkennend.

»Momentan ist es gar nicht so übel, dass wir nicht mehr über sie wissen«, fuhr Alfred fort, »sonst müssten wir jetzt noch Angehörige verständigen und womöglich noch Spuren und Beweise sichern, erste Aussagen aufnehmen, Telefonlisten anfordern ... es ist ja schon nach elf!«

»Ja, ich überspiele auch nur noch schnell die Bilder, dann mache ich Schluss für heute.« Renan unterdrückte ein Gähnen. »Und was machen wir morgen? Die Vermisstenanzeigen checken?«

»Wird noch zu früh sein«, sagte Alfred, »aber klar müssen wir das machen.«

»Die Rechtsmedizin wird sie wahrscheinlich auch nicht vorrangig behandeln, oder?«

»Wahrscheinlich nicht.« Er rieb sich die Augen. »Ich glaube ja auch nicht, dass die Frau da aus freien Stücken runtergesprungen ist. Aber solange wir ihre Identität und damit die näheren Lebensumstände nicht kennen, sollten wir keine vorschnellen Schlüsse ziehen.«

»Du meinst, es könnte noch irgendwo ein Abschiedsbrief auftauchen?«

»Es passieren ja manchmal die seltsamsten Dinge.« Er hantierte wieder mit der Wasserflasche. »Aber warte mal, wir haben ja noch dieses Ding hier« – er zog den MP3-Player hervor – »hm, ich habe jetzt keine Handschuhe da.«

»Gib mal her!« Sie riss ihm die Tüte aus der Hand und zog blitzschnell ein paar Latex-Handschuhe aus dem Bermuda-Dreieck. Mit spitzen Fingern holte sie das Gerät heraus, steckte einen der Stöpsel ins Ohr und fing an zu tippen.

»Aaah«, schrie sie plötzlich und ließ den Player fallen.

»Was ist?« Alfred fuhr hoch. »Eine Morddrohung?«

»Nein, schlimmer«, sie rupfte panisch den Stöpsel aus dem Ohr, »Ozzy Osbourne!«

»Herr Künzel, da wären eine Dame und ein Herr von der Kriminalpolizei«, die blonde Sekretärin mit der Model-Figur steckte ihren Kopf in das Chefbüro, »wegen der Frau Fritsche.« Bei der Nennung des Namens senkte sie die Stimme.

»Ich lasse bitten«, tönte es dialektfrei von innen.

Renan und Alfred betraten ein etwa 30 Quadratmeter großes Büro. Es gehörte zur Firma Syst-Ix, deren Hauptsitz sich im neuen Gewerbegebiet »Nordostpark« befand. Das Gebäude war ebenfalls ziemlich neu, funktional mit relativ viel Glas und auch ein wenig Holz daran. Über dem Eingang prangte eine stilisierte Computer-Maus, die einen gallischen Helm mit Flügeln trug – das Logo der Firma. Im Büro von Herrn Künzel war ein weicher dunkelroter Teppich verlegt. Die Büromöbel, allesamt aus massivem Buchenholz, verliehen der Business-Atmosphäre einen leichten Öko-Touch. Wie seinem Türschild zu entnehmen war, war Herr Künzel der CEO, Chief Executive Officer, der Firma. Alfred vermutete, dass das so viel wie Ober-Boss bedeutete. Künzel mochte etwa Anfang vierzig sein. Er trug einen eleganten anthrazitfarbenen Anzug und eine hellgrüne Krawatte. Er machte ein wichtiges Gesicht und bot seinen Besuchern je einen Stuhl vor seinem Schreibtisch an. Gleichzeitig blickte er auf die Uhr.

»Bitte machen Sie es kurz, meine Herrschaften«, sagte er. »Mein Terminplan ist in Einheiten von fünf Minuten getaktet und jede Einheit kostet mehr, als Sie an einem Tag verdienen, schätze ich!« Er ließ den Blick zwischen Renan und Alfred pendeln, wobei er ihre Kleidung einer Kostenschätzung zu unterziehen schien.

»Herr Künzel«, begann Alfred das Gespräch nach einem kurzen Begrüßungsritual, »Sie haben heute Mittag eine Frau …«, er blätterte in seinem Block, »Claudia Fritsche als vermisst gemeldet?«

»Ja, Frau Koch sollte das machen«, Künzel wirkte nun leicht unkonzentriert unter der perfekt gestylten, arroganten Business-Oberfläche, »aber bei der Polizei wollten sie eine Vermisstenanzeige erst nach 24 Stunden aufnehmen …«

»39 Jahre, blond, etwa einssiebzig groß, schlank, grüne Augen«, zählte Renan die gemeldeten Merkmale der Frau auf.

»Ja, sicher«, Künzel atmete tief durch, »könnten Sie mir jetzt bitte sagen, was los ist? Ist Claudia etwas zugestoßen?«

»Ist das Frau Fritsche?« Alfred legte ein Foto der Toten auf den Schreibtisch.

»Das ist …«, Künzels Augen wurden groß, »ist das Blut?«

»Ist sie es?«, hakte Alfred noch einmal nach.

»Ja, ja. Das ist Claudia Fritsche«, erwiderte Künzel schnell, »aber jetzt sagen Sie mir doch bitte, was passiert ist.«

»Sie wurde gestern auf der A73 von einem Auto erfasst und war sofort tot.« Alfreds Blick heftete sich auf den CEO, während Renan aufstand und sich scheinbar teilnahmslos in dem Büro umsah.

»Ja, hatte sie eine Panne?« Künzel wirkte nun echt fassungslos. »Was hatte sie denn nachts noch auf der Autobahn zu suchen?«

»Woher wissen Sie, dass es nachts war?« Renan war mittlerweile in der gegenüberliegenden Ecke des Raumes angelangt.

»Weil sie gestern bis acht noch hier war.« Die Antwort kam schnell.

»Also war Frau Fritsche eine Ihrer Mitarbeiterinnen?«, fragte Alfred sofort hinterher.

»Mitarbeiterin trifft es nicht ganz«, Künzel blickte wieder auf das Foto, »sie war unser CIO.«

»Si Ei Oh?«, echote Renan.

«Chief Information Officer", erklärte Künzel, »die Chefentwicklerin oder Chefingenieurin, wenn Sie so wollen.«

»Hat sie irgendwelche Angehörige?« Alfred entwand dem Mann sanft das Foto und steckte es wieder ein.

»Also hier bestimmt nicht.« Künzel schenkte sich eine Tasse Kaffee ein. »Sie kam meines Wissens aus der Nähe von Hamburg ...«

»Wo hat sie denn gewohnt?« Renan kam mit schnellen Schritten auf den Schreibtisch zu und stützte sich mit beiden Armen auf die Tischplatte.

»Soviel ich weiß, hat die Firma ihr damals ein kleines Loft angemietet, in ... ähm ...«

»Fürth?«, versuchte Renan nachzuhelfen.

»Nein, nein. Es ist zwar in der Nähe der Stadtgrenze, aber noch in Nürnberg. Da oberhalb von den Flusswiesen ... Schnittling?«

»Schniegling!«, seufzte Renan und ließ sich wieder in den Stuhl sinken.

»Ja, richtig, ich bin auch noch nicht so lange hier.«

»Mist«, entfuhr es Renan.

»Hat das etwa eine größere Bedeutung?« Künzels Betroffenheit wich nun einer gewissen Verteidigungshaltung.

»Frau Fritsche ist dann also heute morgen nicht zur Arbeit erschienen«, nahm Alfred das Gespräch wieder auf.

»Wir hatten ein sehr wichtiges Meeting um neun, außerordentlich wichtig, um genau zu sein.« Der CEO nahm einen Bleistift und tippte damit nervös auf seiner Schreibtischunterlage herum. »Wenn Claudia jetzt ausfällt, ist das eine absolute Katastrophe für die Firma ...«

»Sie hätte ja auch krank werden können«, wandte Alfred ein.

»Nicht so krank, dass sie diesen Termin versäumt hätte.« Künzel warf den Stift hin, lehnte sich zurück und verschränkte die Arme vor der Brust. »Und wenn, dann hätte sie angerufen. Nein, nein, ich dachte mir gleich, dass da was passiert sein muss ...«

Es folgte eine kurze Gesprächspause. Alfred und Renan hatten sich im Laufe der Jahre so einige Tricks angeeignet, um Menschen zu unvorsichtigen Äußerungen zu bringen. Das Herumlaufen im Büro gehörte dazu, schnelle Fragenfolgen im Ping-Pong-System ebenso wie Schweigeminuten, die den Gesprächspartnern schnell peinlich wurden. Künzel schien davon aber nicht beeindruckt. Er blätterte in seinem Terminkalender und betätigte dann die Gegensprechanlage.

»Frau Koch, sagen Sie doch bitte den Termin mit Kramer ab, und den Termin mit der Agentur morgen verschieben Sie auf nächste Woche. Wir müssen jetzt dringend Zeit gewinnen.«

»Sehr gerne, Herr Künzel«, flötete es aus dem Lautsprecher.

»Und dann berufen Sie ein Krisen-Team ein. Ich will alle Chief-Manager in einer Viertelstunde im großen Konferenzraum haben! Pronto!«

»Um was ging es denn bei diesem außerordentlich wichtigen Meeting heute früh?«, nahm Alfred die Befragung wieder auf.

»Ja, das kann ich Ihnen leider nicht sagen«, Künzel war nun wieder ganz der Manager-Profi, »das sind Interna von Syst-Ix.«

»Natürlich«, lächelte Alfred. »Wir brauchen dann noch die genaue Adresse in Schniegling.«

»Da wenden Sie sich am besten an unsere Frau Koch.« Der CEO deutete mit einer ausladenden Geste in Richtung Bürotür. »Die wird Sie zur Personalabteilung führen. Benötigen Sie sonst noch etwas von mir?«

»Ein bisschen mehr über die Tätigkeit von Frau Fritsche, ihr Verhältnis zu Kollegen und Mitarbeitern«, zählte Alfred auf, »und dann würden wir uns gerne in ihrem Büro umsehen. E-Mails prüfen, eventuell auch Telefonverbindungen.«

»Das wird nicht gehen«, beschied Künzel knapp. »Das Büro können Sie sich von mir aus ansehen, aber in das EDV-Netzwerk oder die Telefonverbindungen kann ich Sie nicht so ohne Weiteres reinlassen. Hören Sie, kommen Sie doch bitte morgen noch einmal wieder, dann werden wir sehen, was sich machen lässt, okay?«

»Warum wollen Sie uns denn so schnell loswerden?«, fragte Renan direkt.

»Durchaus nicht«, beeilte sich Künzel zu versichern, »es ist nur so, dass die Geschäftswelt wegen so eines tragischen Unfalls nicht stehen bleibt, leider! The show must go on! Wir werden hier ziemlich rotieren die nächsten Tage.«

»Ein Unfall war es mit Sicherheit nicht«, sagte Renan im Rausgehen. »Es war entweder Mord oder Selbstmord!«

Die Firma Syst-Ix war so etwas wie ein Aushängeschild für die Region. Sie war mit führend auf dem Gebiet der Freeware. PC-Programme, die – anders als die von Digidoor, dem Marktführer – überall auf der Welt frei zugänglich waren und nichts kosteten. Das Ganze basierte auf dem Betriebssystem Linux, das ein finnischer Informatik-Student namens Linus Thorwalds in den neunziger Jahren programmiert und ins weltweite Netz gestellt hatte. Schnell hatte sich eine Community entwickelt, die das System im Internet stetig weiterentwickelte. Linux befand sich somit in einem fortlaufenden, internationalen Verbesserungsprozess. Was die Marktanteile anging, wurde es Digidoor nicht gefährlich, es hatte aber schon den einen oder anderen Stachel im Fleisch des Riesen hinterlassen – etwa als die Stadtverwaltung München kurz nach der Jahrtausendwende beschloss, ihre EDV komplett auf Linux-basierte Systeme umzustellen. Syst-Ix war in den Achtzigern von zwei Computer-Freaks in einer Nürnberger Garage gegründet worden. Nach einigen Jahren hatte es sich zum einen als Weiterentwickler von Linux in der Community einen Namen gemacht, zum anderen hatte es begonnen, einzelne

Anwenderprogramme für dieses Betriebssystem zu entwickeln. So kam beispielsweise die erste wirklich reibungslos funktionierende Installationssoftware für das Linux-Betriebssystem aus Nürnberg. Später brachte Syst-Ix Pakete mit Text- und anderen Datenverarbeitungsprogrammen auf den Markt, die zwar im Prinzip frei im Netz erhältlich waren, aber erst mit dem Syst-Ix-Paket benutzerfreundlich installiert und bedient werden konnten.

Das Problem für einen normal wirtschaftenden Betrieb lag dabei allerdings im Erzielen von Profit. Eine Firma musste Geld verdienen, sonst konnte sie nicht überleben. Die Philosophie von Linux und allem, was damit zusammenhing, ging jedoch in eine ganz andere Richtung. Die von der Community erzeugten Lösungen und Produkte sollten ja der ganzen Welt kostenlos zur Verfügung stehen. Eine Lösung lag in der Entwicklung individueller Softwarelösungen für Firmenkunden. Hiermit hatte Syst-Ix gegen Ende der neunziger Jahre sehr gutes Geld verdient und schließlich die Gesellschaftsform in eine AG umgewandelt. Die beiden Gründer, Helmuth Ronthaler und Dietmar Schuster, behielten 51% der Anteile und verdienten sich mit dem Verkauf der restlichen im Hype des Neuen Marktes dumm und dämlich. Sie hatten sich längst aus dem operativen Geschäft zurückgezogen, als der Markt 2001 zusammenbrach und auch für Syst-Ix ungemütliche Zeiten begannen. Immerhin hatte die Firma den Crash überlebt, was auch daran lag, dass sie tatsächlich gute Produkte zu bieten hatte und nicht nur Luftblasen auf Hochglanzpapier. In den folgenden Jahren wurde das Geschäft zunehmend schwierig, weil etliche der Firmenkunden mit eigens entwickelter Syst-Ix-Software die Wartungsverträge nicht verlängerten. Da Syst-Ix aus der alten Philosophie heraus nicht viel an der Entwicklung verdienen konnte und wollte, war man darauf angewiesen, dass die Kunden der Firma langfristig die Wartung, Betreuung und Erweiterung der EDV-Systeme übertrugen. Das funktionierte aber meist nur ein oder zwei Jahre lang, dann hatten sich die Systemadministratoren der Kunden so viel abgeschaut, dass sie ohne Syst-Ix auskamen.

Dies zwang nun Ronthaler und Schuster, sich nach frischem Kapital umzusehen. Sie legten neue Aktien auf und verkauften den Großteil an Investoren, unter ihnen ein Chip-Hersteller, aber auch etliche internationale Fonds. Gleichzeitig zogen sie sich auch aus dem Aufsichtsrat der AG zurück. Ronthaler ging bereits auf die sechzig zu, und der zehn Jahre jüngere Schuster hatte mal nachgerechnet und war zu dem Schluss gekommen, dass die Reste seines Vermögens bei geschickter Anlage für einen passablen Vorruhestand reichen würden. Es hieß, er hätte sich eine Finca auf Mallorca gekauft und würde nun an einem Wirtschaftskrimi über die EDV-Branche schreiben.

Das alles lag gut zwei Jahre zurück. Die Investoren hatten daraufhin die komplette Führungsmannschaft ausgewechselt. Seitdem gab es all die Officers, Managers und Assistants. Mittlerweile war die Firma in die neuen Räume im Nordostpark umgezogen und schien sich zusehends zu erholen.

»Und ist das wirklich so?«, fragte Renan, während sie die dritte Seite ihres Blocks beschriftete.

»Du, das weiß ich nicht.« Klaus wirkte nun wieder schüchtern. Er war einer der Computer-Nerds vom Dezernat 2, die sich mit Sonderformen des Betrugs beschäftigten. Renan kannte ihn nur flüchtig, von einer Sonderkommission, in der sie beide mal kurz zusammen gesessen waren, und von zwei, drei Veranstaltungen. Dort fiel aber schon auf, dass Polizeibälle, Faschingsfeiern und ähnliche gesellschaftliche Highlights nicht zu dem Terrain gehörten, auf dem sich die Kollegen EDV-Spezialisten souverän bewegten. Während Alfred mit seinen alten Kollegen Loriot- oder Heinz-Erhard-Sketche aufführte, ließ Renan sich hin und wieder zu albernen Verkleidungen hinreißen. Sie war einer der sieben Zwerge gewesen, die beim letzten Fasching dem Kriminaldirektor immer die Häppchen weggezogen hatten, kaum dass er vom Buffet zurückkam, und laut »Wer hat von meinem Tellerchen gegessen?« kreischten.

In ihren ersten Jahren hätte sie so was auch nur als peinlich empfunden, aber die Jahre im Polizeidienst ließen die Schamgrenze doch merklich sinken, außerdem konnte es tatsächlich von Vorteil sein, wenn man mit Kollegen aus verschiedenen Abteilungen schon mal »sieben Zwerge« gespielt hatte. Nur die Computer-Jungs waren irgendwie nicht in der Lage, derartig die Hemmungen fallen zu lassen. Sie saßen meistens in einem Pulk zusammen und unterhielten sich über ... ja, was eigentlich? Renan nahm an, über Computer.

Auf jeden Fall war Klaus der einzige von denen, den Renan wenigstens flüchtig kannte, und so hatte sie eben einmal ihr Glück versucht, während Alfred einen Durchsuchungsbeschluss für das Loft der Toten organisierte.

»Ich höre mich mal um in der Community«, sagte Klaus schließlich. »Die Geschichte von Syst-Ix kann dir jeder im Traum erzählen, aber was da aktuell so läuft? Die sind alle schon längere Zeit fertig mit Syst-Ix, aber irgendwas geht da sicher noch rum.«

»Da würdest du uns sehr helfen«, lächelte Renan, »am besten, du würdest auf Vorgänge stoßen, die für ein Mordmotiv ausreichen.«

»Okay.« Klaus versuchte ebenfalls ein Lächeln und vermied ihren Blick. Er mochte etwa in Renans Alter sein, war extrem blass, hatte schon reichlich schütteres blondes Haar und doch noch einige Pickel im Gesicht. Es fehlte nur noch die dicke Brille, dann hätte er voll dem Klischee entsprochen, das Computer-Freaks nicht zu unrecht anhing. Es waren diese Typen, die in der Schule immer gute Noten in Mathe und Physik hatten, aber keine zwei Sätze für einen Aufsatz zustande brachten. Sie hatten selten Freundinnen, waren uncool gekleidet, verstauten ihre Schulsachen in schwarzen Aktenkoffern und wollten zur Klassenfahrt immer ins Technik-Museum nach Sinsheim. Irgendwie hatten sie Renan immer leid getan.

»Leider kenne ich mich mit Mordmotiven aber nicht so gut aus«, setzte er noch nach und kratzte sich verlegen am Kopf.

»Das ist nicht so schwer: Geld, Macht, Liebe-Schrägstrich-Beziehungen«, zählte Renan auf.

»So einfach?« Er schaute wieder haarscharf an ihren Augen vorbei.

»Unter dem Strich: ja.« Renan verspürte den starken Drang, seinen Kopf zu packen und auf ihre Blickrichtung einzustellen. Warum konnten einem diese Leute nicht in die Augen sehen?

»Wir kommen hier ja leider nicht so oft raus«, erklärte Klaus.

»Das ist manchmal ein Segen, glaub mir«, log sie frech.

Während sie sich ausmalte, dass Klaus wahrscheinlich keinen Tag im Außendienst überstehen würde, klingelte ihr Handy. Alfred hatte den Durchsuchungsbeschluss.

2. Erfolgsbiografie

Alfred zündete sich eine Zigarette an und lehnte sich an das Balkongeländer. Er blickte über den Wiesengrund in Richtung Süden. Eine ausgedehnte Cumulus-Wolke schob sich gerade vor die Sonne. Augenblicklich wurde es kühl und Alfred zog sein Jackett wieder an. Er konnte sich noch gut erinnern, wie er bei den Ermittlungen zu einem früheren Fall in diesem Gebäude einen Fensterbauer befragt hatte, als das Areal gerade saniert wurde. Der Fensterbauer – oder besser einer seiner Gesellen – hatte wertvolle Hinweise zum Wohnort eines toten Russen geliefert und letztendlich sogar zur Ergreifung des Täters beigetragen. Nun waren die Lofts seit geraumer Zeit fertiggestellt und eine gut verdienende Lifestyle-Klientel war eingezogen. Alfred schaute auf die Kläranlage, welche sich genau gegenüber auf der anderen Seite des Wiesengrunds befand. Schon damals hatte er sich gefragt, ob das nicht ein gewisser Standortnachteil für dieses Sanierungsobjekt war. Gleichwohl schienen alle Lofts bewohnt und

Alfred konnte selbst bei intensivem Schnüffeln kein abträgliches Aroma in der Luft ausmachen. Womöglich stand der Wind günstig, oder es lag an seiner Zigarette. Hinter ihm waren die Jungs von der Spurensicherung zugange. Sie hatten sich mit einem Einbrecherbesteck Zugang verschafft, da auch nach gründlicher Suche am Unfallort kein Schlüssel gefunden worden war. Renan hatte bei solchen Aktionen oft den Drang, den Kollegen über die Schulter zu schauen, damit sie auch ja nichts übersahen oder ausließen. Sie war daher ziemlich gefürchtet im K33, wobei Pit, der Ober-Spusi, sie mittlerweile ganz gut im Griff hatte. Alfred verließ sich darauf, dass die Kollegen wie immer korrekt arbeiten würden. Er würde hier draußen warten, bis sie abgezogen waren, und sich dann die Wohnung noch mal näher ansehen. Allerdings hatte er schon beim ersten Durchgehen bemerkt, dass dieses Loft mitsamt Inhalt nicht allzu viel Persönliches über Claudia Fritsche verriet. »Rückt mal die Kommode da weg«, hörte er Renans Stimme im Befehlston. Pit war heute mit zwei »Stiften« gekommen, wie er sich ausdrückte. Ob sie noch in der Ausbildung oder schon junge Anwärter waren, vermochte Alfred nicht so recht einzuschätzen. Auf jeden Fall nutzte Renan solche Gelegenheiten immer gerne, um auch mal den Feldwebel rauszukehren. Sie war jetzt knapp über dreißig und hatte bald sieben Jahre als Kommissarin auf dem Buckel. Die letzten vier davon hatte sie mit Alfred verbracht. Über ihre vorherigen Dienststellen wusste er nicht viel. Direkt vor dem K11, das in Krimifilmen immer gern als Mordkommission bezeichnet wurde, sich aber auch mit Körperverletzungen, Freiheitsdelikten und Vermissten befassen musste, war sie ein paar Monate im Betrugsdezernat der Nürnberger Kripo gewesen, und noch früher etwas länger als ein Jahr in Straubing. Dass sich eine Fränkin mit türkischen Wurzeln dort nicht sonderlich wohlfühlte, konnte Alfred nachvollziehen. Und dass man als Frischling bisweilen unter Schikanen der Älteren leiden musste, war klar, auch wenn er selbst das nicht so hielt. Aber es war nun mal Sitte, dass der Freistaat frisch gebackene Kommissare erst mal ein paar Jahre kreuz und quer durchs Land schickte, bis man eines Tages gnädig ihren Versetzungswünschen nachkam, die meistens wieder zurück in die Heimat führten. Normalerweise wäre eine so junge Frau nicht so schnell ins K11 gekommen, aber Herbert Göttler, der Kripo-Chef, witterte damals wohl eine Chance, seinem alten Freund und langjährigen Intimfeind Alfred eins auszuwischen, und stellte ihm die aufmüpfige Renan zur Seite. »Renitent mit niedriger Frustrationstoleranz«, stand in ihrer Beurteilung, »für den gehobenen Polizeidienst nur bedingt geeignet.« Umso mehr musste es Herbert gestunken haben, dass sich Alfred und Renan im Lauf der Jahre miteinander arrangierten. Die Wortgefechte wurden harmloser und wichen immer mehr einer geheimen Freude an der Auseinandersetzung mit einem gleichwertigen Gegenüber. Alfred war fest davon überzeugt, dass hier der Schlüssel zum Erfolg lag. Ihm machte es keinen Spaß, sich mit unterlegenen Kontrahenten zu messen, und Renan ging es genauso. Und da aus gleichwertigen Feinden nach genügend Reibereien manchmal die besten Freunde werden, waren auch sie mittlerweile ein eingespieltes und sich heimlich gegenseitig achtendes Team geworden. Es ging zwar manchmal noch hoch her, aber nie auf einer persönlichen Ebene. Alfred ertrug Renans Launen und Empfindlichkeiten mittlerweile meist mit stoischer Gelassenheit, und sie meckerte, wenn ihr etwas nicht passte, ohne nachtragend zu sein. Er mochte sie mittlerweile richtig gern, hegte fast väterliche Gefühle für sie und war sich sicher, dass sie auch nicht ohne Weiteres auf ihn verzichtet hätte.

»Hallo! Hier unter dem Schreibtisch liegt ein Haar!«, tönte es aus dem Hintergrund, »Das ist so kurz, dass es gar nicht von der Toten stammen kann!« Nach der klassischen Typenlehre war Renan eine Cholerikerin, während Alfred eher zum Phlegmatiker neigte. Das passte nicht immer zusammen, andererseits verfügte jeder über besondere Stärken, die der andere nicht bieten konnte. Wer weiß, vielleicht enthielt das Haar ja tatsächlich verräterische DNS?

»Ich lass mir doch von dem nicht auf der Nase herumtanzen«, sagte Renan schließlich, als sie zu Alfred auf den Balkon trat. »Von diesen Balkonstühlen hier will ich auch noch Fingerabdrücke haben, klar?«, rief sie nach innen, während sie auf die Sitzgruppe neben Alfred deutete.

»Wir brauchen dann auch möglichst schnell die Aufstellung der Telefonverbindungen und zwar Festnetz und Mobil.«

»Hast du's mal mit Wahlwiederholung versucht?«, fragte er.

»Beim Festnetz ja, da hat sie eine Nummer bei Syst-Ix angerufen«, Renan hielt einen Zettel hoch. »Ein Handy haben sie auch gefunden, aber eines ist doch sehr merkwürdig ...«

»Was denn?«

»Na, die Frau hat bei einer Software-Firma gearbeitet. Sie war Computerspezialistin und hat keinen PC oder Laptop in der Wohnung, schon komisch, oder?«

»Tatsächlich?« Alfred blickte ungläubig durch die Fensterfront. »Das sollten wir uns merken.«

»Dabei ist auf dem Schreibtisch hinten gerade soviel Platz frei, dass ein Notebook hingepasst hätte«, legte Renan nach. »Dann gibt's auch keine CD-Roms, Datensticks oder Ähnliches. Technisch ist die Wohnung auf einem Stand von vor 20 Jahren.«

»Beneidenswert. Aber jetzt mach mal Pause, Kollegin«, lächelte Alfred, während er mit der Produktion einer neuen Kippe begann.

»Ich dachte, dafür bist du zuständig.« Sie lehnte sich rücklings an das Balkongeländer und atmete einmal tief durch.

»Tja, das war schon früher beim Ferienjob so«, erklärte er, »die Raucher durften immer Pause machen und die Nichtraucher mussten an der Maschine bleiben.«

Sie blickte sich um und schnüffelte. »Was stinkt denn hier so?«

»Wow! Toller Sessel.« Alfred schaukelte hinter dem Schreibtisch.

»Dafür ist die Aussicht eher mau.« Renan stand an einem der großen Fenster und blätterte in einem Ordner. Viel zu sehen gab es nicht gerade im Nordostpark. Da hatte die Fußgängerzone unterhalb ihres Büros schon mehr zu bieten.

»Immerhin fliegt alle paar Minuten ein Flugzeug vorbei«, sagte Alfred, der mittlerweile mit dem Sessel Karussell fuhr.

»Na prima«, beschied sie, »du ackerst 14 Stunden am Tag und darfst dir zum Trost anschauen, wie andere in den Urlaub fliegen. Dann schon lieber die Zeugen Jehovas am Jakobsplatz ... Kannst du jetzt vielleicht mal mit den Faxen aufhören?«

»Sofohort«, antwortete er in einem gutgelaunten Singsang und machte sich an den Mechanismen unter der Sitzfläche zu schaffen.

Sie befanden sich im Büro von Claudia Fritsche. Künzel, der CEO, war damit einverstanden, dass sie den Arbeitsplatz der Toten in Augenschein nahmen. An ihren Computer wollte er die Polizei aber lieber nicht heranlassen. Eigentlich gab es auch gar keinen Computer in dem wohnzimmergroßen Büro, nur so eine »Docking-Station«, an die man ein Notebook anschließen konnte. Ohne das Notebook blieb nur noch das gesamte Computernetzwerk der Firma für Untersuchungen übrig und da wollte Künzel die Polizei nicht so einfach hineinschauen lassen, dafür hatte er versprochen, dass Syst-Ix selbst nach Auffälligkeiten suchen und sie gegebenenfalls umgehend benachrichtigen würde. Allerdings hatte der CEO großes Interesse an dem Notebook gezeigt und gebeten, man möge es ihm doch bitte schnellstens aushändigen, sollte es gefunden werden. Alfred wollte es fürs erste dabei bewenden lassen. Freilich hätte er einen Durchsuchungsbeschluss beantragen können, aber das war bei größeren Unternehmen immer so eine Sache, außerdem hätten sie sich damit hier bestimmt etliche Feinde gemacht. Syst-Ix schaffte immerhin 400 Arbeitsplätze und die Herren in den Chefetagen verfügten sicherlich über glänzende Kontakte zur Stadtspitze; womöglich spielte Künzel auch noch Golf mit dem Wirtschaftsreferenten und dem IHK-Präsidenten. Dann war das hier noch eine High-Tech-Firma, wenn die irgendwas spurlos von ihren PCs oder Servern radieren wollten, hatten sie es wahrscheinlich schon längst getan. Unterm Strich schien die diplomatische Vorgehensweise erfolgversprechender. Die Personalabteilung hatte mittlerweile auch die Personalakte der Toten herausgegeben. Der Lebenslauf lag vor Alfred auf dem Schreibtisch.

»So«, Alfred wandte sich der Tischplatte zu, »was haben wir denn da? Gymnasium in Hamburg. Abitur mit eins komma zwo. Studium der Informationstechnik an der Uni Hamburg, ein Jahr später hat sie auch noch ein Studium der Betriebswirtschaft aufgenommen. Zwei Auslandssemester USA, dann noch eines in Spanien ...« Er blätterte in der Akte. »Diplom Informatikerin cum laude abgeschlossen 1993, ein Jahr später auch Abschluss als Diplom-Kauffrau, allerdings in München ...«

»Mir wird gleich schlecht.« Renan verzog das Gesicht und setzte sich Alfred gegenüber auf einen Besucherstuhl. »Was für eine Streber-Vita!«

»Aber sie hat nach dem Abitur ein freiwilliges soziales Jahr gemacht«, er hob den Finger, »und zwar im Altenheim St. Stilla.«

»Nicht mal das hat sie vergessen«, stänkerte Renan weiter, »unglaublich!«

»Nun, wie es aussieht, hat sie alles mit hervorragenden Leistungen erreicht«, Alfred blätterte weiter, »hatte es offenbar nicht nötig, sich hochzuschlafen. Falls dir das lieber gewesen wäre.«

»Bei einer Mordermittlung wäre es mir das in der Tat«, setzte Renan nach, »wo hat sie denn so vorher gearbeitet?«

»Also, zwei Jahre Siemens in München. Dann ein Jahr Unternehmensberatung Berger, ebenfalls in München. Dann ein halbes Jahr nichts ... was steht da im Lebenslauf? ... Sabbatical?«

»Na, ausgesetzt hat sie halt«, erklärte Renan, »ausgedehnten Urlaub gemacht oder eine Weltreise.«

»Verstehe. Ja, dann einige Jahre bei Digidoor in München, von 2003 bis 2006 Digidoor in Wien, dann wieder zurück in die Zentrale nach Deutschland bis 2007. Zwei Monate nichts, da hat sie wohl wieder Urlaub gemacht und dann ab Mitte 2007 hier bei Syst-Ix. Das scheint mir eine ziemliche Erfolgsbiografie zu sein.«

»Sieht so aus«, wiederholte Renan und zog die Personalakte zu sich herüber.

»Leider haben wir keine Kontoauszüge, aber ich würde mal davon ausgehen, dass mit jedem Stellenwechsel auch eine ordentliche Gehaltserhöhung verbunden war.« Alfred durchsuchte die Schubladen des Schreibtisches. »Weder die Vita noch das Konto weisen jedenfalls allzu große Übereinstimmungen mit meinen auf.«

»Tja, da hättest du dich mal in der Schule mehr anstrengen müssen«, beschied Renan, »ich vermute mal, dass deine Arbeitszeugnisse sich auch etwas anders lesen als diese hier. Nur der letzte Wechsel kommt mir irgendwie nicht logisch vor …«

»Was meinst du?«

»Na, die war fast sechs Jahre bei Digidoor. Das ist immerhin der Marktführer, fast ein Monopolist, und dann geht sie zu so einer kleinen Klitsche wie Syst-Ix?«

»Was steht denn in ihrem letzten Zeugnis von Digidoor?« Alfreds Aufmerksamkeit ließ von den Schubladen ab und wandte sich Renan zu.

»… Blablabla, verlässt uns auf eigenen Wunsch, blabla, wir bedauern ihre Entscheidung und wünschen ihr für die berufliche und private Zukunft alles Gute.«

»Also offenbar nicht rausgeflogen«, folgerte Alfred, »aber vielleicht sollten wir da bei Digidoor noch mal nachfragen. In solchen Zeugnissen soll ja manchmal nicht die ganze Wahrheit stehen.«

»Was ist das denn?« Renan hatte in einem Stapel Papier auf dem Schreibtisch gewühlt und zwei beschriftete Blätter herausgezogen, »Wie die neue Geschäftsführung die Mitarbeiter verrät! Einladung zur außerordentlichen Betriebsversammlung am … das war vor vier Wochen.«

»Zeig mal.« Alfred nahm die Blätter entgegen und zog die Augenbrauen hoch. »Unterzeichnet: Roman Stocker, Betriebsrat. Ist das jetzt eine engagierte Mitarbeitervertretung oder ein Verschwörungstheoretiker?«

In diesem Moment ging die Tür auf und ein junger Mann betrat eilig den Raum. Er schloss die Türe leise hinter sich und erschrak tüchtig, als er zwei Fremde erblickte, die ihn neugierig musterten.

»Oh, Verzeihung«, stammelte er, »ich wusste nicht, dass …«. Er gehörte offensichtlich zur Belegschaft, war groß, dunkelhaarig und trug ein legeres Sakko über einem weißen Hemd. Bei einer Frau hätte man seine Figur als vollschlank bezeichnet.

»Kein Problem«, erwiderte Alfred umgänglich und ging dem Mann mit ausgestreckter Hand entgegen, »wir sind von der Kriminalpolizei. Mein Name ist Albach, und das ist meine Kollegin Müller.«

»Grüß Gott«, murmelte Renan knapp.

»Aber bitte, setzen Sie sich doch, Herr …« Er drückte ihn mit sanfter Gewalt in den zweiten Besucherstuhl, während Renan ihn weiter schweigend taxierte.

»Richard Messner.« Er blickte immer wieder verstohlen nach rechts zu Renan.

»Messmer«, wiederholte Alfred, »wie der Tee?« Dabei erinnerte der Mann ihn eher an diesen amerikanischen Schauspieler, der früher immer getanzt hatte und dann dick geworden war.

»Nein, mit N, wie der Kirchendiener.«

Renan bemühte sich, weiter finster auszusehen, auch wenn sie irgendwie froh war, in diesem Laden endlich mal jemanden zu treffen, der kein Zugewanderter war, der Sprache nach zu schließen. Alfred zog gerade einer seiner Shows ab. Es war sehr schnell klar gewesen, dass sie sich bald mit verschiedenen Mitarbeitern von Syst-Ix unterhalten müssten, wollten sie etwas über die persönliche, zwischenmenschliche Ebene der Tätigkeit von Claudia Fritsche erfahren. Hier suchte man Mordmotive meist erfolgreicher als in offiziellen Gesprächen oder Unterlagen. Messner hatte ihnen nun den Gefallen getan und sich selbst auf dem Silbertablett serviert. Mit etwas Glück konnten sie ihn etwas mehr verunsichern als gestern seinen Chef und es würde die eine oder andere wertvolle Information herausspringen. Alfred war automatisch in die Rolle des Good Cop geschlüpft, was ihr die des bösen einbrachte. Ein Umstand, über den sie gar nicht so betrübt war.

»Ja, Herr Messner«, fuhr Alfred schließlich fort, »Sie wissen, was Frau Fritsche zugestoßen ist?«

»Sie machen mir Spaß«, entfuhr es Messner, »die ganze Firma steht kopf, seit Künzel erfahren hat, dass sie tot ist.«

»Dann wissen Sie wahrscheinlich auch, dass wir einen Mord nicht ausschließen können?«

»Mir wurde nur gesagt, sie wäre auf dem Frankenschnellweg tödlich verunglückt.« Messner schaute fragend von Alfred zu Renan und wieder zurück. Anscheinend wurde ihm die Situation erst jetzt richtig bewusst. »Sie sagten vorhin, Sie sind von der Kriminalpolizei ... also nicht vom Dezernat für Wirtschaftskriminalität?«

»Nein, wir sind von der Mordkommission«, erklärte Alfred immer noch freundlich.

»Gäbe es denn einen Grund, hier nach Wirtschaftskriminalität zu suchen?«, fuhr Renan scharf dazwischen.

»Aber nein«, wiegelte Messner ab und wollte sich erheben, während Alfred ihn sanft zurück in den Besucherstuhl drückte, »ich dachte nur, da gibt es so Routine-Überprüfungen ...«

»Gibt es nicht«, tönte Renan in seinem Rücken.

»Es trifft sich auf jeden Fall gut, dass Sie hier sind« – Alfred ließ sich gutsherrnartig im Chefsessel nieder – »wir sind nämlich brennend an zwischenmenschlichen Informationen interessiert.«

»Zwischenmenschlichen Informationen?«, wiederholte Messner fragend.

»Was wollten Sie hier?«, fragte Renan schneidend aus dem Hintergrund.

»Ich wollte ein paar Unterlagen holen, die Claudia noch von mir hatte.« Er versuchte sich in verschiedene Richtungen umzudrehen.

»Und was für Unterlagen?« Renan stand genau in seinem Rücken, so dass er sie nicht sehen konnte.

»Eine neue Fassung unserer Präsentation für die Analysten-Events nächste Woche.«

»Welche Events?«

»Was für eine Funktion haben Sie denn in der Firma«, fragte Alfred verbindlich dazwischen.

»Ich bin Communication-Manager.« Messner schien erleichtert, dass die Frage nun von vorne kam.

»Aha. Das heißt, Sie kommunizieren.«Alfred lehnte sich über den Schreibtisch. »Mit wem?«

»Mit allen«, Messner hob die Schultern, »mit Kunden, aber auch intern. Ich bin für das Intranet zuständig, für unsere Newsletter für die Coporate Identity ...«

»Geht's vielleicht ein bisschen genauer?«, kam es wieder von hinten.

»Gemach, gemach, Kollegin.« Alfred hob schützend die Hände. »Herr Messner, jetzt mal frei von der Leber weg. Kennen Sie Umstände hier in der Firma, die man als Mordmotiv deuten könnte? Gibt es Mitarbeiter, die Frau Fritsche womöglich nicht ... nun ja, sagen wir, nicht wohl gesonnen waren?«

»Hhmm«, Messner lehnte sich zurück und schien sich etwas zu entspannen, »Syst-Ix befindet sich gerade in einem riesigen Change-Process, wenn Sie verstehen ...«

»Nicht so ganz.« Renan setzte sich nun wieder neben ihn und funkelte den Mann an.

»Also, die ganze Chefetage, unsere Officers, wurden vor zwei Jahren ausgewechselt.« Irgendwie schien er Renans Bad Cop nicht wahrzunehmen, trotz seiner Offenheit wirkte er innerlich mit etwas sehr beschäftigt. »Claudia, Künzel und die anderen sind von den großen Investoren eingesetzt worden, um das Ruder herumzureißen und die Firma sozusagen zu retten, vor allem, was die Business-Sparte angeht ...«

»Also ist die Firma in Schwierigkeiten?«, folgerte Alfred.

»Gewissermaßen«, Messner lächelte nun verstohlen in Renans Richtung. »Wir wollen seit mehreren Jahren in das große Geschäft mit Firmenkunden einsteigen, also Webserver, Netzwerkserver, Provider, Service usw.«

»Lassen wir die Details mal kurz beiseite«, Alfred wurde sachlich, »das ist doch eigentlich etwas sehr Positives. Wenn Frau Fritsche ein Teil des Rettungsteams war, kann ihr ja keiner bei Syst-Ix gram gewesen sein, oder?«

»Wie man's nimmt«, Messner rieb sich das Kinn, »es gibt ... Stimmen, die meinen, das Ganze wäre nur ein großes Manöver, um die Firma für eine Übernahme attraktiv zu machen ...«

»Tatsächlich?« Alfred blickte unauffällig auf die Einladung zur Betriebsversammlung.

»Das klingt aber irgendwie nicht so gut.« Renan vergaß jetzt den Bad Cop, da Messner nur grübelnd zur Decke blickte.

»Allerdings«, nickte er, »wir sind in diese repräsentativen Räume gezogen, die ganze PR wird nur noch in Hochglanz und auf Englisch gemacht, und dann diese Analysten-Events ... man könnte da auf einen gewissen Verdacht kommen.«

»Was würde denn eine Übernahme für die Firma bedeuten?«, fragte Renan nach.

»Für die Firma ist das schwer zu sagen«, Messner lächelte wieder, »für die Arbeitsplätze heißt es aber in der Regel nichts Gutes, zumal wenn die neuen Eigner aus Übersee kommen.«

»Also gibt es berechtigten Grund für die Leute hier, Angst um ihre Jobs zu haben?«, hakte Renan nach.

»Wie gesagt: Offiziell soll die Firma wieder fit gemacht werden, wieder schwarze Zahlen schreiben. Da passiert auch einiges. Es könnte aber auch nur die Vorbereitung für einen Verkauf sein, das lässt sich nur schwer unterscheiden. Wollen wir nicht du sagen? Ich heiße Ritchie ...«

»Nein«, beschied Renan, auch wenn ihr Messner mit den wirr in die Stirn hängenden Haaren und seinem lockeren Akzent gar nicht mal unsympathisch war, »aber Sie könnten uns doch sagen, wer Herr ...«, sie zog das Blatt von Alfred zu sich herüber, »... Roman Stocker ist.«

»Roman?« Messner blickte fragend zwischen den beiden Ermittlern hin und her. »Unser Haustechniker ...«

»Hausmeister?«, hakte Alfred nach.

»Nein, schon etwas mehr. Er kümmert sich auch um Hardware-Probleme, das Sicherheitssystem überwacht er und solche Sachen halt. Zum Hofkehren und Putzen haben wir Fremdfirmen.«

»Er ist aber auch Betriebsrat«, Renan hielt Messner die Einladung vor die Nase.

»Ach das«, er winkte ab, »haben Sie das hier gefunden?«

»Allerdings«, schaltete sich Alfred wieder ein. »Was meint er mit dem Verrat an den Mitarbeitern?«

»Was ich Ihnen gerade erzählt habe.« Messner schien ein geduldiger Mensch zu sein, denn er lehnte sich zurück und hob erneut an: »Es könnte sein, dass die neue Geschäftsführung die Firma gar nicht retten, sondern nur für einen Verkauf möglichst attraktiv machen soll, daher ...«

»Danke, danke, Herr Messner. Ich habe das schon notiert«, lächelte Alfred. »Bei einem Unternehmen dieser Größe müssten aber die Betriebsräte für ihre Arbeit freigestellt sein, oder?«

»Einer ist freigestellt, aber Roman nicht. Er ist nur ein ganz normales Mitglied des Betriebsrats.«

»Warum lädt dann er zu so einer Veranstaltung ein und nicht der Vorsitzende?« Renan hielt wieder das Blatt hoch.

»*Die* Vorsitzende«, korrigierte Messner, »ist eine sehr diplomatische Person, die würde keine so provokanten Aktionen machen. Die ganze Betriebsratsspitze ist eher moderat. Deswegen schießt unser guter Roman halt manchmal quer.«

»Auf jeden Fall scheint er der Geschäftsführung und damit auch Frau Fritsche nicht unbedingt wohlgesonnen«, folgerte Alfred.

»Na ja, er ist halt so was wie eine gescheiterte Existenz« – Messner schien die Bedeutung von Alfreds Worten nicht ganz erfasst zu haben – »... hat mal Elektrotechnik studiert, dann abgebrochen, war verheiratet, die Frau ist mit dem Kind davon, mit der Staatsmacht muss er wohl auch schon mal Probleme gehabt haben.« Er lächelte vieldeutig.

»Wie kam er dann zu dieser Firma?«, fragte Renan.

»Ich glaube, das war noch so eine ABM-Maßnahme. Die haben ihn zwei Jahre umsonst gekriegt, dann mussten sie ihn aber übernehmen.« Der Communication Manager zuckte mit den Achseln.

»Also, mit Herrn Stocker würde ich gerne mal plaudern«, sagte Alfred.

»Machen Sie das, aber bringen Sie etwas Zeit mit«, grinste Messner. »Moment mal, ich glaube aber, er ist seit gestern krank ... das ist er übrigens öfter.«

In diesem Moment klingelte das Telefon. Alfred und Renan sahen zuerst einander und dann Messner fragend an, der aber auch nur hilflos dreinblickte. Schließlich nahm Alfred ab.

»Firma Syst-Ix, Apparat Fritsche«, sagte er im besten Call-Center-Stil, »... nein, sie ist gerade nicht am Platz, kann ich etwas ausrichten? Soll sie zurückrufen? Ja ... wie war der Name ...?«

Er wurde hektisch, als sein Kuli den Dienst verweigerte. Renan warf ihm einen ihrer Stifte zu.

»Herr Krossitzky ... Bundesagentur für Arbeit. Ja, alles klar, vielen Dank, Herr Krossitzky.«

Er legte auf und blickte eine Zeit lang nachdenklich auf das Telefon, während Renan den beschrifteten Zettel an sich nahm und studierte.

»Was könnte denn die Arbeitsagentur von ihr gewollt haben?«, fragte sie in Messners Richtung.

»Ich habe keine Ahnung.« Auf einen Schlag wirkte der Mann wieder nervös.

»Arbeitslos melden wollte sie sich ja wohl nicht«, warf Alfred dazwischen.

»Ich glaube nicht, dass ich Ihnen darüber etwas sagen darf«, Messner schüttelte abwehrend die rechte Hand, »da fragen Sie doch bitte einen unserer Chefs.«

»Hätten Sie vielleicht eine Visitenkarte?« Renan lächelte zweideutig.

Es folgte ein spätes Frühstück in der Sonne vor dem *Brozzi*. Der Haustechniker war tatsächlich krank, und die Syst-Ix-Officers waren leider gerade nicht zu sprechen. Außerdem hatte Alfred erfahren, dass die neue Dezernatsleiterin an diesem Tag eine Art Antrittsbesuch in allen zu ihrem Dezernat gehörenden Kommissariaten machen wollte. Da hielt er es für angebracht, nicht im Büro zu sein, damit sich die Neue gleich daran gewöhnen konnte, ihn und Renan nicht allzu oft dort anzutreffen. In den letzten Jahren war die Hierarchie bei der Nürnberger Kripo etwas durcheinander geraten. Die unterste Ebene bildeten die Kommissariate mit jeweils etwa 10 bis 15 Kommissaren, die in verschiedenen Teams zusammenarbeiteten. Darüber standen die Dezernate. Zum Dezernat I gehörten außer dem K11 noch sieben weitere Kommissariate. Über den Dezernatsleitern stand dann nur noch der Leiter der Kriminaldirektion in Person von Herbert Göttler. Auch die Kommissariate hatten eine Leitung, die aber kaum etwas zu melden hatte und eigentlich nur für das Umsetzen der Anweisungen von oben zuständig war. Deshalb hatte sich Alfred in seinen fast dreißig Dienstjahren auch nicht um einen solchen Posten bemüht. Auf jeden Fall war in den letzten drei Jahren der Dezernatsleiter I, Kriminaloberrat Reuther, schwer zuckerkrank geworden. Er fiel die meiste Zeit aus und war seit einem halben Jahr frühpensioniert. Reuther war ein Bürokrat der alten Schule, aber er schaffte es noch meistens, den ehrgeizigen Kriminaldirektor auszubremsen, wenn dieser sich zu sehr in Belange der einzelnen Kommissariate und Ermittlungen einmischen wollte. Als Reuther dann ausfiel, fiel die Vertretung automatisch Herbert Göttler als dem nächsthöheren Vorgesetzten zu. Zwar hatte der nichts gegen ausgiebige Außendienste seiner Ermittler, aber er schikanierte das Personal mit persönlichen Ambitionen und der felsenfesten Überzeugung, dass er sowieso alles besser und schneller erledigen konnte als die Kollegen an der Basis. Nürnberg musste zur sichersten Großstadt der Republik werden, damit Herbert Göttler endlich den ersehnten Posten als Staatssekretär im bayerischen Innenministerium bekam. Bei der neu ernannten Dezernatsleiterin, die nach einer vierteljährigen Wiederbesetzungssperre und einem quälend langen Auswahlverfahren endlich Kriminaloberrat Reuther nachfolgen sollte, ging es Alfred vor allem darum, keine neuen unangenehmen Sitten einreißen zu lassen.

»Wer weiß«, sagte Renan, ihr Müsli löffelnd, »vielleicht ist sie ja ganz nett.«

»Ganz nett«, wiederholte Alfred in abfälligem Ton, »eine Dezernatsleiterin muss nicht nett sein. Sie muss ihre Leute gegen Angriffe von oben verteidigen und uns nicht bei jeder Kleinigkeit in die Suppe spucken.«

»Kannst du mit deiner Raucherei nicht wenigstens warten, bis ich fertig gegessen habe?«, beschwerte sich Renan.

»Oh, ja. Verzeih.« Er legte die Kippe wieder hin. »Wir werden ja sehen, wie sie auf unsere Abwesenheit heute reagiert. Die Außendienstfrage ist bei Vorgesetzten ganz entscheidend.«

»Welche Frage?«

»Die Außendienstfrage«, wiederholte er. »Du weißt doch noch, was ich dir am Beginn unserer Zusammenarbeit beizubringen versucht habe ...«

»Du wolltest mich belehren, und zwar ständig«, warf sie ein.

»Wie auch immer. Als Kriminalpolizisten können wir nicht den ganzen Tag im Büro am Computer sitzen, so löst man keine Mordfälle.«

»Natürlich nicht.« Sie legte den Löffel weg und nahm einen Schluck Tee.

»Aber frag nicht, wie schwer das dem alten Reuther beizubringen war. Vor allem früher, als es noch keine Handys gab und er uns manchmal tagelang nicht erreichen konnte«, unfreiwillig musste Alfred schmunzeln, als er sich die Zigarette anzündete. Einmal, kurz nach Einführung der mobilen Telefontechnik, hatte Reuther angerufen, als Alfred gerade mit Konrad Herbst in Renzenhof über einer Schlachtschüssel saß. Es fehlten noch ihre Angaben zur Aufstellung der letzten Kriminalstatistik, die tags darauf veröffentlicht werden sollte. »Tut mir wahnsinnig leid, Herr Kriminaloberrat«, hatte Alfred gesagt, »aber wir sind hier wirklich gerade am Absumpfen!« »Das interessiert mich nicht, Herr Albach«, hatte Reuther durchs Handy geblafft, »ich bin heute noch nicht einmal zum Pinkeln gekommen!«

»Diesen Haustechniker müssen wir uns jedenfalls bald vornehmen«, sagte Alfred, als sie wieder zum Dienstgeschäft zurückkehrten, »wenn der morgen immer noch krank ist, besuchen wir ihn zu Hause.«

»Ich habe jedenfalls schon die Fingerabdrücke vom CEO und vom Communication Manager.« Renan ließ Messners Visitenkarte in eine Plastiktüte fallen. »Ist sehr praktisch, dass die die Dinger überall verteilen.«

»Dieser Messner hat einen merkwürdigen Eindruck gemacht«, wandte Alfred ein, »war zwar äußerst redselig, aber gleichzeitig so abgelenkt. Trotzdem kann ich mir nicht vorstellen, dass der mit unserem Fall etwas zu tun hat.«

»Was man hat, das hat man, Alfred! Und außerdem habe ich beschlossen, dass wir mal die Vorstrafen von diesem Betriebsrat prüfen und von den anderen Herren gleich mit.«

»Guter Gedanke. Aber dieser Anruf von der Bundesagentur für Arbeit kitzelt mich fast mehr. Da war der Messner auch gleich so unruhig.«

»Wenn da bei Syst-Ix keiner darüber reden will, fahren wir halt gleich in die Regensburger Straße«, sagte Renan.

3. Bundesagentur I

Die Identifizierung der Toten am nächsten Tag verlief verhältnismäßig ruhig. Claudia Fritsches Mutter war mit ihrem Mann aus Hamburg angereist. Sie hieß nun Luise Hallermann, da sie in zweiter Ehe mit einem Pfarrer verheiratet war. Herr Oskar Hallermann war ebenfalls dabei und legte eine wohltuende seelsorgerische Professionalität an den Tag. Die Identifizierung in der Rechtsmedizin dauerte keine 15 Minuten. Sandra Möbius hatte Dienst und Alfred freute sich aufrichtig, die Pathologin wiederzusehen, die ihnen bei den Ermittlungen im Fall des Richters Rothenberg so sehr geholfen hatte. Zwar hatte er vorher so seine Probleme mit der Möbius gehabt, weil sie ihm jahrelang einen Ossi-Witz nachgetragen hatte, aber seit damals war die Sache vergessen. Sandra versprach ihnen, bis morgen einen abschließenden Bericht vorzulegen. Sie wollte noch mal genau nachsehen, aber momentan schien eine Fremdeinwirkung nur schwer nachzuweisen. Da die Tote aus großer Höhe gestürzt und schließlich noch von einem Auto erfasst worden war, wies der Körper unzählige verschiedene Hämatome auf. Lediglich ein fremdes Haar hatte sie gefunden. Es hatte sich in der Halskette der Toten verfangen. Länge, Farbe und Zustand stimmten auch ohne DNA-Test nicht mit den Haaren des Opfers überein. Sandra hatte das Haar bereits zur Analyse an die Kollegen von der Kriminaltechnik in Nürnberg geschickt.

Frau Hallermann nickte nur kurz, als das Tuch von ihrer Tochter zurückgeschlagen wurde, und verbarg das Gesicht anschließend an der Schuler ihres Mannes.

»Hadere nicht mit Gott, Luise«, sagte er ruhig, »es gibt so vieles, was wir nicht verstehen.«

Irgendwie glaubte Alfred nicht, dass Hallermann ein evangelischer Pfarrer war. Es war nur so eine Intuition, aber er tippte auf eine Freikirche, Methodisten, Baptisten oder dergleichen. Sandra teilte mit großer Sachlichkeit noch einige Einzelheiten zur Todesursache mit und fragte schließlich, an das Elternpaar gewandt, ob sie die Tote wieder bedecken könne. Hallermann nickte kaum merklich und strich seiner Frau langsam über den Rücken. Renan schlich wie eine Raubkatze um das Paar herum und machte heftige Gesten in Richtung Ausgang. Wenn man sie nicht gut kannte, konnte man denken, sie wäre gefühlskalt und nähme keinerlei Anteil am Schicksal der Angehörigen. In Wahrheit tat sie das sehr wohl. Sie konnte nur überhaupt nicht mit solchen Situationen umgehen und wollte den Leuten helfen, indem sie möglichst rasch die wahren Todesumstände zu klären versuchte. Daher konnte sie es immer kaum abwarten und bombardierte die Ärmsten mit tausend Fragen zum Fall. Manche konnten das einordnen und waren zum Teil sogar dankbar dafür, andere warfen ihr schon mal vor, unsensibel zu sein.

Als nächstes fuhren sie zusammen mit den Eltern zur Wohnung von Claudia Fritsche. Auf dem Weg erzählte die Mutter, dass sie ihre Tochter schon seit langem nur noch zweimal im Jahr sah: zu Weihnachten und zum Todestag ihres leiblichen Vaters Sven, an dem sie rituell sein Grab in Hamburg besuchte. Sven war an Blutkrebs gestorben, als Claudia zwölf war. Sie hatte sehr an ihm gehangen und hatte sich im Laufe der folgenden Jahre mehr und mehr von der Mutter entfremdet, vor allem, als diese Oskar kennengelernt hatte. Alfred kannte dieses Phänomen. Er hatte in seinen knapp dreißig Dienstjahren genug mit Todesfällen zu tun gehabt, mit frischen und solchen, die schon Jahre zurücklagen. Wenn Kinder ein Elternteil verloren, fixierten sie sich entweder auf das verbleibende, manchmal auch auf eine andere Bezugsperson, oder sie zogen sich total zurück. Das kindliche Vertrauen in einen geliebten Menschen war dann so erschüttert, dass sie lange keine engen Bindungen mehr eingehen konnten. Es gab Fälle, wo das ein Leben lang dauern konnte. Als Alfred sich von seiner Frau scheiden ließ, war es bei seinem Sohn Willy ganz ähnlich gewesen.

»Das ist alles so ... unpersönlich«, sagte Frau Hallermann, als sie in dem Loft in der Schnieglinger Strasse angekommen waren. »Ich habe nie verstanden, wie sie so leben konnte.«

Das Loft war anscheinend möbliert vermietet worden. Schränke waren eingebaut, ebenso die Küche. Der Esstisch passte zum Nußbaumton der Küchenfronten. Alles war teuer und gar nicht mal hässlich, aber man merkte, dass die Sachen von der Stange waren. Es fehlte die individuelle Note, Details wie ein alter Spiegel, Kerzenleuchter, die nicht zusammenpassten, Musikinstrumente und vor allem Fotos. Kinderfotos, Familienfotos, Konfirmationsbilder, Urlaubsziele, Vorfahren ... was auch immer in Wohnungen so herumhing und -stand. Einzig ein alter Sessel und ein dunkelbrauner Beistelltisch schienen nicht aus dem Katalog zu stammen. Frau Hallermann bestätigte, dass die Möbel aus dem Nachlass ihres ersten Mannes kamen, sie hatten seinem Großvater gehört.

Alfred erklärte den Eltern, dass sie sich in Ruhe umsehen und eine Liste mit persönlichen Dingen erstellen könnten, die sie nach Abschluss des Falles haben wollten. Momentan musste noch alles an Ort und Stelle bleiben, da man nicht wusste, ob vielleicht noch nachträglich Spuren zu sichern wären.

»Das wird keine sehr lange Liste«, sagte Frau Hallermann bedrückt, nachdem sie sich kurz umgesehen hatte.

»Wissen Sie, dass uns das auch etwas Sorgen macht?« Renan lehnte an der Balkontür und vergrub die Hände in den Hosentaschen.

»Inwiefern?«, fragte der Pfarrer.

»Wir müssen herausfinden, ob Ihre Tochter mit oder ohne Fremdeinwirkung von dieser Brücke gestürzt ist und wir kriegen so gut wie keine persönlichen Informationen über sie …«

»Immer nur Arbeit, das war schon seit ihrem Studium so.« Die Mutter schüttelte leicht den Kopf.

»Hat sie vielleicht einen Freund gehabt«, hakte Renan nach, »einen Partner, von mir aus auch eine Partnerin.«

»Mittlerweile wäre mir auch das lieb gewesen«, Frau Hallermann drückte die Hand ihres Mannes, der neben ihr auf dem kieselgrauen Designersofa saß, »ich hätte mir so gewünscht, sie würde ein glückliches Familienleben aufbauen.«

»Aber sie war bisher immer zu beschäftigt«, schaltete sich Alfred ein.

»Und zu mobil«, meldete sich der Pfarrer, »sie war ja zeitweise auch in Wien.«

»Wir haben ihren Lebenslauf gesehen«, nickte Alfred.

»Ein Leben für die Karriere«, ergänzte Renan. Frau Hallermann schluchzte leise und vergrub das Gesicht in den Händen.

»Nun ja, es ist ja durchaus möglich, dass sie mit diesem Leben glücklich war.« Alfred bemühte sich, etwas Mitgefühl in die Situation zu bringen.

»Sie hätte doch problemlos einen Partner finden können«, meldete sich die Mutter, »in ihrem Alter und bei ihrem Aussehen …«

»Wenn Sie wüssten«, entfuhr es Renan.

»Ich weiß auch nicht, ob ihr eine Beziehung da geholfen hätte, Luise«, sprach Hallermann weiter, »vielleicht musste sie einfach einen eigenen Weg finden.«

»Also würden Sie ihre Situation nicht so interpretieren, dass sie …«, Alfred druckste herum, »vielleicht den Lebensmut verloren hatte?«

»Nein«, erwiderte Frau Hallermann langsam, »nein, so was passt überhaupt nicht zu meiner Claudia. Sie war immer eine Kämpferin.«

»Wissen Sie, ob Ihre Tochter einen privaten Computer besaß?«, fragte Renan schließlich.

»Ja, natürlich!« Die Mutter blickte Renan entgeistert an. »Diese Dinger waren ja ihr Beruf, und sie hat auch zu Hause viel gearbeitet. Und dir hat sie doch immer diese elektrischen Briefe geschrieben …«

»E-Mails«, sagte Hallermann.

»Wäre das hier nichts für dich?«, rief Alfred auf dem Sofa sitzend nach hinten. »Du willst doch schon lange raus aus deiner Studentenbude in Leonhard.«

»Das ist eine ganz normale 2-Zimmer Wohnung«, rief Renan aus der Küche, wo sie mit irgend etwas herumhantierte, »und so was hier würde meinen Dispo schnell sprengen, außerdem passt es nicht zu mir … – na, wer sagt's denn.«

»Was Wichtiges entdeckt?« Alfred drehte den Kopf nach hinten.

»Ja, einen losen Schwarztee«, tönte es aus der Küche, »und gar keinen schlechten.«

Alfred zündete sich eine Zigarette an und blickte lächelnd durch die Fensterfront. Von Westen her verfinsterte sich der Himmel, vielleicht würde es bald ein Gewitter geben. Sie hatten die armen Eltern vor einer Viertelstunde ziehen lassen, sich aber noch nicht aufraffen können, ins Präsidium zurückzukehren. Ohne sich darüber auszutauschen, verspürten sie beide das Bedürfnis, die Privatsphäre der Toten noch etwas auf sich wirken zu lassen, was ihnen sicher keine konkreten Hinweise, vielleicht aber die eine oder andere Idee bringen würde. Das schnell nachlassende Sonnenlicht tat ein Übriges, um sie passiv zu machen. Lange würde es nicht mehr dauern und die Wolken würden den Nachmittag zum Abend machen.

Schließlich kam Renan aus der Küche und stellte eine dampfende Tasse auf den Couchtisch. Alfred verkniff sich die Bemerkung, dass es sich dabei streng genommen um Mundraub handelte. Gleichzeitig stellte er fest, dass seine Kollegin im Laufe der Jahre doch deutlich lockerer geworden war. Vor ein, zwei Jahren wäre es noch unvorstellbar gewesen, dass sie sich kaltschnäuzig in der Wohnung eines Opfers einen Tee aufbrühte. Renan hatte immer und überall Durst.

»Warum willst du denn dann ausziehen?«, nahm er das frühere Thema wieder auf.

»Na, weil der vierte Stock so schlecht gedämmt ist«, erklärte sie, ohne sich zu setzen, »im Winter geht's ja noch, weil man da heizen kann, aber im Sommer wird's immer unerträglicher. Außerdem wäre ich gerne etwas näher an irgendeinem Grün.«

»Voilà«, sagte er und deute auf den Wiesengrund.

»Aber doch nicht gegenüber von der Kläranlage, noch dazu bei diesen Preisen!« Sie ging zu einem Regal, das einige Bücher und CDs enthielt. »Abgesehen davon fehlt mir aber die Zeit, groß auf Wohnungssuche zu gehen.«

»Welche neuen Erkenntnisse haben wir denn nun über Claudia Fritsche«, fragte Alfred, während die ersten Regentropfen die großen Fenster sprenkelten.

»Sie hatte einen schlechten Musikgeschmack«, antwortete Renan, »Robbie Williams, Westernhagen, Celine Dion, Mariah Carrey und ... komisch, Ozzy Osbourne ist gar nicht dabei. Der war doch auf ihrem MP3-Player.« Sie wandte sich zu Alfred um.

»Tarkan ist vielleicht nicht die endgültige Lösung der musikalischen Krise«, erwiderte er, ohne den Blick vom Fenster abzuwenden.

»Von Tarkan habe ich fast nichts«, sie setzte sich ebenfalls aufs Sofa und nahm die Teetasse, »da gibt es nämlich noch andere. Mustafa Sandal zum Beispiel oder Ceren oder Gittarci ...«

»Ist doch alles Turk-Pop, oder?«

»Immer nur Jazz und Pink Floyd kann es im 21. Jahrhundert aber auch nicht sein«, tadelte sie. Sie gönnte dem Naturschauspiel vor den Fenstern noch einen kurzen Blick und erhob sich wieder. »Oder hier«, sie zog eine CD aus dem Regal »Zlatko und Jürgen aus der ersten Big-Brother-Staffel – Würg!! Das ist ja unter aller Sau!!«

»Das mit dem Computer ist schon komisch?«, sagte Alfred schließlich, als der Regen etwas nachließ.

»Vor allem in Verbindung mit dem fehlenden Schlüssel«, ergänzte Renan, die mittlerweile von dem CD-Regal abgelassen hatte, »da drängt sich doch der Verdacht auf, dass jemand nach ihrem Tod noch hier eingedrungen ist und das Gerät samt Zubehör hat verschwinden lassen.«

»Sollen wir noch mal suchen?« Alfred sah sich zögernd um. »Aber etwas von der Größe wäre doch unserer Spurensicherung nicht entgangen ...«

»Soll ich ihnen noch mal Beine machen?«, fragte Renan, das Handy schon in der Hand.

»Nein, nein«, Alfred winkte hektisch ab.

»Irgendwas ist da im Busch in dieser Firma.« Sie steckte das Gerät wieder weg. »Gut möglich, dass wir dort wirklich mal genauer in das Computernetzwerk schauen müssen ...«

»Schwierig«, beschied Alfred, »dazu brauchen wir einen Extra-Beschluss. Künzel hat ja schon gesagt, dass da Firmengeheimnisse drauf sind.«

»Ja, eben«, Renan hob die Hände, »genau darum geht's doch.«

»Aber wenn da was Verräterisches drauf war und die es vertuschen wollen, haben sie die Spuren doch schon längst beseitigt«, Alfred drückte die Kippe in seinem Taschenaschenbecher aus. »Am Schluss haben wir jede Menge Staub aufgewirbelt und doch nichts gefunden, während dieser CEO droht, mitsamt den Arbeitsplätzen abzuwandern. So was mögen Staatsanwälte gar nicht, und unser Herr Kriminaldirektor erst.«

»Dann werden wir morgen früh halt mal in die Regensburger Strasse müssen.« Sie lehnte sich zurück und lächelte herausfordernd.

»Also doch Staub aufwirbeln«, seufzte er.

»Eine furchtbare Vorstellung, ich weiß«, konterte sie, während er sich ebenfalls lächelnd zurücklehnte.

Die Bundesagentur für Arbeit lag im Südosten der Stadt. Wenn man zum Frankenstadion, zum Reichsparteitagsgelände oder zum Dutzendteich wollte, fuhr man meist daran vorbei. Etwas weiter hinten lag auch die Erziehungswissenschaftliche Fakultät der Uni Erlangen-Nürnberg. Die Agentur war ein mehrteiliges Gebäude aus den späten Siebzigern. Die zwei langgestreckten Hauptkomplexe bildeten einen stumpfen Winkel und bestanden fast nur aus Fenstern. Der höhere Teil mochte gut und gerne 15 Stockwerke zählen. Hinter dem Komplex waren ausgedehnte Parkplätze angelegt, an deren Rand ein Künstler einen überdimensionalen Nagel schräg in den Boden gerammt hatte. Alfred fragte sich seit Jahren, was dieses Kunstwerk ausdrücken sollte. Doch sicherlich nicht, dass diese Behörde über die Maßen vernagelt war. So richtig konnte er das zwar auch nicht einschätzen, er war aber irgendwie ganz froh, dass er als Beamter nie auf die Dienste der Bundesagentur, die bis vor kurzem ja noch Bundesanstalt hieß, angewiesen war.

Sie näherten sich den Gebäuden von hinten. Der vordere Bereich war fast parkartig gestaltet. Zwischen Büschen und Rasenflächen verliefen gepflasterte Wege an mehreren Glaszylindern vorbei, über deren Außenseiten Wasser hinabfloss. Dazwischen hatte die Agentur übergroße Bleistiftattrappen aufgestellt, auf denen »Jetzt Zukunft sichern!« zu lesen war.

»Wollen wir so tun, als ob wir uns arbeitslos melden wollten?«, feixte Renan Alfred ins Ohr, als sie sich dem Haupteingang näherten.

»Seit wann sitzt dir denn so der Schalk im Nacken, Kollegin?« Alfred war bass erstaunt.

»Vier Jahre mit einem Kindskopf wie dir hinterlassen halt ihre Spuren«, erwiderte sie und nahm eine Wasserflasche aus ihrer Umhängetasche, um ihren permanenten Durst zu stillen.

Kurz hinter der Eingangstür war Schluss. Ähnlich wie im Polizeipräsidium konnte man hier nicht so einfach reinspazieren, sondern musste seine Wünsche am Eingang anmelden.

Doch während im Präsidium nur ein gelangweilter Kollege in Uniform hinter schusssicherem Glas saß, gab es hier eine große Rezeption, die jedem Business-Hotel Ehre gemacht hätte, mehrere Ledersofas und Sessel und zwei dunkel gekleidete Security-Kräfte. Eine überaus freundliche Empfangsdame fragte nach ihrem Begehr, zeigte sich aber unkooperativ, als Alfred einen Herrn Krossitzky zu sprechen wünschte, ohne einen Termin zu haben. Die Dienstausweise brachten sie dann immerhin so weit, dass sie den Telefonhörer abnahm, eine Nummer wählte und kurz darauf vermeldete, dass Herr Krossitzky heute nicht zu sprechen sei.

»Ich glaube, Sie haben uns nicht richtig verstanden.« Alfred versuchte es noch einmal freundlich. »Wir sind Kriminalbeamte und müssen im Rahmen einer Ermittlung dringend mit Herrn Krossitzky sprechen.«

»Ich bin ja nicht blöd«, erwiderte die Dame, »aber Sie scheinen nicht verstanden zu haben, dass Sie Herrn Krossitzky heute nicht sprechen können.«

»Und wer sagt das?«

»Die Abteilungssekretärin.«

»Und wenn ich das aber gern von ihm selbst hören möchte?« Alfreds Freundlichkeit ließ langsam, aber stetig nach.

»Dann können Sie ihn gern anrufen.« Die Frau übergab ihm eine Art Visitenkarte.

»Das ist ja eine Hotline!« In Renans Lachen mischte sich Fassungslosigkeit mit Amüsement.

»Noch dazu kostenpflichtig«, setzte Alfred nach.

»Das reicht«, Renan fingerte an ihrem Hosenbund herum und knallte ein paar Handschellen auf die Theke, »wir nehmen Sie jetzt vorläufig fest.«

»Sie scherzen.« Das Kopfschütteln der Frau verriet Unsicherheit.

»Das ist mir gründlich vergangen«, erwiderte Renan und fuhr etwas lauter fort: »Sie behindern polizeiliche Ermittlungen, kommen Sie da bitte vor!«

Die Securities und einige andere Leute im Foyer wurden auf die Szene aufmerksam. Sie näherten sich langsam dem Dreiergrüppchen.

»Alles in Ordnung«, verkündete Alfred, seinen Dienstausweis hochhaltend. »Wir sind von der Kriminalpolizei, es gibt keinen Grund zur Beunruhigung.«

Herrn Krossitzkys Büro befand sich im elften Stock des Hauptkomplexes. Die Abteilungssekretärin zeigte sich etwas kooperativer als die Rezeptionistin. Allerdings war Herr Krossitzky gerade in einer wichtigen Besprechung, die noch mindestens eine halbe Stunde dauern würde. Alfred und Renan warteten auf dem Gang.

»Es ist doch immer das gleiche.« Renan schüttelte verständnislos den Kopf. »Heutzutage muss sich jeder systematisch unerreichbar machen. Es gibt nur noch Hotlines, Empfangstheken und Sperren.«

»Irgendwann werde ich mal Buch führen, wie vielen Leuten ich schon mit Verhaftung drohen musste, bis sie mich irgendwo hingelassen haben«, nickte Alfred.

Kurz darauf klingelte Renans Handy. Sie sah kurz auf das Display und drückte das Gespräch weg.

»Wer war's denn?«, fragte Alfred.

»Nur das Präsidium«, winkte sie ab.

Kurz darauf stürmte ein Mann aus dem Besprechungsraum. Er trug den obligatorischen Anzug und einen Pilotenkoffer in der Hand. Jugendlichen Elan und Geschäftigkeit versprühend, ignorierte er die beiden Beamten und blieb kurz vor Krossitzkys Sekretärin stehen. »Frau Schmoller, ich fliege jetzt wieder nach Berlin und bleibe dort bis morgen, übermorgen habe ich dann noch ein wichtiges Briefing mit dem Staatssekretär in Bonn. Mein Telefon habe ich auf Sie umgestellt. Sollte es jemand dringend machen, geben Sie ihm meine Mailadresse, auf keinen Fall die Mobilnummer herausgeben!«

»Selbstverständlich, Herr Hebestreit«, lächelte die Sekretärin.

Alfred war bereits auf den Mann zugegangen, zog sich aber wieder zurück, als er den Namen hörte. Sollte Herr Hebestreit sich ruhig nach Berlin absetzen. Der Mann hielt kurz vor der Glastür inne, die auf den Gang führte, und prüfte den Sitz von Krawatte und Frisur. Dann war er auch schon verschwunden.

»Ein wichtiges Briefing mit dem Staatssekretär«, hörte man die Sekretärin, auf deren Namensschild Frau Schmelzer stand, leise äffen.

»Hoher Besuch?«, fragte Alfred betont beiläufig.

»Aus dem Ministerium in Berlin.« Frau Schmelzer zog eine Grimasse.

»Oh, die ganz hohen Beamten«, sagte Alfred mitfühlend.

»Der gehört ja gar nicht mal dazu.« Der Ton der Vorzimmerdame wurde noch abfälliger. »Das ist nur einer von den vielen externen Beratern, die seit den Hartz-Reformen dauernd bei uns herumturnen und immer alles besser wissen!«

»Berater?« Nun regte sich auch bei Renan verhaltenes Interesse.

»Ja, wobei die sich lieber Consultants nennen«, erklärte Frau Schmelzer. »... werden für sündhaft teures Geld eingekauft bei Mercier oder Price Waterhouse und wie die alle heißen!«

»Und was macht der dann hier genau?«, hakte Renan nach.

»Der sagt unseren Leuten im IT-Systemhaus, wo es langgeht ... jede Woche haben wir den für ein paar Tage am Hals.«

Krossitzky gehörte zur EDV-Abteilung der Bundesagentur, die sich IT-Systemhaus nannte. Er mochte um die 40 sein, war eher klein mit kurz geschorenem dunklen Haar und einer auffällig künstlichen Sonnenbräune. Er trug einen grau-grün schimmernden Anzug mit einer weiß-braun gestreiften Krawatte. Die Büros in der Bundesagentur waren nicht sehr einladend eingerichtet, boten aber in dieser Höhe eine ganz ordentliche Aussicht. Krossitzky blickte auf die Peterskirche und die Ausläufer der Südstadt. Er führte die Ermittler schließlich in einen kleinen Besprechungsraum mit zwei kränklichen Zimmerpflanzen und versäumte es auch nicht, Kaffee anzubieten, den Renan ablehnte und Alfred annahm. Er strahlte eine managerhafte Souveränität aus und pflegte fünf Minuten lang geschliffenen Smalltalk, in dem er Arbeitslose stets als »Kunden« bezeichnete, bevor er überhaupt nach dem Grund des Besuches der Polizei fragte.

»Es geht um Ihre Geschäftsbeziehungen zur Firma Syst-Ix«, sagte Alfred.

»Ah ja«, sagte Krossitzky, und es mischte sich eine Spur Ernsthaftigkeit in seine Miene.

»Was genau haben Sie denn miteinander vor?«, forschte Alfred nach, der bewusst noch nicht erwähnt hatte, dass sie einen Mord untersuchten. Sie hatten sich nur mit »K11« vorgestellt.

»Ich weiß nicht, ob ich befugt bin, Ihnen darüber so einfach Auskunft zu geben.« Krossitzkys Souveränität hatte um keinen Deut nachgelassen, aber aus seinem Blick sprach nun Misstrauen.

»Wenn Sie so ein kleiner Fisch sind, dann sollten wir wohl besser mit jemandem reden, der was sagen darf.« Renan hatte keine Lust, schon wieder die Handschellen zu zücken, und probierte es auf die provokante Tour, was ihr einen missbilligenden Blick von Alfred einbrachte.

»Langsam, Frau Müller«, erwiderte Krossitzky herablassend.

»Ich wollte nur Ihre kostbare Zeit schonen«, konterte Renan.

»Ich bin Stabsmitarbeiter des Vorstandes und zuständig für das IT-Systemhaus und die Statistik-Abteilung. Hauptsächlich kümmere ich mich um die Umstellung der statistischen Verfahren, die nach der Einführung der Hartz-Gesetze notwendig wurde. Wenn Sie jemanden wollen, der mehr über diese Dinge sagen darf, müssen Sie sich schon an unseren Vorstand wenden. Ich glaube aber nicht, dass Ihnen da jemand so schnell Zeit einräumt wie ich.«

»Das war nicht so gemeint«, beeilte sich Alfred zu versichern. Im Gegensatz zu Renan war er überzeugt, dass man bei Krossitzky schneller weiterkam, wenn man ihn bauchpinselte.

»Ich wusste gar nicht, dass sich die Hartz-Gesetze so stark auf die Statistik ausgewirkt haben ...«, fuhr er fort.

»Es sind ja nur eine Million Arbeitslose mehr geworden«, warf Renan ein.

»Ja, und warum, Frau Müller?«, fragte Krossitzky. »Weil sich die Grundlagen der Datenerfassung komplett geändert haben. Vorher mussten ja nur die Geschäftsdaten der einzelnen Agenturen erfasst und zusammengezählt werden, nun sind wir auch noch für die statistische Erfassung der ehemaligen Sozialhilfeempfänger, jetzt Alg-II-Kunden, und deren Bedarfsgemeinschaften zuständig. Neben den Agenturen gibt es 370 ARGEN, das sind die Arbeitsgemeinschaften, die zwischen den ehemaligen Sozialämtern und der Arbeitsagentur zur Umsetzung von Hartz IV gebildet wurden, und dann haben wir da noch die 69 Optionskommunen, die die Betreuung ihrer Alg-II- Kunden alleine übernommen haben. Nebenbei bemerkt, gibt es mit diesen Daten die meisten Probleme.«

»Faszinierend«, schleimte Alfred, ohne allzu viel kapiert zu haben, »aber ich verstehe noch nicht ganz, was das mit Syst-Ix zu tun hat.«

»Sehen Sie«, seufzte Krossitzky, »die Hartz-Reform hat sich ja nicht nur so ausgewirkt, dass wir plötzlich eine Million Kunden mehr zählen müssen, sondern wir müssen auch immer komplexere und aussagekräftigere Ergebnisse liefern. Was glauben Sie, wie viele unserer Kunden monatlich allein aus dem Alg I in das Alg II übergehen. Dann muss bei jedem Einzelnen erfasst werden, wie er vorgebildet ist, ob er in den Genuss von Förderungen der Agentur kommt oder gekommen ist, in welchen Branchen er gearbeitet hat und so weiter. Die ganze Statistik umfasst mehrere Millionen einzelner Kundenhistorien, die monatlich geprüft, aktualisiert und aufbereitet werden müssen. Sie wollen eben nicht nur wissen, wie viele

Personen im September arbeitslos waren. Diese Zahl sagt ja so gut wie nichts. Es geht doch darum, nachzuvollziehen, wie viele dazugekommen sind, wie viele Arbeit gefunden haben. Welche Branchen bieten die meisten neuen Arbeitsplätze? Welche Gruppen kommen schnell wieder unter, welche nicht? Welche Förderungen wirken, welche nicht, Stichwort Ich-AG …«

»Und Syst-Ix?«, fragte Alfred noch einmal.

»Die technische Basis für die Datengenese musste dazu grundlegend erneuert werden. Die statistischen Prozesse basieren mittlerweile auf ereignisorientierten Konten. Wir müssen in der Lage sein, für 160 Städte und Kreise kleinräumige Daten zur Verfügung zu stellen, mit einer Feingliederung bis hinunter zu einzelnen Straßenzügen …«. Er blickte die Ermittler an. Alfred blickte interessiert zurück, während Renan verständnislos den Kopf schüttelte.

»… nun ja, Sie können sich vielleicht vorstellen, dass man dazu hoch spezialisiertes Know-how braucht, neue Software-Lösungen, Data-Warehouse-Technik und so weiter. Zu diesem Zweck arbeiten wir mit einigen externen Firmen zusammen, unter anderem Syst-Ix.«

Krossitzky lehnte sich in seinem Stuhl zurück und schaute zu, wie die zwei Ermittler sich Notizen machten.

»Und vorher?«, fragte Renan unvermittelt. »Haben Sie da mit Rechenschieber und Ratzefummel gearbeitet?«

»Überspitzt formuliert könnte man es so ausdrücken«, erwiderte Krossitzky humorlos, »aber jetzt verraten Sie mir doch mal, warum sich die Polizei plötzlich für unsere Verbindungen zu Syst-Ix interessiert.«

»Ja, das sollten wir natürlich sagen«, entgegnete Alfred. »Eine der führenden Mitarbeiterinnen von Syst-Ix ist tot und …«

»Um Himmels willen, doch nicht Frau Fritsche!« Krossitzkys Gesicht wurde hellbraun.

»Wie kommen Sie darauf?«, fragte Renan.

»Weil ich sie die letzten zwei Tage nicht erreichen konnte und sie meines Wissens die einzige weibliche Führungskraft dort ist.« Er fuhr sich mit der rechten Hand über das Gesicht.

»Es handelt sich wirklich um Claudia Fritsche«, bestätigte Alfred. »Ich nehme an, Sie hatten viel mit ihr zu tun?«

»Durchaus.« Krossitzkys Augen wurden unruhig, als würde er etwas auf der leeren Tischplatte suchen.

»Sie wirken sehr betroffen«, stellte Alfred fest.

»Ja, das ist eine Tragödie ... ich meine, wir haben sehr gut zusammengearbeitet, sie war eine hochintelligente Person, ergebnisorientiert, effektiv, eigentlich ganz untypisch für eine Frau!« Sein Blick streifte Renan, die ihn aber für sich bereits charakterlich abgehakt hatte und nun nur noch scheinheilig grinste.

»Also gibt es niemanden hier in der Agentur, der von ihrem Tod profitieren könnte?«, fragte Alfred.

»Hier?« Krossitzky sah Alfred verständnislos an. »Auf keinen Fall. Das ist ein ziemlicher Rückschlag für unsere Umstrukturierung ...«

»Heißt das, dass sie mit dieser ... EDV-Umstellung ... noch gar nicht fertig sind?«, hakte Renan nach.

»Damit wird man nie fertig, Frau Müller«, sagte Krossitzky. »Gut, wir können natürlich sagen, es ist nicht unser Problem, muss Syst-Ix halt sehen, dass sie einen passenden Ersatz finden. Aber unter uns gesagt glaube ich nicht, dass das so schnell gehen wird.

»Aber dann heißt das doch, dass Sie vielleicht eine andere Firma beauftragen müssen.« Renan blickte von ihren Notizen auf und fixierte Krossitzky.

»Sie meinen, hier könnte ein Mordmotiv sein.« In den Augen des IT-Mannes blitzte eine Spur von Achtung für diese Schlussfolgerung auf, und er schien einige Zeit überlegen zu müssen, bevor er sagte: »Aber das dürfte nicht so einfach werden. Diese Aufträge werden ausgeschrieben und nach VOL vergeben, und dann gibt es natürlich Verträge. Außerdem sind das dermaßen komplexe Anforderungen, da können Sie nicht von heute auf morgen ein anderes Team hinsetzen. Dieser eine ... Ausfall ist ja schon schlimm genug.«

»Gab es Konkurrenten von Syst-Ix, als Sie die Aufträge vergeben haben?«, fragte Alfred.

»Für diese Arbeit am Data-Warehouse?« Krossitzky rieb sich das Kinn. »Ich kann es nicht beschwören, aber ich glaube nicht. Zumindest keine ernst zu nehmenden.«

»Was ist mit Digidoor?«, fragte Renan.

»Digidoor?« Krossitzkys Stimme hob sich leicht. »Das ist aber jetzt eine ganz andere Geschichte.«

4. Zuständigkeiten II

Die Mittagspause verbrachten sie dann doch nicht am Dutzendteich, wie es Alfred eigentlich vorgeschlagen hatte, sondern aufgrund plötzlich einsetzenden Regens in der Präsidiumskantine. Sie hatten beschlossen, am Nachmittag noch einmal zu Syst-Ix zu fahren und dort ein wenig in Betriebsinterna herumzustochern. Eine Arbeit, für die Alfred auf jeden Fall satt und zufrieden sein wollte. Das Kantinenessen war nicht gerade eine Offenbarung, aber in den letzten Jahren hatte es sich doch deutlich verbessert, vor allem wenn es Sonderaktionen gab, wie Fischwochen oder Asia-Tage. Für Renan waren die Speisen meist zu stark gesalzen oder mit zu viel Glutamat versetzt oder zu fett oder zu cholesterinhaltig. Es gab auch nur drei verschiedene Soßen: rot, weiß und braun. Sie war jedenfalls die Ernährungsbewusste des Duos und griff meist nur zu den Salaten, die immer zu süß oder zu sauer waren, und zu den Nachspeisen. Renan hätte auf die ganze Kantine im dritten Stock gut und gern verzichten können, hatte aber schon bald erkannt, dass sie für die interne Kommunikation im Präsidium unerlässlich war. An einigen Kollegen konnte man sich auf dem Dienstweg die Zähne ausbeißen, bevor man an hilfreiche Informationen kam, aber beim Schollenfilet mit weißer Soße gaben sie die dicksten Geheimnisse preis. Dummerweise entzogen sich die Computer-Nerds des Präsidiums auch diesem Aspekt des sozialen Lebens, so dass man nicht auf die Schnelle mal über die EDV-Abteilung der Bundesagentur für Arbeit plaudern konnte. Dafür hatte Alfred die Kollegen Jäger und Borske vom Dezernat II ausgemacht, die relativ viel mit Wirtschaftskriminalität zu tun hatten. Vereinzelt gab es ja Theorien, dass Polizisten, wenn sie sich sehr lange mit einem Schlag von Menschen oder Straftaten beschäftigten, sich irgendwann auch in diese Richtung entwickelten. Im Extremfall wurden sie umgepolt und wechselten die Seiten, was aber nur sehr selten vorkam. Dennoch war diese Sache nicht so ganz von der Hand zu weisen. Die Drogenfahnder gingen zumindest optisch oft in Richtung Dealer oder Sozialarbeiter, die Erkennungsdienstler gaben sich wissenschaftlich, die EDV-Jungs sahen nicht nur wie Computerfreaks aus, sie waren auch welche. Bei der Mordkommission hatte man es offenbar mit zu vielen verschiedenen Menschen und Motiven zu tun, als dass sich ein Mainstream entwickeln konnte, aber bei der Wirtschaftskriminalität gingen die Kolleginnen und Kollegen schon etwas in Richtung Businessclass. Jedenfalls trug Julia Borske einen Hosenanzug aus feinem Leinen und Karl Jäger einen gestreiften Zwirn mit Fliege. Nach den üblichen Anfangsneckereien über Leichenfledderer und bestechungsanfällige Aktenschnüffler hatten sie ein paar aktuelle Themen wie die Auswirkungen der Polizeireform oder die neue Dezernatsleiterin gestreift, bis Renan ohne große Umschweife fragte, ob es denn schon mal Ermittlungen im Zusammenhang mit der Arbeitsagentur gegeben hätte.

»Du meinst, mit der großen, da draußen?« Jäger winkte in Richtung Kantinentür.

»Na, in der Regensburger Straße halt«, bestätigte Renan.

»Puh.« Jäger blies die Backen auf und sah fragend zu seiner Kollegin.

»In welchem Zusammenhang interessiert euch denn das?«, fragte Borske.

»Wir haben da einen etwas mysteriösen Todesfall bei Syst-Ix, das ist eine EDV-Firma, und die haben wohl große Aufträge von der Arbeitsagentur gekriegt«, erklärte Renan, während Alfred noch an seinem Gulasch kaute und dabei bestätigend nickte.

»Du meinst dann so was wie Schmiergeldzahlungen, Vorteilsnahme, Betrug?«, fragte Julia.

»Egal, was auch immer damit im Zusammenhang stehen kann.« Renan zuckte mit den Schultern.

»Bei der Bundesagentur für Arbeit ...?« Jäger legte die Stirn in Falten.

»Also, ermittelt haben wir da überhaupt nicht«, beeilte Julia sich zu erklären. »Wenn, dann müssten wir mal scharf nachdenken, ob man irgendwo mal was gehört hat, so hintenrum.«

»Die haben natürlich sehr, sehr viel Geld ausgegeben in den letzten Jahren«, sagte Karl Jäger, »seit diesen komischen Reformen da, wie hieß das? Absturz 210?«

Renan warf Alfred einen Blick zu, der fragte, ob Jäger wirklich so weltfremd war, wie er tat. Alfred antwortete mit einem Lächeln und einem kaum wahrnehmbaren Kopfschütteln, was soviel bedeutete wie: Bloß nicht darauf eingehen!

»Nein, das hieß Astra 2100«, erwiderte Alfred, »da ging es um digitales Fernsehen.«

»Daraus geworden ist jedenfalls ein Abgang 2005«, ergänzte Renan trocken.

»Sehr richtig.« Jäger nickte ihr anerkennend zu. »Absolution und Gehen, das war's.« Wahrscheinlich war es nicht zu vermeiden, dass man nach einigen Jahren Wirtschaftsdelikten zum Zyniker wurde.

»Die haben aber wirklich Unsummen verbraten«, funkte Julia mit nordischer Sachlichkeit dazwischen. »Vor allem bei ihrem Internetauftritt, da gab es doch einigen Ärger.«

»Ja, aber nur weil er nicht funktioniert hat«, sagte Jäger, »und da haben noch ganz andere Sachen nicht funktioniert, die Vermittlung von Arbeitslosen zum Beispiel. Aber strafrechtlich relevant war davon nichts, leider.«

»Also ihr habt da auch nichts gehört, dass es zu Mauscheleien gekommen ist, wenn die Arbeitsagentur Millionenaufträge vergeben hat?«, fragte Alfred nach.

»Nicht, dass ich wüsste.« Julia tupfte sich die Lippen ab.

»Das würden wir auch nicht so schnell mitkriegen«, erklärte Jäger. »Das ist ja eine Bundesbehörde, und wenn die Aufträge vergeben, dann müssen die europaweit ausgeschrieben werden und der ...« – er hob die Hände und machte virtuelle Gänsefüßchen – »Wirtschaftlichste kriegt den Auftrag. Und wenn es um große Summen geht, wird bei öffentlichen Aufträgen auch immer sehr genau hingeschaut, aber da spielen die Stadtgrenzen keine Rolle mehr. Das machen dann nicht wir, sondern der Bundesrechnungshof. Ich glaube, die sind sowieso Stammgäste da draußen.«

»Also hältst du es nicht für möglich, dass da krumme Touren laufen?«, hakte Renan nach.

»Das habe ich nicht gesagt.« Jäger trank den Rest seiner Apfelschorle aus. »... aber wenn, dann müssen diejenigen entweder sehr vorsichtig sein oder es müssen ganz große Köpfe mit drinstecken.«

»Und dass jemand anderes davon profitiert?«, fragte Renan. »Also, wir haben da schon spekuliert, dass vielleicht eine Konkurrenzfirma dahintersteckt, die an den Auftrag rankommen will und deswegen die wichtigste Mitarbeiterin von Syst-Ix ausschaltet.«

»Upps«, sagte Jäger, »das wäre eine drastische Maßnahme ...«

»Aber nicht ganz von der Hand zu weisen«, ergänzte Julia.

»Ja, aber nach den Vergabeordnungen ist das nicht so einfach«, erklärte Jäger. »Die haben Syst-Ix ja den Zuschlag gegeben. Dann haben sie einen Vertrag gemacht, und bevor der nicht aufgelöst ist, kommt niemand anders zum Zug. Und dann müsste wahrscheinlich eh noch mal neu ausgeschrieben werden, und du weißt nicht, wer sich da wieder bewirbt … also, ich als Konkurrenz hätte da eher probiert, die Mitarbeiterin zu kaufen. Wenn sie so wichtig war, hätte sie es vielleicht eher geschafft, Syst-Ix die Tour zu vermasseln, und vor allem wäre sie fast eine Garantie gewesen, dass der Auftrag mit ihr zusammen zu einer Konkurrenzfirma geht, wenn Syst-Ix gewisse vertragliche Pflichten nicht mehr erfüllen kann.«

»Ja, aber in dieser Richtung haben wir bisher keinerlei Hinweise.« Alfred begann, eine Zigarette zu drehen.

»Ihr müsstet halt in den nächsten Monaten beobachten, ob Syst-Ix den Auftrag verliert und wer dann dafür zum Zuge kommt«, sagte Julia.

»Normalerweise dauern Ermittlungen bei uns nicht so lange, aber wir werden es schon so machen«, seufzte Renan.

»Es gibt dann noch einen Hinweis, dass die Agentur womöglich vorhat, sich von den Digidoor-Betriebssystemen zu verabschieden«, sagte Alfred.

»Wie die Münchener Stadtverwaltung damals?«, warf Julia ein.

»So ungefähr. Irgendwie ist es mit dieser kostenlosen anderen Software dann aber so, dass du trotzdem noch Hilfe beim Betrieb brauchst oder maßgeschneiderte Lösungen für die jeweilige Organisation«, ergänzte Renan.

»Und diese Organisation ist verdammt groß.« Jäger beugte sich interessiert nach vorne. »Um die 100.000 Mitarbeiter, wenn ich mich nicht irre.«

»Genau. Und da wäre Syst-Ix, vor allem durch den Einfluss unserer Toten, schon so etwas wie eine Gefahr für Digidoor«, fuhr Renan fort.

»Das hätte was.« Julia rieb sich die Nase.

»Wir haben nur keine Ahnung, wen wir da bei Digidoor befragen sollten«, sagte Alfred. »Die haben ja keine Niederlassung hier oder so was. Wen ruft denn die Arbeitsagentur an, wenn sie bei Digidoor Software kaufen will?«

»Ich mach mich mal schlau«, sagte Jäger plötzlich.

»Das würdest du machen?«, fragte Alfred ungläubig.

»Ich habe in letzter Zeit so viel Ärger mit meinem Digidoor-Betriebssystem, dass es mir eine persönliche Genugtuung wäre«, erwiderte Jäger trocken. »Meine Tochter sitzt gerade über einer Hausarbeit für die Uni und kommt jeden Abend an, weil irgendwelche Formatierungen durcheinandergehen … ich hasse Digidoor!«

»Aber für Digidoor gilt natürlich auch, dass es eleganter wäre, wenn sie die Frau einfach gekauft hätten oder abgeworben, ist doch ein attraktiver Arbeitgeber«, wandte Julia ein.

»Ja, aber die Tote war ja vorher schon bei Digidoor«, gab Renan zu bedenken. »Sie muss ihre Gründe gehabt haben, dort wegzugehen, und wahrscheinlich konnte man sie deshalb auch nicht mehr abwerben.«

»Die Konten der Toten habt ihr sicher schon geprüft«, sagte Julia.

»Da gibt's nichts Auffälliges, wenn man davon absieht, dass sie im Monat ungefähr so viel verdient hat wie wir vier zusammen«, stellte Renan fest.

»Ja, so ist das in der Wirtschaft«, schmunzelte Jäger. »Dafür können die aber auch arbeitslos werden. Also, theoretisch!«

Es war bereits nach zwei Uhr und sie wollten die Kantine gerade verlassen, als eine der Küchenhilfen an den Tisch kam. Sie hatte sich schon etliche Minuten vorher in der Nähe herumgedrückt und halbherzig ein paar Tischplatten abgewischt, aber erst als Borske und Jäger gegangen waren, traute sie sich, Alfred anzusprechen.

»Entschuldigung, Sie sind doch zuständig für Vermisste?«

»Ja, wir sind vom K11«, sagte Alfred, während Renan im Aufstehen innehielt und sich wieder setzte. »Und Sie sind doch die charmante Dame, die mir immer noch einen Nachschlag Fleisch gibt?«

Renan musterte die junge Frau in der Küchenkluft, die ihr nie weiter aufgefallen war, was wahrscheinlich daran lag, dass sie nur selten bei den Hauptgängen stehen blieb. Sie war eher klein, zumindest für Renans Verhältnisse, hatte etwas unreine Haut und aschblondes Haar. Sie mochte Mitte oder Ende zwanzig sein und schien etwas schüchtern oder eher bedrückt. Auf jeden Fall vermied sie es, den beiden Ermittlern länger in die Augen zu sehen.

»Bitte, nehmen Sie doch Platz, Frau ...«

»Katharina Gruber«, sagte sie und setzte sich auf den Rand des Stuhls neben Alfred.

»Hauptkommissar Albach, Kommissarin Müller«, erwiderte Alfred, mit einer unangezündeten Zigarette spielend. »Was können wir denn für Sie tun? Vermissen Sie jemanden?«

»Ja, eigentlich schon ... ich ... kann seit Tagen meinen Bruder nicht mehr erreichen.« Ihre Intonation klang bei genauem Hinhören leicht sächsisch.

»Wie lange denn genau?«, fragte Alfred.

»Schon über eine Woche.«

»Und ist das ungewöhnlich?«

»Ja. Bei mir meldet er sich ja öfter nicht, aber bei unserer Mutter ... sie hatte letzte Woche Geburtstag und er hat sie nicht mal angerufen. Ich probiere es seitdem mehrmals am Tag, auch auf seinem Handy ...« Nun sah sie abwechselnd Renan und Alfred in die Augen. Ihre Verzweiflung war echt.

»Haben Sie schon eine Vermisstenanzeige erstattet?«, fragte Renan.

»Ja, das habe ich vorgestern gemacht.«

»Gut, bei welchem Kollegen waren Sie denn da?«, fragte Alfred.

»Das war in Fürth«, sagte Katharina Gruber.

»Au weh«, entfuhr es Renan, »wohnt Ihr Bruder wohl da?«

»Nein, der lebt in Wiesbaden. Ich wohne in Fürth.«

»Dann ist es im Prinzip egal, wo Sie die Anzeige aufgeben.« Alfred blickte verstohlen auf seine Uhr. »Die Fürther werden das genauso weiterleiten, wie wir es tun.«

»Aber die haben mich überhaupt nicht ernst genommen«, platzte es aus der jungen Frau heraus. »Von wegen so ein junger Bursche und dann noch ohne Familie, das wäre doch ganz normal, dass so einer mal ein paar Tage nicht erreichbar ist ... kenne ich ihn seit 25 Jahren oder die?«

»Aber die Anzeige haben sie schon aufgenommen?«, hakte Renan nach.

»Da bin ich mir nicht so sicher ...«

»Haben Sie etwas unterschrieben?«, fragte Alfred.

»Ja, der hat irgend so ein Formular ausgefüllt und mir hingelegt.«

»Hatten Sie ein aktuelles Foto dabei?« Alfred blickte nochmals auf die Uhr.

»Ja, das hab ich dem gegeben, aber ...«, sie schüttelte den Kopf und blinzelte heftig, »ich kann nicht glauben, dass die überhaupt etwas unternehmen, um meinen Bruder zu finden. Ich dachte, ich frage mal jemanden hier in Nürnberg, ob man da nichts weiter tun kann.«

»Die Zuständigkeiten sind leider sehr klar geregelt.« Alfred atmete tief ein und fuhr sich mit den Händen über das Gesicht. »Wir können da so gut wie nichts machen. Es ist eher die Frage, ob wir nicht mehr Schaden anrichten, wenn wir uns da einmischen. Da reagiert so manche Dienststelle allergisch.«

»Da hat er recht«, sagte Renan, als der Blick der jungen Frau hilfesuchend zu ihr wanderte, »aber solange Sie nichts hören, heißt das zumindest, dass Ihr Bruder nicht tot ist, jedenfalls ist er kein unidentifizierter Toter, der seitdem gefunden wurde ...«

»Diese Daten werden selbst in Hessen abgeglichen, da können Sie sicher sein, Frau Gruber.« Alfred drückte ihr tröstend den Arm. »Wir müssen jetzt aber wirklich weg, wir haben noch eine Latte von Befragungen zu erledigen.«

»Danke jedenfalls, dass Sie mir zugehört haben.« Katharina Gruber klang so verzweifelt, dass Renan ihr eine Visitenkarte in die Hand drückte.

»Wenn Sie in zwei Tagen nichts Neues gehört haben, kommen Sie mit einem Foto noch mal zu uns ins Büro. Zweiter Stock, aber besser vorher anrufen, wir sind oft im Außendienst.«

»Da laufen ganz große Schweinereien ab und keiner will es wahrhaben. Die legen sich abends ins Bett und hoffen, dass am nächsten Morgen alles wieder gut ist. Aber irgendwann gibt es kein Morgen mehr!«

Roman Stocker war ein Unsympath der Premiumklasse. Dürr, mit einem fleckigen Hemd, ungepflegten Zähnen und schwarzen Rändern unter den Fingernägeln. Zudem war er unrasiert und trug die fettig-dürftige Haarpracht zu einem jämmerlichen Pferdeschwanz gebunden. Dass er ungut aus dem Mund roch, hätte Renan ihm am liebsten sofort ins Gesicht gesagt. Sie riss sich aber zusammen, da Menschen in der Regel auskunftsfreudiger waren, wenn man sie nicht derart über sich selbst aufklärte.

Sie saßen in der Werkstatt des Haustechnikers. Sie befand sich im Keller, auch wenn das Schild im Treppenhaus ein »Souterrain« anzeigte. Stockers Reich bestand aus einem etwa 30 Quadratmeter großen Raum mit einem Schreibtisch und zwei Arbeitsflächen, auf denen verschiedene Hardwarekomponenten verstreut waren. Es stank nach kaltem Rauch. Auf den Arbeitsflächen und in zwei Metallregalen standen Lötkolben, Messinstrumente und haufenweise Plastikboxen mit Kleinteilen herum. Irgendwelche Drähte, Kontakte, Widerstände ... Renan interessierte sich nicht groß für Technik, sie sollte nur funktionieren, wie, war ihr wurst.

»Und Sie sehen in Frau Fritsche eine der Hauptverantwortlichen für diese ... Schweinereien?«, fragte sie nach.

»Ja natürlich, sie und alle anderen Officers.« Das letzte Wort spie er aus wie Galle.

»Also könnte man doch sagen, dass Sie der gesamten Chefetage feindlich gegenüberstehen?«

»Sie meinen, ich hätte die Fritsche ...?« Erst jetzt schien der Techniker zu erkennen, worum sich das Gespräch drehte. »Ja natürlich, das sieht euch wieder ähnlich. Anstatt zu den großen Köpfen zu gehen, nehmt ihr die Kleinen fest, auf denen eh jeder herumtrampelt.«

»Jetzt verstehen Sie mich aber falsch, Herr Stocker.« Renan zwang sich zu einem Lächeln. Sie kramte in ihrer Umhängetasche und fand noch ein paar »Fisherman's Friend«. Sie bot Stocker einen an, doch er lehnte ab. Daraufhin warf Renan selbst eine Pastille ein, in der Hoffnung, dass sie ihren Geruchssinn betäuben würde.

»Mein Kollege ist in diesem Moment oben und vernimmt Ihren obersten Chef. Wir wissen auch noch gar nicht, ob es sich um einen Mord oder einen Selbstmord handelt. Wir wollen hier nur möglichst viele Informationen über die Tote sammeln, und weil wir auf ihrem Schreibtisch dieses Schreiben gefunden haben, kommen wir eben auch zu Ihnen.« Sie hielt eine Kopie von Stockers Einladung hoch.

»Ach das.« Stocker winkte ab und begann, sich eine Zigarette zu drehen. Die Finger seiner rechten Hand waren bereits gelb-braun gefärbt vom jahrelangen Konsum filterloser Kippen. »War eine Pleite, sind nur zehn Leute gekommen. Das ist keine Belegschaft hier, das ist das reinste Herdenvieh. Lässt sich taub und blind zur Schlachtbank führen!«

»Sie glauben also, dass Syst-Ix demnächst verkauft wird?« Renan war fast dankbar, dass der Mann jetzt rauchte, da sein Mundgeruch nun im Tabakqualm unterging.

»Da verwette ich meinen Arsch drauf. Ich gebe dem Laden noch ein halbes Jahr, höchstens!«

»Und wo wäre dann das Problem?« Renan tat naiv.

»Wie wär's mit 300 Arbeitslosen?«, erwiderte Stocker sarkastisch.

»Aber ein Verkauf heißt doch nicht, dass ...«

»Sagen Sie mal, haben Sie in den letzten 5 Jahren mal Zeitung gelesen oder Nachrichten gehört?«

»Durchaus!«

»Haben Sie da von einem Firmenverkauf gehört, bei dem die Zahl der Jobs gestiegen wäre? Da kommen Investoren aus USA oder sogar Fernost. Die sind scharf auf die Syst-Ix-Lizenzen und Marktanteile in Europa. Die wollen hier keine Arbeitsplätze retten!« Stocker schnippte immer wieder hektisch die Spitze seiner Kippe an den Rand des Aschenbechers.

»Aber hier geht es um Computertechnik und Software«, hielt Renan weiter dagegen, »da kriegt man doch ratzfatz wieder Arbeit, gerade wo jetzt der Aufschwung eingesetzt hat. Jammern doch alle schon über Fachkräftemangel!«

»Das sagt sich leicht, wenn man Beamter auf Lebenszeit ist«, schnaubte Stocker. »Ihr habt doch keine Ahnung, wie es in der Wirtschaft läuft!«

»Es gibt keinen Grund, persönlich zu werden.« Renans Ton wurde scharf. Sie wedelte demonstrativ den Rauch vor ihrem Gesicht weg.

»Ja, 'tschuldigung ...« Der Haustechniker wurde kleinlaut. »... aber wenn du über vierzig bist oder hier nicht wegkannst, weil du eine Familie hast oder ein Haus gebaut oder eben kein Ingenieur bist ...«, er deutete mit beiden Händen auf sich selbst, »dann beurteilst du deine Jobchancen vielleicht anders!«

»Stimmt schon«, beschied Renan. »Gut, ich wäre dann soweit fertig ...«

»Wie, du willst nicht mal wissen, ob ich ein Alibi habe?«, fragte der Quertreiber ungläubig.

»Sie stehen nicht unter Mordverdacht, wie ich schon sagte«, erwiderte Renan, »aber könnte ich vielleicht Ihre Telefonnummer haben, falls neue Fragen auftauchen?«

»Ich habe keine Visitenkarten«, sagte Stocker, »aber ich schreibe dir hier meine Nummern auf.« Er riss ein Blatt von einem Notizblock ab.

Abends zappte Renan reichlich missmutig durchs Fernsehprogramm. Es gab Fußball, Champions League. Renan war zwar

Clubfan, konnte aber mit anderen Vereinen nichts anfangen und interessierte sich erst wieder für Länderspiele. Außerdem hatte sie den Eindruck, dass Fußball immer langweiliger wurde, je mehr Spiele live übertragen wurden. Auf einem der Privatsender kam wieder mal eine Castingshow, in der sich talentfreie junge Menschen freiwillig vor einer aufgeblasenen Jury zum Affen machten. Außerdem waren geboten: eine äußerst realistische amerikanische Krimiserie, die Hitparade der Volksmusik, eine Dokumentation, wie in einer Großbäckerei Hörnchen gebacken wurden, und darüber hinaus auch noch Police Academy V oder VI oder VII. Ein Nachteil des Polizistendaseins war, dass man sich die Hälfte des Programms von vornherein nicht mehr ansehen konnte, weil es sich um mehr oder wenige schwachsinnige Krimis handelte. Auf Arte beschäftigte man sich gerade mit experimentellem Theater in der französischen Provinz, während auf BR Alpha eine Runde von Langweilern über die Zukunft der beruflichen Bildung diskutierte. Renan zögerte noch etwas mit dem Umschalten, weil sie glaubte, den Langweiler rechts außen zu erkennen. Na klar, das war der verlauste Markus aus ihrer FOS-Klasse. Läuse hatte er damals wahrscheinlich keine gehabt, aber den dafür nötigen Haar- und Bartwuchs durchaus. Heute war er glatt rasiert und das Haupthaar hatte sich deutlich gelichtet. Er echauffierte sich gerade darüber, dass überall vom Aufschwung gesprochen wurde, aber noch immer drei Viertel aller Hauptschüler keine Lehrstelle fanden. Als sein Name eingeblendet wurde, stand darunter »DGB-Jugend Nürnberg«. Dann war er wohl doch Sozialarbeiter geworden.

Seufzend schaltete Renan den Kasten aus. Ihr Blick wanderte zu einem gut gefüllten Waschkorb. Sie schob es immer wieder erfolgreich vor sich her, aber jetzt sah es fast so aus, als käme sie ums Bügeln nicht mehr herum. Eigentlich war es ja auch praktischer, alles auf einmal zu erledigen, als jeden Morgen eine einzelne Bluse herauszuziehen und noch eilig glatt zu machen. Meistens blieb dann noch das Bügelbrett stehen und Renan stieß sich regelmäßig einen Fuß oder die Hüfte daran an. Sie legte eine CD von Sezen Aksu auf und nahm das Bügeleisen in Betrieb. Eigentlich war es ja halb so wild – wenn man erst mal damit angefangen hatte, wurde die Sache schnell meditativ. Nach der Hälfte der zweiten Bluse kreisten ihre Gedanken schon wieder um den aktuellen Fall. Die Befragung am Nachmittag bei Syst-Ix hatte zwar einige Neuigkeiten ergeben, aber deren Bedeutung war doch eher mysteriös. Alfred hatte sich so hartnäckig in Künzels Vorzimmer festgesetzt, dass der Chief Executive Officer ihn nach einer dreiviertel Stunde empfing. An der Sache mit Digidoor schien tatsächlich etwas dran zu sein. Offenbar trug sich die Bundesagentur mit dem Gedanken, die EDV der gesamten Verwaltung, also des Hauptsitzes und aller einzelnen Agenturen im Land, von Digidoor auf Linux umzustellen. Das Betriebssystem bekämen sie damit kostenlos, und für die einzelnen Anwenderprogramme bräuchten sie wahrscheinlich eigene Softwareentwicklungen. An diesen Entwicklungen hatte Syst-Ix schon Interesse bekundet und einen ersten, groben Kostenvoranschlag eingereicht. Im Erfolgsfall würde es ein Millionendeal werden und ein entsprechender Verlust für Digidoor. Somit könnte man dem weltgrößten Softwarekonzern ein gewisses Motiv für den Mord an Claudia Fritsche unterstellen, zumal Künzel versicherte, dass sie durch ihre Arbeit in der Statistik-Abteilung der Agentur die Türen auch für diesen Auftrag geöffnet hatte. Aber wen sollte man nun bei Digidoor zu einem Alibi befragen? Den Niederlassungsleiter in München? Einen Vertreter in Nürnberg oder gleich den Oberboss in den USA? Sie würden noch einmal genauer prüfen müssen, wer die Vorgesetzten von Claudia waren, als sie noch bei Digidoor tätig war. Wenn, dann wäre es doch denkbar, dass jemand, den sie noch von damals kannte, versuchen wollte, sie von ihrem Vorhaben abzubringen. Als er mit Argumenten nicht mehr weiterkam, wusste er sich nicht anders zu helfen, als Claudia auszuschalten ... – aber das war nur eine Theorie, und reichlich konstruiert war sie auch.

Was den stinkenden Haustechniker anging, so war er zwar unsympathisch, aber das waren die meisten anderen auch, die sie bisher vernommen hatten. Zudem schien Stocker nicht unbedingt dumm zu sein; was hätte es ihm gebracht, wenn er Claudia Fritsche ausgeschaltet hätte? Der Rest der Geschäftsführung machte deswegen doch weiter wie bisher.

Renan war danach noch Ritchie Messner auf dem Parkplatz begegnet. Er hatte etwas unbeholfen versucht, mit ihr zu flirten, was ihm nicht viel nützte, da erstens er nicht ihr Typ und zweitens sie im Dienst war. Renan trennte die beiden Lebensbereiche strikt, auch wenn sie dabei schon mehrmals gute Gelegenheiten in den Wind geschlagen hatte. Sei's drum – jedenfalls hatte Ritchie die Sache mit dem Millionendeal mit der Arbeitsagentur auch bestätigt. Er traute sich nicht zu, die Erfolgschancen von Syst-Ix zu beurteilen, aber eine gewisse Bedrohung des Marktführers sah er durchaus. Von früheren Verbindungen zwischen Claudia Fritsche und Digidoor wusste er leider nichts.

Während des Bügelns stellte Renan fest, dass drei Knöpfe locker waren und wieder angenäht werden mussten. Auch zwei Socken hatten es dringend nötig. Noch so eine Fronarbeit. Sie haderte noch mit sich, ob sie Nadel und Faden zusammensuchen sollte, als es an der Tür klingelte. Es war die Tochter der Mieter unter ihr, Jana. Sie hatte ihren Wohnungsschlüssel vergessen und ihre Mutter würde erst in zwei Stunden wieder da sein.

»Ich würde mich ja auf die Treppe setzen und warten«, sagte sie, von einem Bein aufs andere tretend, »aber ... ich muss dringend aufs Klo.«

Renan schmunzelte kurz, zog aber gleich darauf wieder eine ernste Miene und fragte:

»Kannst du Knöpfe annähen?«

»Ja, schon ...« Jana schien verunsichert.

»Dann sind wir im Geschäft.« Renan öffnete die Tür ganz und ließ die Kleine in ihr Bad. Wobei sich »klein« nur auf ihre Größe, nicht auf ihr Alter bezog. Renan schätzte sie auf sechzehn, siebzehn. Als sie sichtlich erleichtert wieder herauskam, deutete Renan auf ihr Wohnzimmer und sagte:

»Ich hätte da drei Knöpfe anzunähen. Dafür musst du nicht im Treppenhaus sitzen, kriegst was zu trinken und darfst sogar noch mal aufs Klo. Was hältst du davon?«

»Wenn's weiter nichts ist ...« Jana zuckte mit den Schultern und ging voraus ins Wohnzimmer. »Hast du 'ne Cola?«

»Fehlanzeige«, sagte Renan und drückte ihr das Nähzeug in die Hand. »Wasser, O-Saft oder Tee. Mehr gibt's nicht.«

»Na, dann eben einen Saft«, seufzte Jana und setzte sich aufs Sofa. »Was ist denn das für abgefahrene Musik?«

»Sezen Aksu.«

»Nie gehört.«

»Ist der größte Popstar in der Türkei.« Renan ging in die Küche und suchte ein sauberes Glas. Abgespült werden müsste auch mal wieder.

»Also bist du doch Türkin«, sagte Jana, als Renan mit dem Saft zurückkam.

»Nein.«

»Aber warum siehst du dann so aus und hörst solche Musik?«

»Wie sehe ich denn aus?« Renan schlug zwar einen scharfen Ton an, doch eigentlich gefiel ihr die offene Neugier des Mädchens.

»Na ja, deine Haare, deine Augen, deine ...«

»Sag jetzt nicht Nase!«

Jana blickte leicht verlegen nach unten und machte sich nicht mal ungeschickt ans Einfädeln des Garns.

»Ich bin keine Türkin, weil ich einen deutschen Pass habe«, sagte Renan schließlich.

»Aber du warst mal eine?«

»Nein, eigentlich nicht!«

»Aber ...«

»Fang an zu nähen« – Renan tat weiter streng – »dann sag' ich dir die ganze Wahrheit.«

»Okay.«

»Also, meine Mutter ist Türkin und mein eigentlicher Vater war auch Türke. Der hat sich aber aus dem Staub gemacht, als ich noch gar nicht auf der Welt war. Kurz darauf hat meine Mutter meinen Stiefvater kennengelernt. Sie haben geheiratet, Erwin hat mich adoptiert, und als ich meinen ersten Pass bekam, war ich Deutsche. So einfach ist das.«

»Und deswegen heißt du Müller«, stellte Jana fest.

»Genau ... pass auf, das wird schief!«, mahnte Renan.

»Hast du jüngere Geschwister?«, fragte Jana.

»Ja, eine Schwester, warum?«

»Merkt man!«

Eine Zeit lang sagten sie nichts. Renan schnappte sich die Socken und begann, sie zu stopfen. Das wollte sie der Kleinen dann doch nicht zumuten. Jana arbeitete etwas langsam, aber recht fingerfertig. Soviel Renan wusste, lebte sie alleine mit ihrer Mutter in der unteren Wohnung. Jedenfalls war klar, dass Jana zuhause mit anpacken musste, sonst hätte sie sich nicht so widerstandslos Hausarbeit aufdrücken lassen. Nach allem, was man hörte, schien das ja nicht mehr überall so zu sein.

»Und ich dachte schon, du bist vielleicht verheiratet und heißt deswegen Müller«, nahm Jana schließlich das Gespräch wieder auf.

»Siehst du regelmäßig einen Mann aus dieser Wohnung kommen?«, fragte Renan.

»Nein, aber da achte ich doch nicht so drauf. Außerdem ist mein Vater ja auch nicht bei uns.« Sie nahm ihren Haargummi ab und band den blonden Pferdeschwanz neu.

»Dann sind deine Eltern wahrscheinlich geschieden«, sagte Renan.

»Nein, das haben sie immer noch nicht geschafft, glaube ich.« Jana schien darüber nicht sonderlich traurig zu sein. Sie zuckte mit den Schultern und machte sich wieder ans Nähen.

»Wie alt bist du denn genau?« Renan wechselte bewusst das Thema.

»18.«

»Da hast du dich aber gut gehalten.«

»Danke«, lächelte Jana, die in Kapuzenshirt und Jeans und mit dem blonden Pferdeschwanz tatsächlich noch um einige Jahre jünger wirkte, »aber in meinem Alter ist das manchmal nervig.«

»18«, wiederholte Renan nachdenklich. »... elfte Klasse?«

»Nee, zwölfte.«

»Kurz vorm Abi?«

»Ist schon noch ’n bisschen hin. Jetzt muss ich erst mal meine Facharbeit schreiben.« Jana hatte den ersten Knopf dran und gab Renan die Bluse. »Gut so?«

»Hm, nicht ganz schlecht«, erwiderte Renan. »Worüber schreibst du denn?«

»Über Sozialstruktur und Lebensformen.« Jana ließ die zweite Bluse wieder sinken und blickte Renan begeistert an. »Interessiert dich das?«

»Keine Ahnung.« Renan hob die Schultern. »Erzähl halt mal.«

»Also, meine Mutter und ich, wir sind ein Alleinerziehenden-Haushalt. Das sind ungefähr 6% aller Lebensformen. 85% aller Alleinerziehenden sind Mütter, nur 15% Väter. Außerdem arbeiten 85% der alleinerziehenden Eltern. Dann gibt es Lebensgemeinschaften ohne Heirat«, sprudelte es nur so aus Jana heraus. »Das ist aber eher eine Mogelpackung, weil die meistens doch heiraten – oder Schluss machen. Nur 6% von denen bleiben ohne Heirat zusammen. Dann gibt es noch LAT-Beziehungen ...«

»Was?«

»LAT ... living apart together, das sind Beziehungen, wo einer oder beide unter der Woche nicht da sind. Meistens arbeitet einer ziemlich weit weg und kommt dann nur am Wochenende. Das sind etwa 5% aller Paare.«

»Und was ist mit ganz normalen Ehepaaren?«, warf Renan dazwischen.

»Keine Ahnung«, sagte Jana entgeistert. »Meinst du, das spielt noch eine Rolle?«

»Weiß ich nicht.« Renan versuchte, sich an die durchschnittliche Scheidungsrate zu erinnern. »Vielleicht haben sie die Ehe statistisch auch schon abgeschrieben.«

»Du bist jedenfalls ein Einpersonen-Haushalt«, nahm Jana ihren Vortrag wieder auf.

»Danke für den Hinweis!« Renan atmete tief ein.

»Das sind über 30% aller Haushalte«, sagte Jana.

»So viele?«

»Ja, aber da sind ganz viele Alte dabei, Witwen und so ...«

»Auuuhhh.« Renan verzog das Gesicht.

»Doch, doch. Wenn man die rausrechnet, dann gibt es bloß noch 10% Singles ...«

»Ich glaube, das will ich jetzt nicht mehr hören.« Renan hob die Hand.

»... und je länger du Single bleibst, desto geringer wird die Wahrscheinlichkeit, dass du noch einmal in eine andere Lebensform übergehst!« Jana war in ihrer Begeisterung für die Materie überhaupt nicht mehr zu bremsen. »... und so ab 40 sieht's dann ganz schlecht aus ... was denn?«

»Du brauchst nicht mehr weiterzunähen,« Renan hatte ihr die Bluse wieder abgenommen, »aber lass uns bitte ganz schnell das Thema wechseln, o.k.?«

5. Frühe Vögel

Tags darauf war es soweit: Die neue Dezernatsleiterin stellte sich im Kommissariat 11 vor und tauchte bei Renan und Alfred im Büro auf. Karla Neumann war 52 Jahre als, schlank und um eine legere Eleganz bemüht. Das dunkelblonde Haar trug sie glatt und schulterlang, es waren keine grauen Strähnen zu sehen. Alfred kannte ihr Parfum von irgendwoher – hatte seine Frau Irmgard das früher benutzt? Die Kriminalrätin Neumann war jedenfalls kaum geschminkt und trug außer zwei Ringen und einer schlichten Perlenkette keinen Schmuck. Alfred war gespannt, wie sie sich in diesem Männerclub schlagen würde. Es war schwer genug, als Außenstehender in so eine Position zu kommen. Immer gab es Leute, die intern bei der Stellenbesetzung übergangen wurden und sich dann wenig kooperativ zeigten. Bisweilen wurde auch aktiv an Stühlen von neuen Vorgesetzten gesägt. Da gab es zum Beispiel Günther Ullmann. Er war seit einigen Jahren Kommissariatsleiter im K11, und zwar von Herbert Göttlers Gnaden, des obersten Chefs der Nürnberger Kripo. Ullmann war also nicht wegen seiner überragenden Kompetenzen auf diesem Posten, sondern weil er immer schön tat, was Göttler wollte. So etwas war der Karriere bis zu einem gewissen Grad förderlich, aber ab den Dezernatsleitungen wurde schon genauer hingesehen. Es handelte sich um Stellen im höheren Dienst, und selbst wenn Herbert sich vorgenommen hätte, seine Marionette Ullmann auf so einen Posten zu hieven, hätte er große Probleme mit dem Personalrat bekommen und später auch mit Ullmann, der so einer Stelle einfach nicht gewachsen war. Er hatte die letzten zwei Jahre zum Dank für seine Loyalität zum Herrn Direktor eine ziemlich ruhige Kugel geschoben, hatte immer schön pünktlich Feierabend gemacht und keinen Tag Urlaub verfallen lassen. Die Gleichstellungsbeauftragte hatte auch noch ein Wörtchen mitzureden. Es gab tatsächlich viel zu wenig Frauen in Führungspositionen der Polizei; so gesehen war Karla Neumann wohl so etwas wie ein kleinster gemeinsamer Nenner. Alfred wusste nicht, ob sich auch eine Kollegin aus der Nürnberger Direktion auf die Stelle beworben hatte. Aber die hätte es als Frau gleich noch mal schwerer gehabt. Es wäre ein Himmelfahrtskommando geworden.

Alfred hatte gerade ein Telefonat mit den Kollegen in München geführt und sie gebeten, sich mit der Personalabteilung von Digidoor in Verbindung zu setzen. Er wollte die Spur zu dem Software-Riesen nicht ganz unbeachtet lassen. Ein paar

Namen von früheren Vorgesetzten und engen Kollegen konnten nichts schaden, und deren Alibis zur Tatzeit natürlich. Er hatte nur einen Teilerfolg zu verzeichnen, ein Hauptkommissar namens Maul zeigte sich nur verhalten kooperativ. Es würde ein paar Tage dauern, da sie auch in der Landeshauptstadt alle Hände voll zu tun hätten.

Renan sah sich unterdessen auf den Internetseiten der Bundesagentur für Arbeit um. Etwas Besseres fiel ihr gerade nicht ein, bevor nicht die abschließenden Berichte der Rechtsmedizin und der Spurensicherung vorgelegt wurden, was heute oder spätestens morgen passieren sollte. Nachdem sie sich durch etliche verschlungene Pfade gekämpft hatte, verstand sie langsam, was Krossitzky gemeint hatte. Es waren von jedem Bundesland einzelne Daten verfügbar. Sie klickte sich durch Bayern und fand detaillierte Zahlen. Die Arbeitslosen in jeder Stadt, jedem Landkreis, jedem Dorf waren erfasst. Sowohl in Prozent als auch absolut. Und dann waren sie noch nach Alter getrennt, nach Zugängen und Abgängen, nach SGB III und SGB II. Soviel Renan mitbekommen hatte, bedeutete SGB III, dass es sich um Empfänger von Arbeitslosengeld I handelte, während unter SGB II die von Arbeitslosengeld II fielen, die sog. Hartz-IV-Leute. Es war einfach irre. Hätte sie die ganze Liste ausgedruckt, wären mehrere Kilometer Papier herausgekommen.

»Willst du wissen, wie viele Arbeitslose es in Backersdorf gibt?«, fragte sie.

»Backersdorf?« Alfred sah von der Produktion einer Zigarette auf. »Wo ist das denn?«

»Keine Ahnung! 24 sind da gemeldet, aber wenn du lieber Nürnberg willst, da sind es 34.860 oder 11 Prozent!«

»Hört sich nach verdammt viel an.«

»Also, mehr gibt's noch in ...«, sie klickte eine Zeitlang mit der Maus, »Weiden, Amberg, Hof und Kronach.«

»Oberpfalz und Oberfranken.« Alfred hatte genug Zigaretten gedreht und räkelte sich nun ausgiebig auf seinem Schreibtischsessel.

In dieser arbeitsamen Atmosphäre wurden sie von ihrer neuen Chefin überrumpelt.

»Frau Müller, Herr Albach? Schön, dass ich Sie hier noch antreffe!«

»Frau Neumann!« Alfred sah sich gezwungen, seine entspannte Arbeitshaltung aufzugeben. »Wie schön, dass Sie uns hier besuchen.«

»Ja, ich hatte mich in den letzten Tagen schon bei fast allen Teams kurz vorgestellt.« Sie ging zum Fenster und prüfte den Blick in die Fußgängerzone. »Leider waren Sie beide bislang nie im Büro ...«

»Mordfälle lassen sich leider nicht immer vom Schreibtisch aus lösen«, lächelte Alfred. »Einen Kaffee, Frau Kriminalrätin?«

»Nein, nein, danke.« Sie setzte sich an den dritten Schreibtisch, der herrenlos an der Stirnseite der beiden anderen stand und vor allem von Renan als Zwischenlager und Vesperplatz benutzt wurde. Alfred hatte nur ein paar Autoprospekte von seinem Alfa-Händler liegenlassen.

»Trotzdem würde ich es begrüßen, wenn ich die Chance hätte, meine Mitarbeiter zumindest einmal am Tag zu sehen. Mit den Dienstbesprechungen scheint mir auch etwas geschlampt worden zu sein.«

»Das liegt aber in der Zuständigkeit der Kommissariatsleitung.« Alfred lächelte scheinheilig. »Wir sind ja nur einfache Ermittler.«

»Sie scheinen mir ja ein ganz Gerissener zu sein«, erwiderte sie trocken. »Also, künftig würde ich es begrüßen, wenn Sie sich zwischen acht und zehn im Präsidium aufhalten und Ihre Außendienste erst danach wahrnehmen würden. Dringendes und Notfälle natürlich ausgenommen.«

»Acht Uhr früh?«, entfuhr es Renan.

»Ja, oder fangen Sie später an, Frau Müller?«

»Allerdings.« Renan war so entsetzt, dass sie den gebührenden Respekt vergaß.

»Nun ja, wir werden sehen.« Karla Neumann linste vielsagend über ihre Brille. »Sie bearbeiten gerade den Fall der Toten von der A73, nicht wahr?«, fragte sie, nachdem sie die Tischplatte kurz inspiziert hatte.

»Genau«, sagte Alfred, während Renan immer noch fassungslos war.

»Gibt es da schon Klarheit von wegen Fremdeinwirkung? Nicht, dass ich mich in Ihre Ermittlungen einmischen will, aber am Anfang hätte ich einfach gerne einen groben Überblick.«

»Wir gehen von Fremdeinwirkung aus, zumindest nach dem bisherigen Stand der Ermittlungen.«

»Dann fassen Sie die doch bitte mal kurz zusammen.«

»Gut. Also, Claudia Fritsche war 39 und ...«, begann Alfred.

»Ach bitte«, lächelte die Neumann, »Frau Müller, ich würde gerne mal etwas von Ihnen hören.«

»Öhm, ja«, Renan setzte sich etwas gerader hin und fuhr fort: »Sie ist am Abend des 29. September von der Fußgängerbrücke Mainausteg aus auf die Fahrbahn gestürzt. Sie war Chief Information Officer bei Syst-Ix, einer Softwarefirma. Dort war sie besonders wichtig für die Zusammenarbeit mit der Bundesagentur für Arbeit, die Syst-Ix eine gute Auftragslage bescherte.«

»Dann hatte in der Firma wohl niemand ein Tatmotiv?«, fragte die Neumann.

»Das ist unklar. Offenbar wurde vor ein oder zwei Jahren die ganze Chefetage ausgewechselt und es gibt Gerüchte, dass die Firma nur noch für einen Verkauf herausgeputzt werden soll. Dann wäre sie als Topmanagerin vielleicht doch nicht so beliebt gewesen in der Belegschaft. Allerdings war sie ja nicht die Einzige in der Geschäftsführung, und die anderen machen auch ohne sie weiter.«

»Hm«, Karla Neumann nahm ihre Brille ab und rieb sich kurz die Augen, »was machen die denn für die Bundesagentur?«

»Die helfen denen bei der Umstellung ihrer ganzen EDV. Da muss mit diesen Hartz-Reformen vieles neu gemacht werden. Also von wegen der Statistik, da werden jetzt offenbar viel mehr Daten erfasst als früher ... es gibt auch noch eine vage Spur, weil die Agentur womöglich alle ihre Filialen mit einem neuen Betriebssystem ausstatten will, die wollen von Digidoor weg, wie es aussieht. Nun könnte es sein, dass Syst-Ix da auch zum Zuge kommt, dann hätten wir einen theoretisches Motiv bei Digidoor, weil Claudia Fritsche auch hierbei die Türen geöffnet hätte.«

»Nun ja.« Die Kriminaldirektorin wirkte skeptisch.

»Ist recht weit hergeholt«, beeilte sich Renan zu erklären, »aber die Tote hat früher für Digidoor gearbeitet, so dass wir diese Spur auf jeden Fall im Auge behalten, wenn auch nicht vorrangig.«

»Sehr gut. Wie sieht's mit dem Privatleben aus?«

»Sehr dünn. Die Frau hat offenbar nur gearbeitet, geschlafen und ist hin und wieder joggen gegangen. Sie war ja auch nicht von hier, sondern stammte aus Hamburg und war in den letzten Jahren beruflich in der ganzen Welt unterwegs.«

»Was ist mit ihren Telefonverbindungen? E-Mails?«, fragte die Neumann.

»Weder auf ihrem Festnetztelefon noch auf ihrem Handy finden sich auffällige Nummern. Sie hat mit verschiedenen Stellen bei Syst-Ix telefoniert, mit einigen Kunden, dann haben wir noch Telefon-Banking ... interessant ist, dass wir in ihrer Wohnung keinen Computer gefunden haben. Auch keine CDs oder sonstige Speichermedien«, sagte nun Alfred, der die entsprechenden Unterlagen auf seinem Tisch hatte. »Außerdem haben wir am Fundort keine Schlüssel gefunden, auch nach intensiver Suche nicht. Dadurch wird ein Selbstmord äußerst unwahrscheinlich. Es hatte sich ein fremdes Haar in ihrer Halskette verfangen, die Rechtsmedizin hat es unserer Kriminaltechnik zur Auswertung gegeben. Wir wollen jetzt aber erst noch den endgültigen Bericht der Rechtsmedizin abwarten.«

»Tun Sie das«, nickte sie zustimmend. »Halten Sie es denn für möglich, dass ein Täter nach dem Mord noch in die

Wohnung gegangen ist und dort einen PC entwendet hat?«

»Ja, durchaus«, meldete sich Renan wieder, »aber die Spurensicherung ist noch nicht ganz mit der Auswertung der Spuren fertig.«

»Wir prüfen zur Sicherheit auch die Vorstrafen verschiedener Syst-Ix-Mitarbeiter«, ergänzte Alfred.

»Was ist mit ihrem Arbeitsplatz?«, fragte die Dezernatsleiterin.

»Die lassen uns nicht so ohne Weiteres das Computernetzwerk oder den Mailverkehr von Frau Fritsche prüfen«, sagte Alfred, »reden sich mit geheimen Interna raus. Wir haben sie natürlich gebeten, selbst nach Auffälligkeiten zu suchen und uns dann zu unterrichten, aber ... da ist bis heute nichts passiert.«

»Durchsuchungsbeschluss?«, fragte Neumann.

»Ist der letzte Weg.« Alfred lehnte sich zurück. »Wir versuchen immer erst, anders weiterzukommen. So was wirbelt ja immer Staub auf und verschafft uns nicht unbedingt neue Freunde ... aber wenn Sie anderer Ansicht sind ...?«

»Nein, nein«, wehrte sie ab, »wie gesagt, ich möchte mich nicht in Ihre Arbeit einmischen. Außerdem habe ich bei Ihnen beiden den Eindruck, dass Sie schon wissen, was Sie tun. Wenn ich irgendwo helfen kann, zögern Sie nicht, mich anzurufen, okay? Und morgen probieren wir es mal mit einem Dienstbeginn um acht. Der frühe Vogel fängt den Wurm!« Sie erhob sich und machte Anstalten, das Büro zu verlassen.

Renan machte diese Ansage sprachlos, während Alfred sich eine Abschlussbemerkung nicht verkneifen konnte:

»Das könnte sich aber auf das Überstundenkonto auswirken, Frau Neumann.«

»Richtig.« Sie blieb im Türrahmen stehen, drehte sich um und linste Alfred über ihre Brillengläser an. »Lassen Sie es mich so sagen: Es gibt Beamte, die schaffen ihr Pensum, ohne sich zu überarbeiten, andere schreiben einfach ihre

Überstunden nicht auf. Bei Ihnen habe ich da einen konkreten Verdacht, Herr Albach!«

Kurz vor der Mittagspause kam tatsächlich der Bericht von der Rechtsmedizin via E-Mail auf Renans Rechner. Sandra war bei der Toten eine seltsame Reizung der Schleimhäute aufgefallen, als ob sie eine schwere Atemwegsinfektion gehabt hätte. Da man aber mit einer Grippe normalerweise nicht joggen geht und sich auch keine entsprechenden Krankheitserreger fanden, hatte die Pathologin Verdacht geschöpft und sich das Blut und andere Körperflüssigkeiten noch einmal näher angesehen. Dort fand sie tatsächlich Spuren von Diethylether, einem Narkotikum ähnlich wie Chloroform, das Claudia Fritsche offenbar kurz vor ihrem Tod noch eingeatmet hatte. Sie war ziemlich sicher betäubt worden, bevor sie auf die Autobahn stürzte. Diese Entdeckung machte den Fall klar: Es handelte sich definitiv um Mord. Wohnungsschlüssel hin oder her. Das war einerseits tröstlich, weil sie demnach die letzten Tage nicht umsonst gearbeitet hatten. Andererseits fing die Arbeit jetzt erst an, hatten sie doch noch immer keinen heißen Tatverdächtigen. Diethylether war jedenfalls nicht sonderlich schwer zu bekommen, jeder, der über Grundkenntnisse der Chemie verfügte, konnte ihn aus legal käuflichen Substanzen zusammenmischen. So konnte der Täterkreis nur geringfügig eingeschränkt werden. Alfred schlug vor, einen kurzen Spaziergang in Richtung *Brozzi* zu machen und dort weiterzudenken, in Verbindung mit einem kleinen Päuschen.

»Also, wenn du mich fragst«, sagte Alfred, während er sich ein Lammcurry schmecken ließ, »dann war das jemand, der sich nicht gerne die Finger schmutzig macht.«

»Wieso?« Renan biss in eine Butterbreze.

»Zum einen wegen der Tatumstände. Nichts Blutiges, nichts Aufwendiges, ein kurzer Schubs und fertig.«

»Dafür hätte sie aber auch überleben können, oder?«

»Das ist höchst unwahrscheinlich, aus dieser Höhe und dann noch auf eine stark befahrene Autobahn. Nein, nein, da hat jemand schon ganz genau nachgedacht. Die Sache mit dem Ether zeigt für mich außerdem, dass es eine lange geplante Tat war und ...«, er erhob die Gabel, »dass der Täter auch keine Lust auf einen längeren Ringkampf hatte. Es sollte schnell gehen und wenig Mühe machen. Vielleicht hatte er auch Angst, dass ein Kampf zu deutliche Spuren am Körper der Toten hinterlassen würde.«

»Da ist was dran.« Renan pulte ein paar Salzkörner von ihrer Breze. »Vielleicht deutet das auch auf eine Frau hin. Ein halbwegs kräftiger Mann hätte die Fritsche doch problemlos über das Geländer gebracht.«

»Guter Gedanke.« Alfred wischte sich ein paar Curryreste mit der Serviette aus dem Gesicht. »Es ist auf jeden Fall jemand, der auch keine Lust hatte, groß etwas für das Verschwinden der Leiche zu tun. Das wäre ja wieder höchst unangenehm ...«

»Zerstückeln und vergraben, beschweren und versenken, verpacken und auf die Müllkippe«, zählte Renan auf.

»Genau! Alles unschön.« Alfred brachte sein Zigarettenetui in Stellung. »Also lieber von der Brücke stürzen, so dass die Polizei einen Selbstmord nicht ausschließen kann.«

»Dann würde ich aber einen Abschiedsbrief fälschen oder so«, warf Renan ein. »Er oder sie weiß ja nicht, was wir uns denken.«

»Das ist aber riskant.« Er blickte etwas ungeduldig auf das letzte Brezenstück, das Renan partout nicht essen wollte. »Die meisten als Selbstmord getarnten Morde werden doch über solche Spuren aufgeklärt. Da stimmen irgendwelche Details nicht oder es sind Informationen enthalten, die nur ein kleiner Kreis von Personen wissen kann. Letztlich gibst du als Täter damit zu viel von dir preis. So was machen nur Dummköpfe, und unser Täter oder unsere Täterin war auf keinen Fall dumm.«

»Dann sollten wir vielleicht mal im Umfeld der Toten nach einer intelligenten Frau suchen, die sich nicht gerne die Hände schmutzig macht.« Renan nahm den letzten Bissen der Breze.

»Ja«, Alfred zündete sich erleichtert eine Kippe an, »irgendwie haben wir außer ihrer Mutter noch keine einzige Frau zu dem Fall befragt, oder?«

In diesem Moment klingelte Alfreds Handy. Es war Pit von der Spurensicherung.

»Die Kollegin Müller hat mir gestern drei Visitenkarten und so einen Schmierzettel geschickt, zum Untersuchen nach Fingerabdrücken«, sagte er.

»So? Davon weiß ich gar nichts.« Alfred runzelte die Stirn, während Renan ihm gegenüber wild gestikulierte, weil sie wissen wollte, was los war.

»Wir haben hier jedenfalls eine Übereinstimmung mit Spuren vom Tatort.« Pit war weniger aufgeregt, man hörte deutlich, wie er ein Gähnen unterdrückte. »Vielleicht wollt ihr demnächst eine vorläufige Festnahme im Nordostpark machen?«

»Also doch. Bei Syst-Ix?«, rief Alfred.

»Ich denke schon.« Pit gähnte nun wirklich. »Wenn ihr den Burschen bringt, sagt Bescheid. Dann können wir einen Vergleich mit der Haarprobe machen, die wir gestern aus Erlangen bekommen haben.«

6. Guantanamo

Das Polizeipräsidium Mittelfranken war ein Zweckbau aus den sechziger Jahren inmitten der historisch anmutenden Nürnberger Altstadt. Es verfügte über drei Stockwerke und lang gezogene Fensterfronten. Wendeflügelfenster waren das, hatte sich Alfred einmal erklären lassen. Es gab pro Rahmen nur einen Fensterflügel, dessen Scharniere aber nicht seitlich links oder rechts angebracht waren, sondern mittig oben und unten. Wenn man also ein Fenster möglichst weit öffnen wollte, ragte die eine Hälfte des Flügels im 90-Grad-Winkel ins Büro und die andere entsprechend nach außen. Die Dinger waren extrem unpraktisch und wurden mit den Jahren nicht besser. Irgendwann ließen sie sich nur noch mit brutaler Gewalt öffnen. Dennoch kam Alfred seine Arbeitsstätte mit dem blauen Linoleumbelag und dem wohlvertrauten, in 40 Jahren mühsam angestauten Behördenmuff ungleich heimeliger vor als der Moloch der Arbeitsagentur oder die gläserne Sterilität von Syst-Ix.

Alfred ging nachdenklich zwischen dem Weißen Turm und der Jakobskirche, quasi auf der Gegengeraden zur Südseite des Präsidiums, auf und ab. Es war fast dunkel, und der türkische Obst- und Gemüsestand vor der Kirche würde demnächst Feierabend machen. Es war frisch und feucht, der Herbst kam. Alfred schlug den Kragen seines Jacketts hoch und zündete sich eine neue Zigarette an. Er ließ den Rauch in seinen Bronchien zirkulieren und blickte in Richtung des Präsidiums. Etwa die Hälfte der Fenster war erleuchtet. Alfred glaubte ja nicht, dass so viele der Kollegen noch arbeiteten. Er hegte schon seit langem den Verdacht, dass der Polizeipräsident die Hausmeister angewiesen hatte, bis mindestens zehn Uhr abends in der Hälfte aller unbesetzten Büros das Licht brennen zu lassen, damit die Öffentlichkeit sehen konnte, wie unermüdlich die Polizei für ihre Sicherheit sorgte.

Der Raum, in dem Alfred sich die letzten Stunden aufgehalten hatte, ging auf die andere Seite hinaus. Auch dort brannte noch Licht und Roman Stocker saß immer noch an dem kargen Tisch. Anfangs hatte er ja noch halbwegs sachliche Antworten gegeben, aber in den letzten zwei Stunden hatte er sich eigentlich nur noch in Tiraden gegen den kapitalistischen Staat, seine korrupten Diener und fetten Politiker ergangen. Aber er hatte keinen Anwalt verlangt. Renan hatte ihm irgendwann ein Telefon hingestellt und ihn aufgefordert, sich jetzt lieber einen Rechtsbeistand zu holen. Doch es hatte sich gezeigt, dass

Stocker keinen Anwalt hatte und auch keinen wollte. Alfred kam das eigentlich ganz recht. Er brachte dem Verdächtigen die Gelben Seiten, sagte, er solle sich in Ruhe einen aussuchen und ihnen dann wieder Bescheid geben. Alfred nutzte die Pause, um ein paar Schritte zu laufen und eine zu rauchen.

»Nun«, fragte Alfred, als er mit Renan wieder das Verhörzimmer betrat.

»Ich will keinen Anwalt«, erklärte Stocker. Er hatte sich eine Zigarette angezündet, und die Gelben Seiten lagen unbenutzt vor ihm auf dem Tisch.

»Es wäre Ihnen aber dringend anzuraten«, beharrte Alfred. »Es sprechen nämlich einige Indizien gegen Sie.«

»Ich habe schon kapiert, wie das läuft«, erwiderte der Haustechniker. »Ihr schnappt euch einen kleinen Fisch und lasst die großen laufen, und jetzt soll ich noch dabei helfen, einen Schauprozess zu inszenieren – nein danke!«

»Wie wollen Sie uns denn Ihre Fingerabdrücke auf dem MP3-Player der Toten erklären?«, mischte sich Renan ein, die sich gegenüber dem Verdächtigen niedergelassen hatte.

»Das ist mein Player«, brüllte Stocker und fegte mit der linken Hand sowohl das Branchenbuch als auch das Telefon vom Tisch.

»Jetzt reißen Sie sich zusammen, Mann!« Renan funkelte ihn zornig an und erhob ebenfalls die Stimme.

»Wenn das Ihr Gerät ist, dann können Sie uns doch sicher sagen, wann und wo es Ihnen abhanden gekommen ist.« Alfred bemühte sich um Deeskalation.

»Der lag die ganze Zeit in meiner Werkstatt und dann war er plötzlich weg«, erwiderte Stocker immer noch zu laut.

»Wann ungefähr war er weg?«, fragte Renan.

»Ich weiß es nicht mehr«, rief Stocker.

»Wenn Sie sich jetzt nicht sofort einen normalen Ton zulegen, wandern Sie augenblicklich in eine Zelle.« Renan flüsterte nun fast.

»Sie vertragen es wohl nicht, wenn sich jemand wehrt«, stellte Stocker fest.

»Was ich nicht vertrage, ist Ihr Mundgeruch«, konterte Renan und sprang demonstrativ vom Stuhl auf.

»Ah so ist das!« Stocker lehnte sich zurück und verschränkte die Arme vor der Brust. »Dann sage ich ab sofort nichts mehr!«

In diesem Moment ging die Tür auf und das Gesicht von Kriminaldirektor Göttler erschien im Spalt.

»Frau Müller, Herr Albach. Würden Sie bitte mal kurz rauskommen?«

Sie verließen den bockigen Verdächtigen und stellten sich zu ihrem Vorgesetzten auf den Gang. Herbert hielt einen Umschlag unter dem rechten Arm und wirkte seltsam glücklich.

»Ausgezeichnete Arbeit«, begann er zu schwärmen, »das haben Sie ganz hervorragend gemacht, und das mit dem Mundgeruch habe ich auch gehört, Frau Müller …«

Renan wollte schon mit einem Verteidigungsplädoyer beginnen, doch Herbert hob die Hand und lächelte.

»Ich bin schon lange der Meinung, dass wir es mit der Political Correctness gegenüber Verdächtigen nicht zu übertreiben brauchen. Kein Problem, Frau Müller, zumal Sie darüber hinaus ja auch recht haben.«

»Um uns das zu sagen, sind Sie doch sicher nicht so spät am Abend heruntergekommen, Herr Göttler«, mischte sich Alfred ein, dem immer gleich Übles schwante, wenn Herbert mit Lobhudeleien anfing.

»Sehr richtig, Herr Albach«, lächelte Herbert. »Ich habe heute Nachmittag noch der Kriminaltechnik Beine gemacht, und nun haben wir das Ergebnis des Haarprobenvergleichs …«. Er öffnete den Umschlag wie ein Laudator bei der Verkündung des Oscargewinners. »Und siehe da, das Haar, das an der Halskette der Toten gefunden wurde, stammt von ihm. Die Untersuchung lässt daran keinen Zweifel!«

»Na ja«, Alfred überflog den Bericht der Technik, »theoretisch könnte das Haar ja auch irgendwie anders an Claudia Fritsche gelangt sein ...«

»Ach, Sie meinen, ein Hausmeister hat während eines normalen Arbeitstages öfter mal Kontakt mit der Goldkette einer Geschäftsleiterin?« Herbert lehnte sich gegen die Wand und steckte die Hände in die Hosentaschen seines anthrazit schimmernden Anzugs.

»Herbert« – Alfred kehrte zur vertraulichen Anrede zurück, was dem Kriminaldirektor außerhalb von Vier-Augen-Gesprächen gar nicht gefiel – »es gibt keinen Grund, hier unsachlich zu werden!«

»Geschenkt, Herr Albach«, er betonte die Anrede, »aber solange dieser Hausmeister nicht glaubhaft aussagt, dass er ein intimes Verhältnis mit der Toten hatte, bedeutet das Haar einen mehr als dringenden Tatverdacht. Und ich erwarte, dass Sie ihn morgen dem Haftrichter vorführen, klar?«

»Das hätten wir doch sowieso gemacht«, mischte sich Renan wieder ein.

»Sehr gut, Frau Müller.« Herbert tätschelte Renan die Schulter. »Ich sehe schon, dass Sie hier die Vernünftige im Team sind. Jetzt bearbeiten Sie den Mann noch ein wenig. Konfrontieren Sie ihn mit den neuen Beweisen. Wenn er gesteht, ist es gut; wenn nicht, denke ich, dass wir der Staatsanwaltschaft ausreichend Beweise für eine Anklage geliefert haben. Morgen lassen wir dann noch seine Wohnung auf den Kopf stellen, und Sie beide können sich demnächst wieder anderen Fällen widmen, nicht wahr?«

Roman Stocker ließ sich auch von dem neuen Beweis nicht merklich beeindrucken. Er machte keinerlei Angaben dazu, sondern rauchte nur eine Selbstgedrehte nach der anderen und verlangte etwas zu trinken. Als Alfred ihm schließlich eine Flasche Wasser hinstellte, grunzte er etwas, das wie »Guantanamo« klang. Alfred hatte für heute sowieso schon lange die

Lust verloren, und ein kurzer Blickkontakt mit Renan bestätigte, dass es ihr ebenso ging. Sie ließen Stocker in die Fürther Straße fahren und löschten das Licht im Büro. Es war bereits nach 22 Uhr.

»Noch einen trinken?«, fragte Renan, als sie den Ausgang passierten.

»Kannst du Gedanken lesen?«, fragte Alfred, der sich schon seit Stunden nach seinem Feierabendbier sehnte.

Nachdem das *Brozzi* schon geschlossen hatte, entschieden sie sich für ein nobles Etablissement gleich hinter dem Präsidium, das auf zwei Stockwerken im gründerzeitlichen Ambiente mehrere Bars und Lounges beherbergte. Die Musik war zu laut und das Bier wurde in 0,3-Liter-Gläsern ausgeschenkt. Das Publikum war tendenziell versnobt. Sie entschieden sich für den Bereich mit den klobigen Ledersesseln im Erdgeschoss, wo am wenigsten Betrieb war.

»Hältst du ihn für unschuldig?«, fragte Renan, als Alfred gerade sein zweites Bier bestellt hatte.

»Würde ich nicht mal sagen.« Er legte die Stirn in Falten. »Wenn Herbert nicht so lauthals verkündet hätte, dass der Fall gelöst ist, hätte ich dafür plädiert, dass wir ihn spätestens morgen so richtig in die Mangel nehmen …« Er blickte zu Renan, die noch an ihrem ersten Caipirinha nuckelte. »Was meinst du?«

»Die Beweislage ist ziemlich klar.« Sie lehnte sich zurück und blickte ihm offen in die Augen. »Er hatte ein Motiv, er hat kein Alibi. Außerdem ist er ungepflegt und stinkt und obendrein ist er gleichzeitig verhärmt und arrogant …«

Alfred erwiderte nichts, er trank einen Schluck und forderte sie mit einer Handbewegung auf, weiterzusprechen. Renan musterte den halbleeren Raum und stocherte mit dem Strohhalm in ihrem Cocktail.

»Aber irgendeine innere Stimme sagt mir, dass das noch nicht genügt«, erklärte sie schließlich nachdenklich.

»Wow«, entfuhr es Alfred.

»Was?«

»Deine Objektivität«, sagte er, »absolut bewundernswert, muss ich sagen!«

»Willst du mich jetzt verarschen?« Ihre Nachdenklichkeit war blitzartig verschwunden.

»Im Gegenteil«, Alfred breitete die Arme aus, »du hast mit diesen Visitenkarten die Fingerabdrücke besorgt, und dann hat der gute Herbert noch probiert, dich mit seiner Schleimscheißerei in seinem Sinne zu manipulieren, aber du lässt dich davon nicht beeindrucken – Respekt!«

»Ich kann halt nichts gegen meine innere Stimme machen«, erwiderte sie fast trotzig.

»Danke jedenfalls«, schloss Alfred, der wusste, dass Renan sich immer schwertat, ein offenes Lob zu akzeptieren.

»Wahrscheinlich ist er ja sogar schuldig, dieser stinkende Schreihals«, sagte sie, »aber wir müssen da einfach noch genauer nachforschen.«

»Genau meine Meinung!«

»Hast du etwa auch eine innere Stimme?«, fragte sie neckisch.

»Nein, eine äußere«, antwortete Alfred biederernst, »und zwar die von Herbert. Es ist nämlich meistens genau andersrum, als er es haben will.«

»Auch eine sehr fundierte Basis«, erwiderte sie trocken.

»Aber Stocker passt auch nicht in unser küchenpsychologisches Täterprofil!« Er lehnte sich triumphierend zurück.

»Du meinst seine schmutzigen Hände?«, fragte sie.

»Und erst die Fingernägel!«

»Aber trotzdem spricht alles gegen ihn«, sagte Renan, »oder haben wir jemand anderen, den wir der Staatsanwaltschaft anbieten können?«

Am nächsten Morgen um 8 Uhr 30 wurde Stocker dem Haftrichter vorgeführt. Staatsanwalt Klatte war wieder einmal zuständig und gleichfalls sehr über den schnellen Ermittlungserfolg erfreut. Er überschüttete Alfred am Telefon mit Lobhudeleien und wollte umgehend die Berichte der Spurensicherung und der Gerichtsmedizin übermittelt haben. Alfred ertappte sich dabei, dass er den Gedanken, der Fall sei gelöst, verführerisch fand, und machte sich verunsichert daran, seinen Bericht zu verfassen. Renan kam erst gegen halb zehn. Angeblich hatte sie wegen des Vollmonds schlecht geschlafen.

»Ich dachte, das hätte sich bei dir seit über einem Jahr gelegt«, hakte Alfred nach.

»Das ist wie bei meinem Heuschnupfen«, erwiderte sie, während sie ihren ersten Tee aufbrühte, »kommt und geht nach Lust und Laune.«

»Schlimm«, sagte Alfred mitfühlend. Ihm war völlig klar, dass seine Kollegin die halbe Nacht über ihrem tollen Ermittlungserfolg gebrütet hatte. Es schien fast so, als könne Stocker sich selbst nicht glaubhaft entlasten. Er hatte es noch nicht einmal geschafft, sich einen Anwalt zu besorgen. Alfred kannte das Phänomen. Da waren Leute zu stur oder zu ausgebrannt, um der Polizei beim Aufdecken der ganzen Wahrheit zu helfen. Lediglich für die Fingerabdrücke hatte er eine Erklärung geben können, die aber fast zu simpel war, als dass man sie ernsthaft glauben konnte. Anscheinend war Renan aber auch kein veritabler Geistesblitz gekommen, sonst hätte sie ihn noch in der Nacht aus dem Bett geklingelt. Wäre nicht das erste Mal gewesen. Irgendwie freute es ihn, dass auch Renan stets mehr an der Wahrheit interessiert war als an schnellen Erfolgen. In solchen Dingen war sie eine regelrechte Prinzipienreiterin, was manchmal überaus anstrengend sein konnte. Aber in Situationen wie dieser war Alfred so froh darüber, dass er am liebsten in die Kirche nebenan gegangen wäre, um eine Kerze anzuzünden.

Alfred hatte mittlerweile die Vorstrafen aller ihnen bekannten Syst-Ix-Mitarbeiter überprüft. Roman Stocker war zweimal wegen Drogenbesitz zu Geldstrafen verurteilt worden und hatte zwei Beleidigungsklagen von Mitarbeitern der

Arbeitsverwaltung am Hals. Künzel, der CEO von Syst-Ix, hatte ein ansehnliches Punktekonto in Flensburg, das ihm schon ein halbes Jahr Führerscheinentzug beschert hatte, außerdem war er einmal der Fahrerflucht für schuldig befunden worden. Messner, der kräftige PR-Mann, hatte vor drei Jahren ein Verfahren wegen illegalen Glückspiels am Hals gehabt. Kurz und gut: alles interessante Fälle, aber für Mordermittlungen wenig brauchbar.

Er grübelte gerade verbissen, wo denn mit einem Zweifel an Stockers Tatverdacht einzuhaken wäre, als sein Telefon klingelte. Es war Künzel. Natürlich wusste auch er mittlerweile Bescheid, dass sein Haustechniker am Vortag verhaftet worden war. Er berichtete, dass Stocker ihm, Claudia Fritsche und den anderen Mitgliedern der Geschäftsführung bei einer Betriebsversammlung vor etwa einem halben Jahr offen gedroht hätte.

»Was war denn das für eine Versammlung?«, fragte Alfred.

»Wir sind damals aus dem Arbeitgeberverband ausgetreten und haben das Tarifsystem umgestellt«, erklärte Künzel.

»Das heißt, Sie haben der Belegschaft erklärt, dass ihre Gehälter gekürzt werden?«

»Gekürzt kann man so nicht sagen«, schnarrte Künzels Stimme aus dem Hörer. »Wir haben Power Credits und Leisure Points eingeführt. Es wurde höchste Zeit, das Leistungsprinzip in dieser Firma einzuführen.«

»So was Ähnliches gibt es bei uns auch«, erwiderte Alfred. »Es gibt Zielvereinbarungen und Leistungsprämien.«

»Sehen Sie«, sagte Künzel, »sogar der öffentliche Dienst ist schon so weit.«

»Es hat sich aber gezeigt, dass die unteren Lohngruppen dabei kaum eine Chance haben. Wie will man denn eine Zielvereinbarung mit einem Hausmeister oder einer Putzfrau formulieren?«

»Ja, so ähnlich hat Herr Stocker damals auch argumentiert.«

»Ah ja!«

»Ja. Claudia hat ihn dann etwas auflaufen lassen und gesagt, sie hilft ihm gerne beim Wording seiner Vereinbarung, wenn er sich damit überfordert fühlt.«

»Tatsächlich?«

»Jaja. Daraufhin ist er uns gegenüber etwas … sagen wir: ausfällig geworden. Hat sich als großer Arbeiterführer aufgespielt und gesagt, wir sollten nur aufpassen, dass dieser Schuss nicht eines Tages nach hinten losgeht.«

»Nun ja. Als explizite Drohung kann man das nun nicht gerade interpretieren.«

»Finden Sie? Also ich habe die Worte ›Sie sollten gut aufpassen, wenn Sie künftig im Dunkeln auf die Straße gehen‹ schon als Drohung empfunden.«

»Das hat er so gesagt?«

»Allerdings. Hören Sie, wenn Sie mir nicht glauben wollen, sollte ich mich vielleicht an Ihren Vorgesetzten wenden!«

»Nein. Ich versichere Ihnen, dass das nicht nötig ist. Ich nehme Ihre Aussage gleich als Notiz zur Akte.«

»Tun Sie das, Herr Albach.«

»Aber warum haben Sie uns darüber denn nicht gleich informiert, als wir Sie zum Tod von Frau Fritsche befragt haben?« Alfred lehnte sich zurück und nahm einen Schluck Kaffee.

»Ich habe dem damals nicht so viel Bedeutung beigemessen. Ehrlich gesagt habe ich mich nicht mehr so bewusst daran erinnert.«

»Gut. Vielen Dank, Herr Künzel. Ach … haben Sie eigentlich sonst noch etwas Relevantes gefunden? Im Mailverkehr von Frau Fritsche zum Beispiel?«

»Nein, tut mir leid. Aber wie es aussieht, haben Sie den Fall ja gelöst. Wofür ich Ihnen im Namen der Firma auch ganz herzlich danken wollte.«

»Keine Ursache, wir machen nur unseren Job!«

Er legte auf. Und sah seine Kollegin an, die über Lautsprecher mitgehört hatte.

»Der Bursche ist im Arsch«, stellte Renan fest.

»Wenn der an den falschen Richter gerät, ganz sicher«, nickte Alfred und wollte sich gerade ans Dokumentieren des Telefonats machen, als Karla Neumann auftauchte.

»Herr Albach, Frau Müller«, grüßte sie knapp, »was war denn da los gestern Abend?«

»Sie meinen die Festnahme von Roman Stocker?« Alfred hatte dafür gesorgt, dass die neue Chefin gleich zu Dienstbeginn von Herberts selbstherrlicher Auffassung der Diensthierarchie erfahren hatte. Zwar war er als Chef der Kripo auch Karla Neumanns Vorgesetzter, dennoch war es nicht üblich, dass ein Kriminaldirektor Kommissaren hinter dem Rücken der Dezernatsleitung Anweisungen erteilte.

»Allerdings. Was hat sich denn Herr Göttler wohl dabei gedacht?«

»Das dürfen Sie uns nicht fragen«, meldete sich Renan.

»Dann haben Sie Herrn Göttler gestern Abend nicht konsultiert?« Die Kriminalrätin setzte sich.

»Das, ähm, mag für Sie jetzt vielleicht so aussehen«, sagte Alfred, »aber bitte glauben Sie mir, dass wir das nicht getan haben.«

»Nicht?«

»Nein«, entrüstete sich Renan. »Wenn Sie schon etwas länger hier wären, wüssten Sie, dass wir Herrn Göttler immer zuletzt informieren!«

»Ihre Offenheit ehrt Sie, Frau Müller.« Neumann konnte sich ein Lächeln nicht verkneifen. »Trotzdem hat er sich gestern hinter meinem Rücken in die Ermittlungen eingemischt.«

»Bitte glauben Sie uns, dass das nichts mit uns zu tun hat«, beteuerte Alfred. »Der Herr Kriminaldirektor ist bekannt dafür, dass er aus heiterem Himmel irgendwo auftaucht und versucht, Ermittlungen in seinem Sinne zu beeinflussen.«

»Hat er sich denn schon vorher für den Fall interessiert?«, fragte Neumann.

»Nicht die Bohne«, schnaubte Renan.

»Nun gut«, die Kriminalrätin schnappte sich ein Schmierblatt und zog einen Kuli aus der Innentasche ihres Blazers, »dann bringen Sie mich mal auf den letzten Stand. Die Beweislast scheint ja erdrückend zu sein.«

Renan blickte Alfred an, der eine einladende Geste in ihre Richtung machte:

»Roman Stocker ist Haustechniker bei Syst-Ix«, erklärte sie. »Gestern wurde festgestellt, dass sich seine Fingerabdrücke auf dem MP3-Player befinden, den die Tote dabei hatte. Und an ihrer Halskette wurde auch noch eines seiner Haare gefunden.«

»Stocker ist auch Betriebsrat bei Syst-Ix und spielt dort offenbar gern den Anwalt der kleinen Leute«, ergänzte Alfred. »Bei einer Betriebsversammlung vor einem halben Jahr soll er Mitgliedern der Geschäftsführung offen gedroht haben.«

»Hat er ein Alibi für die Tatzeit?«

»Nein«, sagte Renan. »Er war krankgemeldet und will an diesem Abend allein daheim gewesen sein.«

»Hm«, Karla Neumann schrieb eifrig, »da scheinen Sie ja in kurzer Zeit einen dicken Fisch gefangen zu haben ... was wollte denn dann Herr Göttler?«

»Dass wir ab sofort alle Ermittlungen in andere Richtungen einstellen«, sagte Alfred.

Die Kriminalrätin beendete ihre Notizen und kaute eine Zeit lang auf ihrer Unterlippe. Alfred war gespannt, wie sie auf die Sache reagieren würde, hoffte aber, dass sie ihnen Rückendeckung gab, falls sie in der Sache weiter ermitteln wollten. Wenn die Frau genügend Rückgrat besaß, konnte sie in Zukunft vielleicht doch ganz brauchbar sein.

»Was sagt denn Herr Stocker zu den Fingerabdrücken und dem Haar?«, fragte Karla Neumann schließlich.

»Wie das Haar dahin gekommen ist, konnte er uns nicht erklären«, antwortete Renan.

»Und der MP3-Player?«

»Er behauptet, das wäre seiner.«

»Wie?«

»Ja, der wäre ihm vor ein paar Wochen abhanden gekommen.«

»Das ist so ...«, Neumann rang um Worte, »irrwitzig ...«

»... dass es schon fast wieder wahr sein könnte«, fuhr Alfred fort.

»Allerdings ist die Sache mit dem Schlüssel der Toten noch offen«, sagte Renan, »und der PC, von dem wir annehmen, dass er entwendet wurde ...«

»Vielleicht findet die Spurensicherung ihn ja in der Wohnung dieses Verdächtigen«, sinnierte Karla Neumann.

»Das wäre dann ein echter Grund, die Ermittlungen abzuschließen«, nickte Alfred.

»Ich weiß noch nicht, was ich davon halten soll«, sagte Neumann schließlich, »aber wir beide haben jetzt einen Termin bei Herrn Göttler, Herr Albach.«

»Tatsächlich?« Alfred wurde nun so richtig neugierig. »Hat er uns bestellt?«

»Nein, das ging von mir aus«, sagte die Kriminalrätin. »Gehen wir.«

»Hey, und ich?«, rief Renan.

»Tut mir leid, Frau Müller, aber ich fürchte, zwei sind genug.« Neumann schloss die Tür hinter sich.

7. Fairplay

Renan lehnte sich zurück und verschränkte trotzig die Arme. Da war es wieder, dieses Gefühl, nicht dazuzugehören. Ausgeschlossen zu sein, abgeschnitten von allem, was wichtig und interessant war. Schon in der Schule hatte sie damit zu kämpfen gehabt. Sie hatte mit der gängigen Cliquenwirtschaft nichts anfangen können, war aber auch noch nicht selbstbewusst genug gewesen, mit vollem Wind als Einzelgängerin zu segeln. Sie hatte sich meistens besser mit Jungs verstanden. Bei den Mädels war sie nicht unbeliebt, dazu war sie zu gut in Sport, aber in die inneren Kreise, wo die wirklich heißen Infos gehandelt wurden, war sie nie gekommen. Wahrscheinlich hatte das auch etwas mit ihrem türkischen Äußeren und dem Vornamen zu tun gehabt. Zum Ende der Schulzeit hin wurde das besser, weil die Cliquen keine so große Rolle mehr spielten, doch dafür ging es dann in der Polizeiausbildung weiter. Sie hatte in verschiedenen Dienststellen Praktika absolvieren müssen. Zum Kaffee kochen, Kopieren, Ablage machen und Archiv aufräumen war sie gut, aber in die Dienstbesprechungen wurde sie nicht mitgenommen. Dabei hatte sie geglaubt, es nach dem Fachabitur endlich geschafft zu haben. Renan beschloss, ihren Grant ausgiebig an Alfred auszulassen, wenn er zurückkam, und schaltete missmutig das Radio ein. Alfred hatte so einen Dudelsender eingestellt, der außer Werbung nur seichte Musik brachte. Manchmal war sie auch nervig, wie jetzt gerade. Irgend so ein Jazz-Gewichse. Renan drehte den Sender weiter und landete mal wieder bei Bayern2, wo gerade der Schädlingsbericht des letzten Jahres zum Besten gegeben wurde. Die Eichenprozessionsspinner-Raupe machte den Landwirten in Bayern zu schaffen.

Ihre Laune hatte sich noch nicht merklich gebessert, als das Telefon klingelte. Es war Katharina Gruber, die Küchenhilfe.

»Ich wollte nur fragen, ob ich heute nach dem Mittagsdienst vorbeikommen kann«, sagte sie schüchtern.

»Ich glaube nicht«, entgegnete Renan schroff.

»Es ist ja nur, weil Sie gesagt haben, Sie würden mir helfen, wenn sich in zwei Tagen nichts tut ...«

»Hören Sie«, unterbrach Renan, »ich kann mich jetzt wirklich nicht um Ihre Privatprobleme kümmern.«

»Ja, aber mein Bruder ...«

»Ein anderes Mal vielleicht!« Renan legte auf, ohne einen weiteren Einwand abzuwarten.

Lustlos schob sie ein paar Papierstapel auf ihrem Schreibtisch von links nach rechts und wieder zurück. Im Radio war mittlerweile das Tagesgespräch auf Sendung. Es ging um Jugendarbeitslosigkeit. Der Moderator erklärte, trotz der anziehenden Konjunktur bekämen immer noch nicht genügend Jugendliche eine Lehrstelle. Dann kamen Anrufer zu Wort. Die zweite Stimme kam ihr irgendwie vertraut vor. Herr Bachmeier aus Nürnberg? Na klar, das war doch der verlauste Markus, den sie kürzlich im Fernsehen bei BR-alpha gesehen hatte. Er plädierte leidenschaftlich für eine Ausbildungsplatzabgabe, da die Firmen jetzt, wo die Geschäfte wieder liefen, immer noch nicht genug ausbildeten und gleichzeitig den Fachkräftemangel beklagten. Nach Markus rief ein Gastwirt aus Kronach an, der konterte, dass von dem angeblichen Aufschwung bei ihm noch nichts zu spüren sei und bei vielen seiner Kollegen auch nicht.

Renan hörte nur noch mit halbem Ohr zu. Sie wurde abgelenkt von einem Taubheitsgefühl, das sich in ihrem linken Fuß entwickelte. Er war nicht eingeschlafen, aber er schien der Sitz ihres Gewissens zu sein, zumindest des schlechten. Ähnlich wie ein einschlafendes Bein hatte es sich langsam und unbemerkt angeschlichen. Einmal entdeckt, wuchs es schnell. Es kroch eilig das Bein hinauf und breitete sich im Bauchraum aus.

Renan atmete zweimal tief durch, aber es half nichts. Ihr Ethos hatte sich bereits in die Lunge verbissen und machte sich nun daran, ihr den Hals zuzuschnüren. Sie räusperte sich und hustete kräftig. Schließlich sprang sie auf und machte sich eilig auf den Weg in den dritten Stock.

»Ich verstehe nicht ganz, wo Ihr Problem liegt, Frau Kollegin.« Herbert lächelte süffisant und lehnte sich im Sessel hinter seinem verdächtig aufgeräumten Schreibtisch zurück.

»Ich würde gerne einbezogen werden, wenn Sie maßgeblich auf die Ermittlungen eines meiner Kommissariate

Einfluss nehmen.« Karla Neumann ließ sich ihre Verärgerung nicht anmerken, sondern lächelte zurück.

»Soso, dann hat der Kollege Albach wohl nichts Dringenderes zu tun gehabt, als heute früh zu Ihnen zu laufen«, schloss Herbert und griff zur Kaffeetasse, die zu seiner Rechten dampfte.

»Es spielt zwar keine Rolle, aber ich habe diese Information nicht von Herrn Albach«, erwiderte sie, während Alfred unschuldig den Kopf schüttelte.

»Na ja, egal«, Herbert tat gleichgültig, »mir liegt jedenfalls nichts ferner, als mich in Ihre Kompetenzen einzumischen, Frau Kollegin.« Er blätterte in den einzigen fünf Blättern, die vor ihm lagen. »Ich wollte mich nur nützlich machen. Ohne meine Intervention hätte sich die Kriminaltechnik sicher noch zwei Tage Zeit gelassen ...«

»Das wissen wir auch sehr zu schätzen, Herr Göttler.« Die Frau log, ohne auch nur rosa zu werden. »Trotzdem wäre mir daran gelegen, dass ich zumindest mitentscheide, wann Ermittlungen beendet werden.«

»Aber das ist doch selbstverständlich«, log nun Herbert. »Sie müssen entschuldigen, Frau Neumann, aber ich habe die Dezernatsleitung I so lange vertretungsweise gehabt, dass ich mich wohl erst wieder umgewöhnen muss.«

»Ich verstehe«, sagte die Neumann, und es schien Alfred, dass das nicht gelogen war.

»Und ich habe nicht das Geringste dagegen, wenn Sie die Kollegen Albach und Müller morgen von dem Fall abziehen«, legte Herbert scheinheilig nach. »Jedenfalls wüsste ich nicht, was es da noch zu tun gibt.« Das war nun nicht mehr schöngeredet, das war schon fast plump.

»Ich habe vor, mich in dieser Sache mit den beiden zu beraten, wenn die Hausdurchsuchung bei dem Verdächtigen abgeschlossen ist und die Ergebnisse vorliegen.« Karla Neumann gab sich widerspenstig.

»Tun Sie das.« Herberts Lächeln erinnerte nun an das

eines Krokodils. »Die Sache ist nur so, dass wir dringend noch Personal für die SoKo Gröder brauchen. Wie Sie wissen, wird der Präsident bedroht.«

Maximilian Gröder war der Vorsitzende des CSU-Bezirks und außerdem Regierungspräsident in Mittelfranken.

»Ich dachte, das wären nur ein paar Graffiti auf seiner Gartenmauer gewesen«, erlaubte sich Alfred eine erste Wortmeldung.

»Und Farbbeutel auf seinem Gartenschuppen«, ergänzte Herbert. »Außerdem wurden am Fahrzeug seiner Frau bereits zweimal Reifen zerstochen und einmal wurde eine brennende Zeitung voll Hundescheiße vor seiner Haustür abgelegt. Und die Katze ist seit zwei Wochen verschwunden!«

»Die Dringlichkeit der Sache ist mir bewusst. Ich werde sie entsprechend berücksichtigen«, erklärte die Dezernatsleiterin, ohne einen Mundwinkel zu verziehen.

»Sehr gut, sehr gut«, nickte Herbert, »dann verstehen wir uns ja.«

Er wartete, bis Alfred mit seiner Chefin das Büro schon fast verlassen hatte, ehe er noch einmal ein Papier hochhielt.

»Ach übrigens«, rief Herbert, »fast hätte ich es vergessen. Ich hatte gestern einen etwas unerfreulichen Anruf vom stellvertretenden Leiter der Bundesagentur für Arbeit, wo Herr Albach und Frau Müller überflüssigerweise auch schon vorstellig geworden sind. Vielleicht hilft Ihnen das bei der Entscheidung ...«

In der Kantine angekommen, fand Renan Katharina Gruber beim Ausgeben des Jägerschnitzels vor, das heute auf der Karte stand. Sie hatte gerötete Augen und sah so elend aus, dass Renan kaum noch Luft bekam. Sie erklärte dem Kantinenchef, dass er sich nun selbst an die Ausgabe stellen müsse, weil Frau Gruber dringend in einer Ermittlung benötigt werde.

»Kann das nicht noch eine Stunde warten, Frau Kommissarin?«, fragte der Chefkoch unwirsch.

»Dann wäre ich jetzt nicht hier, oder?«, entgegnete Renan und zog die Küchenhilfe in Richtung Tür.

Draußen auf dem Gang baute sich Renan gegenüber von Katharina auf, massierte sich kurz die Stirn und atmete zweimal tief ein. Die junge Frau sah sie halb ängstlich, halb fragend an.

»Es, es tut mir leid!« Die Worte barsten förmlich aus Renan heraus. »Ich habe mich wie ein komplettes Arschloch benommen, weil ich einen Grant auf unsere Chefin hatte. Eigentlich wollte ich ihn an meinem Kollegen auslassen, aber dann hast du angerufen und ...«

Die junge Frau traute sich immer noch nicht, den Mund aufzumachen.

»... ich heiße Renan und ich hoffe, du nimmst meine Entschuldigung an.« Renan streckte die Hand aus.

»Katharina«, sagte die Küchenhilfe und drückte leicht Renans Hand.

Sie gingen ins Büro und Renan machte sich an die Arbeit. Katharina hatte ein Foto ihres Bruders dabei. Das gab Renan in die Technik zum Digitalisieren. Als nächstes galt es herauszufinden, wo man anrufen musste. Katharina wusste nicht mehr, mit wem sie bei der Vermisstenanzeige zu tun gehabt hatte. Ingo, Katharinas Bruder, hatte seinen Wohnsitz in Wiesbaden. Zuständig war somit das Polizeipräsidium Westhessen, besser gesagt die dortige Kriminaldirektion. Renan forschte kurz im Internet und musste feststellen, dass die hessische Polizei im Netz wesentlich transparenter auftrat als die bayerische.

»Wo arbeitet denn dein Bruder?«, fragte Renan, bevor sie sich ans Telefonieren machte.

»Im Statistischen Bundesamt.« Katharina saß, immer noch in ihrer Küchenkluft, auf Alfreds Platz und schien der plötzlichen Wendung der Dinge nicht so recht zu trauen.

»Statistisches Bundesamt ...« Renan kam kurz ins Zögern. »Und ... und was macht er da?«

»Rechnen«, Katharina sah Renan entgeistert an, »die machen da den ganzen Tag nichts anderes als rechnen.«

»Was ist er denn von Beruf?«

»Fachinformatiker.«

»Merkwürdiger Zufall ...« Renan begann, auf ihrem Bleistift herumzukauen.

»Was meinst du denn?« Man merkte deutlich, dass Katharina sich noch immer nicht wohlfühlte.

»Wir haben es hier auch gerade mit einer ...« – Renan biss sich auf die Lippe, weil sie Katharinas Bruder jetzt um ein Haar schon für tot erklärt hatte – » ... aber dein Bruder ist ja nicht, also ich meine, er wird ganz bestimmt wieder auftauchen.«

»Nein, es muss ihm was Schlimmes passiert sein«, widersprach Katharina. »Es ist nicht seine Art, einfach zu verschwinden, und schon gar nicht, wenn unsere Mutter Geburtstag hat.«

»Auf jeden Fall hilft uns das ein bisschen, weil ich dann so tun kann, als ob es vielleicht einen Zusammenhang zu unserem Fall gäbe.«

»Was denn für einen Zusammenhang?«

»Ist doch egal. Hauptsache, ich habe was in der Hand, womit ich diesen Hessen Dampf machen kann.«

Sie klemmte sich ans Telefon und hatte nach drei Stationen Hauptkommissar Eschweger am Apparat. Es gab nun zwei Möglichkeiten. Entweder er war ein Pedant, dann würde er auf der Einhaltung des Dienstwegs bestehen, was bedeutete, dass Renan die Anfrage über das Bayerische LKA an das BKA geben musste, von wo aus das Ganze dann nach Hessen geleitet wurde. Oder aber Eschweger war kein Pedant und für den kurzen Dienstweg zu haben. Ein wenig Humor konnte jedenfalls nichts schaden.

»Müller. K11, KD Nürnberg«, stellte sie sich vor. »Hätten Sie Lust auf eine länderübergreifende Kooperation?«

»Ei, isch weiß ja ned, wie Sie aussehen, Frau Müller«, erwiderte der Hesse. Also kein Pedant, schon mal gut.

»Umwerfend«, konterte Renan.

»Das ist jetzt aber zweideutig.«

»Allerdings.«

»Dann schicken Sie mir doch einmal ein Foto, hier.«

»Mach ich«, Renan nickte Katharina aufmunternd zu, »aber vorher schicke ich Ihnen eines von einem Vermissten namens Ingo Gruber.«

»Das muss dieser Bursche gewesen sein, den wir vor drei Tagen kurz bei der Arbeitsagentur gesehen haben«, sagte Alfred, als er nach der Unterredung bei Herbert wieder im Büro war. »Herr Hebestreit. Kommt von irgend so einer Consulting-Firma. Ist Spezialist für Datenverarbeitung und für die Umstellung der ganzen Software- und Statistikgeschichten mitverantwortlich. Der ist wohl zum stellvertretenden Präsidenten der Agentur und hat sich beschwert, dass wir seine Leute belästigen und von der Arbeit abhalten.«

»Soso.« Renan saß hinter ihrem Schreibtisch und feilte ihren linken Daumennagel.

»Ja. Und der hat sich dann bei Herbert beschwert, dass die Kriminalpolizei wegen – Zitat – ›Nicklichkeiten‹ bei der Bundesagentur rumschnüffelt, mit Verhaftungen droht und unzusammenhängende Fragen stellt. Wir sollen das ab sofort unterlassen. Und unser Herr Kriminaldirektor hat natürlich nichts Besseres zu tun, als ihm zuzustimmen und zu erklären, dass der Fall ohnehin gelöst ist, weil es nämlich der Haustechniker von Syst-Ix war.«

»Soso.«

»Mehr fällt dir dazu nicht ein?« Alfred lehnte sich zurück und breitete die Arme aus.

»Ich bin stinkig, Alfred«, schnaubte Renan. Ihre Augen funkelten schwarz.

»Nein, nicht schon wieder«, seufzte er.

»Was soll denn das heißen?« Mit Renans Selbstbeherrschung war es nun endgültig vorbei. »Du lässt mich hier einfach hocken, verschwindest mit der Neumann und kommst stundenlang nicht wieder. Was hast du denn zu kungeln gehabt mit der Kriminalrätin?«

»Du hast doch gehört, dass sie nur mich dabei haben wollte«, verteidigte sich Alfred. »Was soll ich denn da machen?«

»Du könntest zum Beispiel sagen, dass du es gut fändest, wenn deine Kollegin dabei wäre. Schon mal daran gedacht?!«

»Ehrlich gesagt nicht!« Alfred sprach nun ebenfalls fortissimo. »Ist ja auch nicht normal, dass man daraus eine Staatsaffäre macht!«

»Komm du mir noch einmal mit Teamgeist und Fairplay!«

»Ruhe da drüben«, tönte es aus dem Nachbarbüro.

»Herr Albach wollte sowieso gerade gehen«, brüllte Renan zurück.

»Gut«, Alfred erhob sich, »aber dann wird Frau Müller mich begleiten.«

»Ach. Und wohin?«

»In die Wohnung von Stocker. Die Spurensicherung ist da nämlich inzwischen fertig!«

Auf dem Weg nach unten beschloss Alfred, das Auto stehen zu lassen und zu Fuß zu gehen. Stocker wohnte in Gostenhof, was nur etwa 15 Minuten Weg bedeutete. Insgeheim war er fast froh, dass es mal wieder eskaliert war. Renan hatte auf so viele kritische Situationen in den letzen Tagen so gelassen reagiert, dass er den nächsten Ausbruch schon gefürchtet hatte. Er wusste, dass es sich jetzt nur noch um ein paar Stunden handeln konnte, bis das Gewitter sich wieder verzog. Trotzdem ärgerte ihn ihre Launenhaftigkeit immer wieder aufs Neue. Und unfair war es tatsächlich. Wenn er daran dachte, wie andere hier mit jüngeren Kollegen und vor allem Kolleginnen umsprangen. Renan fragte nicht, als er im Erdgeschoss anstatt zum Parkplatz in Richtung Hauptpforte lief. Sie hatte die Hände in den Hosentaschen ihrer Jeans vergraben und stapfte schweigend hinter ihm her. Sie gingen die

Ludwigstraße entlang in Richtung Plärrer, unterquerten den Verkehrsknotenpunkt durch die U-Bahn-Passage und kamen beim Marktkauf wieder ans Tageslicht. In der Gostenhofer Hauptstraße kickte Renan, mittlerweile auf gleicher Höhe, mit aller Kraft eine Blechdose quer über die Fahrbahn, wo sie um ein Haar einen 7er BMW getroffen hätte. Alfred nahm einen tiefen Zug von der Kippe und erinnerte sich, dass Renan früher Fußball gespielt hatte, angeblich sogar in der Bezirksliga. Das hatte sie vor einigen Jahren wegen einer Knieverletzung aufgeben müssen. Seitdem ging sie nur noch mit ihrem Vater und einigen Bekannten regelmäßig zum Club. So viel fiel ihm zum Thema Teamgeist ein – vielleicht verstand sie davon ja wirklich mehr als er, der sein Leben lang immer nur Individualsportarten betrieben hatte. Früher war er ein begeisterter Radfahrer gewesen. In den 80ern wurde Tennis modern, was ihm aber nach einigen Jahren zu anstrengend wurde. Hin und wieder ging er noch schwimmen, und in letzter Zeit hatte er schon öfter ernsthaft über Golf nachgedacht. Sie hatten bereits die Rothenburger Straße überquert und befanden sich im westlichen Teil von Gostenhof, als Renan ausholte und ihm äußerst markig gegen den Oberarm boxte.

»Au«, protestierte er. Sein Entsetzen war wirklich nur teilweise gespielt, da traf ihn schon die nächste Gerade.

»Fühlst du dich jetzt besser?«, fragte er schließlich, während er auf Distanz ging.

»Ein wenig«, knurrte sie.

So viel zum Thema Fairplay, dachte Alfred.

Stockers Wohnung lag im zweiten Stock eines Hinterhauses. Es war eines der noch unsanierten Exemplare, über die der Stadtteil trotz allen alternativen Szene-Schicks immer noch reichlich verfügte. Wie es sich für die Gegend gehörte, war die Hausgemeinschaft multikulturell. Zwei kleine Kinder spielten in einem Hof, der schon bessere Zeiten gesehen hatte – vor 70 oder 80 Jahren. Neben den verschiedenen Mülltonnen sammelte sich diverser Sperrmüll. Im Durchgang zum Hinterhaus lagen verstreute Stapel von Reklame, *Sonntagsblitzen*, *Marktspiegeln* und was sonst noch so ungefragt in Einfahrten abgelegt wurde. Die Kinder schien es nicht zu stören. Sie turnten auf zwei Stühlen mit zerschlissenen Kunstledersitzen herum und benutzten einen verrosteten Ex-Kinderwagen als Seifenkiste.

»Dikkat et!«, sagte Renan streng, als sie ein Plastikball am Oberkörper traf, doch die zwei Knirpse sahen sie nur fragend an. Also wurde sie deutlicher:

»Deli misin?!« Immer noch keine Reaktion.

»Ihr sollt aufpassen, verdammt noch mal«, übersetzte sie auf Deutsch. Es stimmte schon – die jungen Zuwandererkinder konnten ihre Muttersprache noch schlechter als Deutsch. Oder waren das vielleicht gar keine Türken? Sie beschloss, beim Rausgehen mal auf die Klingelschilder zu sehen.

Die Wohnung bestand nur aus Durchgangszimmern. Als erstes kam man in eine Art Wohnzimmer mit Küchenzeile. Darauf folgte das Schlafzimmer und ganz am Schluss das Bad. Alfred vermutete stark, dass die Unordnung, oder besser gesagt das Chaos hier nicht allein auf das Konto der Spurensicherung ging.

Im Wohnzimmer unterhielt Stocker eine kleine Elektronikwerkstatt. Rechtwinklig zu einem fleckigen Sofa, um das herum verschiedene Ausgaben der *taz* und des *Neuen Deutschland* verteilt lagen, stand eine Art Werkbank. Darauf befanden sich ein Lötkolben, verschiedene Messgeräte und die unterschiedlichsten elektronischen Bauteile. Daneben standen zwei halb zerlegte PC-Gehäuse mit Inventaraufklebern von Syst-Ix. Anscheinend dealte Stocker mit Computern, die er aus in seiner Firma entwendeten Einzelteilen zusammenbastelte. Renan zählte drei Aschenbecher, die wahrscheinlich voll gewesen waren, bevor die Spurensicherung gekommen war. Die ganze Wohnung stank erbärmlich nach kaltem Rauch.

»Was suchen wir hier eigentlich?«, fragte Renan, während sie mit dem Finger über die Oberkante des einzigen Bücherregals fuhr.

»Hinweise«, erwiderte Alfred, der in den Papieren um das Sofa herumstöberte.

»Und was für Hinweise?«

»Solche, die ihn entlasten«, ächzte er, sich hinkniend. »Wenn er es nicht mal schafft, sich einen Anwalt zu besorgen, müssen wir diesen Part eben auch noch übernehmen!«

»Hast du noch nicht gecheckt, dass man heutzutage brisante Details im Computer speichert?« Sie schüttelte den Kopf und blickte durch die verschmutzten Fenster in den Hof.

»Das, Kollegin, glaube ich weniger ... aber seinen PC, also den intakten, hat Pit schon mitgenommen ... «

»Die anderen Teile müssen sie aber auch noch untersuchen«, mahnte Renan. »Vielleicht hat er ja wirklich den Computer von der Fritsche hier gehabt und ihn einfach zerlegt!«

»Richtig, aber das machen die schon ... uaaah!« Er zog seine Hand unter dem Sofa hervor und roch skeptisch daran.

»Hat der Herr Hauptkommissar keine Handschuhe dabei?«, kam es vom Fenster.

»Hab ich vergessen«, er zog ein Taschentuch heraus und wischte sich die Hand ab, »weil ich unversehens in einen dienstlichen Konflikt verwickelt wurde!«

»Nie um eine Ausrede verlegen.« Renan konnte sich ein verstohlenes Lächeln nicht verkneifen und ging in das zweite Zimmer, während Alfred das Bücherregal einer genaueren Prüfung unterzog. Neben dem Schlaf diente das zweite Zimmer offenbar auch der Musik. Auf einer Kommode neben dem schmalen Bett stand eine bemerkenswerte Hi-Fi-Anlage. Sie war aus unterschiedlichsten Einzelteilen zusammengewürfelt. Das Herzstück bildete ein Verstärker, der nur über einen Schalter und zwei Drehregler verfügte. Renan verstand nicht allzu viel davon, aber dieses Teil musste so ein Gerät sein, wie es nur Freaks besaßen. Die zwei Glaszylinder oben drauf waren Vakuumröhren. Renan schaltete das Gerät ein und die Röhren begannen zu leuchten. Aus den Boxen war ein schwaches Brummen zu hören. Renan hatte so was schon mal bei Thomas gesehen, dem Kompagnon ihres Vaters. Der hatte sich den Verstärker von einem Kunden bauen lassen, der seinen maßgefertigten Nussbaum-Esstisch plötzlich nicht mehr bezahlen konnte. Thomas hatte damals stolz verkündet, dass so ein Teil auf dem regulären Markt an die 10.000 Euro kosten würde. Auf der lang gestreckten Kommode befanden sich außerdem noch ein altmodisches Tonbandgerät, ein Plattenspieler mit sehr merkwürdiger Optik, ein monströses silbernes Kassettendeck und ein gleichfalls silberner CD-Player. Unten in der Kommode standen gute drei Meter Schallplatten, daneben ein hohes CD-Regal. Renan unterzog die Tonträger einer kritischen Prüfung. Da war keine Linie drin: einerseits Queen, Pink Floyd, Rolling Stones, Ramones und dann Peter Kraus, Udo Jürgens ... Margot Werner? Wer zum Henker war Margot Werner? Sie zog die Platte heraus. Die Liedtitel sagten ihr nichts.

»Hast du schon mal was von Margot Werner gehört?«, rief sie in Alfreds Richtung.

»Klar«, ächzte es von drüben, »sehr sonore Stimme. Meine erste Frau war ganz verrückt danach.« Es dauerte ein paar Sekunden, doch dann fing Alfred zu allem Überfluss auch noch zu singen an:

»So ein Mann, so ein Mann zieht mich unwahrscheinlich an. Dieser Wuchs, diese Kraft weckt in mir die Leidenschaft ...«

»Um Gottes willen, hör auf!«, rief Renan panisch.

In den CD-Regalen befand sich Musik etwas neueren Datums, aber auch wild durcheinander. Im Gegensatz zu den Platten waren die CDs alphabetisch sortiert. A-ha war dabei, ein paar Remasters von den Beatles, Eminem, Evanesence ... auch Deutschsprachiges fand sich, Juli, Blabla ... Renan fuhr mit dem Finger nach unten. Klaus Lage, Madonna, Ozzy

Osbourne ... nicht schon wieder dieser ... Renan hielt abrupt in der Bewegung inne und erstarrte für einige Sekunden.

»Alfred«, rief sie mit sich überschlagender Stimme, »Alfred! Das ist es!«

8. Imperialistische Untertanen

Es war schon später am Abend, als Alfred seine Kaffeetasse in die Teeküche brachte. Wie üblich hatte sich niemand die Mühe gemacht, das saubere Geschirr aus der Spülmaschine zu räumen, bevor schmutziges wieder hineingestellt wurde. Seufzend machte er sich daran, die sauberen Tassen und Teller in die Schränke zu packen. Anschließend trug er die Berge ab, die sich in und neben der Spüle angesammelt hatten. Als er soweit war, die Maschine einzuschalten, stellte er fest, dass die dazugehörigen Tabs ausgegangen waren. Normales Spülmittel war noch reichlich vorhanden, so dass Alfred in einem Anfall von Arbeitswut das Becken volllaufen ließ, sein Jackett auszog und die Ärmel hochkrempelte. Er war in keinster Weise masochistisch veranlagt, aber er hatte schon früher das meditative Potential eines Berges schmutzigen Geschirrs erkannt. In der letzten Wohnung, die er mit seiner zweiten Frau und seinem Sohn bewohnt hatte, war die Küche so klein gewesen, dass beim besten Willen kein Geschirrspüler mehr unterzubringen war. Damals hatte sich Alfred in sein Schicksal gefügt und spätestens jeden zweiten Tag abgespült. Es hatte etwas Beruhigendes. Man konnte nach einem klaren Plan vorgehen und sah spätestens nach einer halben Stunde beeindruckende Erfolge. Erst die Gläser, dann die Tassen, dann die Teller, dann das Besteck und zum Schluss die verkrusteten Pfannen und Töpfe. Dagegen war das hier ein Kindergeburtstag. Aber Rache musste sein. Alfred nahm sich vor, nach getaner Tat zunächst den Kaffee Hag in die Dose mit richtigem Kaffee zu schütten und umgekehrt.

Er fühlte sich halbwegs ausgeglichen. Renans Entdeckung war bedeutsam gewesen. Vor Gericht nicht unbedingt schlagend beweiskräftig, aber Stockers Behauptung, dass es sich bei dem MP3-Player um seinen handelte, wurde dadurch gestützt. Renan hatte den gesamten Inhalt des kleinen Geräts noch einmal mit Stockers Phonothek verglichen und viele weitere Übereinstimmungen festgestellt, während die CD-Sammlung von Claudia Fritsche in eine ganz andere Richtung wies. Morgen würden sie den Herrn bitten, ihnen den Inhalt seines MP3- Players zu nennen. Wenn er das einigermaßen hinbekam, waren Zweifel an seiner Schuld angebracht. Grund genug, auch in andere Richtungen weiterzuermitteln, wäre es allemal. Stellte sich nur noch die Frage, wohin?

Während er noch darüber sinnierte, wie er die Teetrinker drankriegen könnte, kam Karl Jäger herein, eine benutzte Kaffeetasse in der Hand.

»Alfred«, rief er verwundert, »hat Göttler dich jetzt zum Tellerwäscher degradiert?«

»Wenn das dienstrechtlich ginge, würde er es eher heute machen als morgen«, erwiderte Alfred.

»Gut. Dann macht es dir bestimmt nichts aus, meine Tasse auch noch abzuspülen, oder?«

»I wo«, Alfred zuckte die Achseln, »immer rein damit!«

»Ich habe heute schon probiert, dich anzurufen.« Jäger lehnte sich gegen die Arbeitsplatte und zog einen Hustenbonbon aus der Tasche.

»Ich war heute kaum im Büro«, erklärte Alfred und deutete auf den Bonbon. »Wieder mal am Rauchenabgewöhnen?«

»Seit drei Monaten«, schnullte Jäger. »Ich bin auf einem guten Weg, glaube ich. Wird einfach zu teuer auf Dauer.«

»Respekt.« Alfred stellte Jägers Tasse zum Abtropfen und zog den Stöpsel raus.

»Aber jetzt kommen ja bald die Leistungsprämien«, grinste Jäger und griff sich ein Trockentuch.

»Das trocknet von selber«, wandte Alfred ein.

»Schon. Aber die Wasserflecken.« Jäger scherzte nicht, sondern rubbelte sorgfältig ein Tasse nach der anderen trocken. »Auf jeden Fall wollte ich dir einen kleinen Hinweis wegen eures Digidoor-Dilemmas geben.«

»Lass hören.« Alfred setzte sich an den schmalen Tisch und zog Tabak samt Papers aus dem Jackett. »Wir könnten ein paar Hinweise gerade gut gebrauchen.«

»Also, ihr habt ja nicht so recht gewusst, wen das treffen könnte, wenn die Arbeitsagentur ihre EDV von Digidoor auf freie Software umstellt, oder?«

»Ja, es ist halt total schleierhaft, wer da zuständig ist.«

»Normalerweise haben die ihre zertifizierten Dealer«, erklärte Jäger. »Die dürfen je nach Erfolg Kunden verschiedener Größe beliefern und kassieren dafür Provisionen.«

»So wie bei den Versicherungen mit ihren Außendiensten auf eigene Kasse?«, fragte Alfred.

»Ungefähr«, nickte Jäger, »aber bei einem Kunden von dieser Größe ist davon auszugehen, dass Digidoor das nicht einem Dealer überlässt. Höchstwahrscheinlich sitzt da in der Konzernzentrale ein Key-Account-Manager, der nur diesen einen Großkunden betreut oder maximal zwei.«

»Key-Account-Manager?«, wiederholte Alfred.

»So heißt das heutzutage.« Jäger ging nun zu den Untertassen über. »Ich habe mich da auch erst schlau machen müssen. Das ist schon eine sehr eigene Branche, weißt du.«

»Du meinst also, dass in der deutschen Digidoor-Niederlassung irgendjemand sitzt, der nur dafür zuständig ist, dass die Arbeitsagentur Digidoor-Software kriegt?«, hakte Alfred nach.

»Und die entsprechenden Updates und Unterstützung bei der Wartung und Pflege der Programme und so weiter«, ergänzte Jäger. »Und du kannst davon ausgehen, dass der- oder diejenige ein massives Problem hat, wenn ihr einziger zu betreuender Kunde mit 100.000 Mitarbeitern von der Stange geht. Das sind 100.000 Clients ...«

»Was?«

»Na 100.000 Nutzer, die alle einen PC haben mit eigener Software und Lizenz.« Jäger unterbrach die Arbeit mit dem Trockentuch und blickte Alfred in die Augen. »Gut, ein Konzern wie Digidoor wird davon nicht untergehen, aber für den Aktienkurs ist es erst mal ungünstig. Und dann besteht ja noch die Gefahr, dass noch weitere Großkunden dem Beispiel folgen ... also, dieser Key-Account-Manager kriegt in der westlichen Welt keinen Job mehr, darauf kannst du einen lassen, Alfred. Der ist fertig, ein für alle Mal!«

»Dann hat da in München jemand ziemlich viel zu verlieren«, folgerte Alfred.

»Ihr seid doch nur imperialistische Untertanen«, erklärte Roman Stocker.

»Wenn Sie meinen. Aber darum geht es hier nicht ...«, setzte Renan abermals an.

»Doch, genau darum geht es!« Er wurde wieder laut. »Es interessiert euch doch gar nicht, ob ich unschuldig bin! Das ist genau der Grund, warum diese Gesellschaft zum Untergang verdammt ist!«

»Es geht um Ihren Arsch, verdammt noch mal«, rief Renan. Der Tatverdächtige hatte sie nun schon zum dritten Mal unterbrochen, und nun riss ihr endgültig der Geduldsfaden. »Und es ist normalerweise nicht unser Job, den zu retten! Warum wollten Sie nicht mit dem Pflichtverteidiger reden?«

»Ich verteidige mich selbst.« Stocker verschränkte trotzig die Arme vor der Brust.

»Na phantastisch.« Renan nahm einen großen Schluck aus der Wasserflasche. Um den Mann etwas zu verunsichern, stand sie auf und ging ein paar Mal in dem kleinen Verhörraum auf und ab.

»Es gibt auch Leute, die ihre Gasheizung selbst reparieren wollen«, flüsterte sie von hinten über Stockers Schulter. »Das gibt aber meistens einen großen Knall!«

»Dann soll es knallen! Ich habe die Fritsche nicht umgebracht.« Der Haustechniker schien unbeeindruckt.

»Genau das vermuten wir doch auch.« Renan setzte sich wieder. »Wir haben Ihre Musiksammlung und die von Frau Fritsche verglichen und Sie haben uns den Inhalt des Players fast vollständig nennen können. Es besteht kein Zweifel, wem der MP3-Player gehört hat ...«

»Na also! Kann ich dann gehen?«

»Nein, zum Kuckuck«, Renan wurde wieder laut, »das hält vor dem Richter nicht stand. Jeder halbwegs wache Staatsanwalt wird sagen, dass Sie sich die Musik ja vorher hätten anhören können und dass Frau Fritsche sich die Musik auch aus dem Internet besorgt haben könnte. Sie sind doch ein Fachmann und sollten wissen, dass es Napster.de gibt ...«

»Free Sounds!«

»Wie bitte?«

»Mit Napster geht das schon lange nicht mehr«, erklärte der Verdächtige. »Free Sounds ist die beste Musikdatenbank.«

»Das lassen wir jetzt mal besser weg!« Renan ließ das mitlaufende Band etwas zurücklaufen und schaltete kurz nach Stockers letzter Unterbrechung wieder ein.«

»Was war denn das?« Stocker schien kurzzeitig verwirrt.

Renan drückte wieder auf Stopp.

»Ich fälsche gerade ein Verhörprotokoll!«

»Warum?«

»Weil ich die Wahrheit wissen will«, erklärte sie, »und weil ich mich nicht gern an der Nase herumführen lasse. Sie waren es nicht und damit basta. Wir können Sie nur nicht endgültig entlasten, wenn Sie nicht endlich mitspielen.«

»Sind Sie so eine Idealistin?« Stocker drückte nun selbst wieder auf Aufnahme. »Oder sind Sie ein ganz durchtriebenes Luder, das gut schauspielern kann?« Nun war es wieder an ihm, seine Stimme zu erheben.

»Ich gebe Ihnen jetzt noch einmal 24 Stunden, um sich diese Frage selbst zu beantworten.« Renan sammelte ihre

Unterlagen zusammen. »In dieser Zeit können Sie sich ja überlegen, wann und wo Sie Ihren MP3-Player zum letzten Mal gesehen haben, wer ihn entwendet haben könnte und wer einen wirklichen Grund gehabt hätte, Frau Fritsche zu ermorden und Ihnen die Sache anzuhängen. Da hat jemand was von langer Hand geplant!«

»Haben Sie das also auch schon gemerkt?«

Renan saß kaum zwei Minuten wieder an ihrem Schreibtisch, als der Diensthabende von der Pforte anrief. Ein gewisser Markus Bachmeier sei unten und wolle jemanden sprechen, der mit einem U-Häftling namens Stocker zu tun hätte.

»Das haut mich jetzt aber um«, sagte Markus, als er kurz darauf Renan gegenüber saß. »Die Renate aus der letzten Reihe.«

»Genau die«, erwiderte Renan trocken. Ihr Ex-Mitschüler spielte darauf an, dass Renan immer als Renate auf den offiziellen Klassenlisten vermerkt gewesen war. Die damalige Schulverwaltung hatte ihren Vornamen ohne Nachfrage eingedeutscht, weil er in Verbindung mit dem Nachnamen und einer etwas schlampigen Handschrift keine andere Deutung zuließ. Und während aus den Sabines Binen wurden und aus den Christines Tinen, wurde Renan von allen bald nur noch liebevoll Renate gerufen. Die ganze Verwechslung ging soweit, dass Renan dreimal um eine neue Ausfertigung ihres Abizeugnisses ersuchen musste, bis der korrekte Name draufstand.

»Du hast doch immer gestrickt und dazu Jasmintee getrunken«, fuhr Markus mit der Verleumdungskampagne fort.

»Nein«, beschied Renan, »das war Manu neben mir. Ich habe immer mit Annette Streichholzmikado gespielt.«

»Sicher?«

»Das Mikado habe ich heute noch!«

»Tja, dann ist die Beweiskette wohl lückenlos.« Markus lächelte charmant.

»Würde ich auch sagen«, entgegnete sie. »Und aus dir ist offenbar ein Gewerkschaftssekretär geworden.«

«Woher weißt du das?« Er schien richtiggehend erschrocken.

»Hast du noch nichts von unseren neuen Fahndungsmethoden gehört?«, fragte sie. »Seit die Terrorangst umgeht, wissen wir alles über jeden!«

»Wow!«, lächelte Markus. »Das hätte ich dem Schäuble gar nicht zugetraut, zumindest nicht so schnell!«

»Für uns ist Beckstein zuständig«, erklärte Renan, »jedenfalls noch.«

»Na dann« – er lächelte wieder und zeigte dabei eine Reihe weißer Zähne, die von einem seltsam dunkelgelb verfärbten Eckzahn unterbrochen wurde – »keine weiteren Fragen!«

»Wo sind denn deine Haare geblieben?« Renan machte eine wolkige Bewegung um ihren eigenen Kopf.

»Im Kamm, im Ausguss ... in der Suppe.« Er lachte kurz. »Die Genetik war gegen mich. Aber du hast dich ja kaum verändert, Renate!«

»Lügner! Ich bin 10 Kilo schwerer.«

»Sieht man aber nicht im Geringsten.«

»Bevor du dich einschleimst, sag mir lieber, um was es geht. Vielleicht helfe ich dir ja auch so und du kannst dir die Mühe sparen.« Renan stand auf und ging zum Wasserkocher. »Einen Tee?«

»Was denn für einen?«

»Schwarzen oder Yogi.«

»Dann einen Yogi.«

»Dachte ich mir.«

»Warum?«

»Na, ich hab dich kürzlich auf BR-alpha gesehen und gestern im Radio gehört. Du scheinst ja deinen sozialpädagogischen Trip konsequent verfolgt zu haben.«

»Ich habe Politik, Soziologie und Geschichte studiert.« Markus schien entgeistert.

»Noch schlimmer!«, beschied Renan.

»Diese Fragen sollten wir vielleicht ein andermal besprechen.« Er schien ein klein wenig pikiert. »Heute geht's mir eigentlich um meinen Cousin.«

»Um wen?«

»Roman Stocker.«

»Das ist dein Cousin?« Renan entglitt der Teebeutel.

»Zweiten Grades, um genau zu sein«, erklärte Markus. »Aber Tante Magda hat mich gestern angerufen. Sie war völlig am Ende, weil Roman in U-Haft sitzt und das noch wegen Mordverdacht ... danke.« Er nahm die Teetasse entgegen. »Stur, wie er ist, will er keinen Anwalt, und ich habe Tante Magda versprochen, dass ich versuche, mit ihm zu reden. Ich könnte ihm relativ schnell einen guten Anwalt besorgen. Wir haben da so unsere Verbindungen bei der Gewerkschaft ...« Er sah Renan an, die ihn neugierig über den Rand ihrer Teetasse fixierte.

»Was ist denn da los, Renan?«, fragte er mit einer Spur Verzweiflung in der Stimme. »Ich meine, Roman ist kein ganz einfacher Zeitgenosse, aber der bringt doch niemanden um. Sie soll eine seiner Chefinnen gewesen sein.«

»Also, eigentlich dürfte ich dir nicht so furchtbar viel über den Fall erzählen ...«, sie blies in die Tasse, »aber weil du meinen Vornamen korrekt ausgesprochen hast und wir ein Interesse daran haben, dass dein Cousin sich endlich kooperativ zeigt, will ich mal nicht so sein.«

Renan rief schnell beim Wachdienst an und bat, den U-Häftling Stocker noch nicht zurück in die Fürther Straße zu schaffen. Dann klärte sie ihren Ex-Klassenkameraden über die bisherigen Ermittlungen auf. Markus hörte aufmerksam zu und stellte zwei, drei gar nicht dumme Zwischenfragen. Schließlich erzählte er, dass Roman in früheren Jahren so eine Art Vorbild für ihn gewesen war, weil er immer coole Motorräder fuhr, die er auch noch selbst reparieren konnte. Außerdem war er ein Tüftler und hatte Markus immer geholfen, seine

Stereoanlagen samt Boxen aufzumöbeln. Zudem hatte er ihm die gute, alte Rockmusik nähergebracht.

Er hatte mit einer attraktiven und netten Freundin zusammengewohnt und nach seiner Lehre als Elektroniker noch Nachrichtentechnik studiert. Noch ziemlich an Anfang des Studiums war er Vater geworden, und für eine kurze Zeit schien das Familienglück perfekt. Aber dann war irgendwie der Wurm reingekommen, der Alltag schlich sich in die junge Familie ein und das Paar entfremdete sich allmählich. Roman stand kurz vor den Diplomprüfungen, als Diana, seine Freundin, mit der kleinen Tochter auszog. Ein Schicksalsschlag, der ihn vollkommen aus der Bahn warf, zumal er als unverheirateter Vater keinerlei Sorgerecht für seine Tochter hatte. Er legte sich mit fast jedem Professor an und brach schließlich das Studium ab. Ein paar Jahre richtete er sich in der Sozialhilfe halbwegs gemütlich ein, kiffte viel, trank und mischte ein wenig bei der MLPD mit. Nachdem er dreimal alkoholisiert bzw. bekifft seine Tochter abgeholt hatte, gestattete Diana ihm keinen Umgang mit der Kleinen mehr. Als die Hartz-Reformen kamen, wurde es auch für Roman ungemütlich. Die Arbeitsverwaltung bot ihm mehrere Jobs als Elektroniker an, die er ablehnte oder nicht antrat. Es folgten eine Sperre des Arbeitslosengeldes und andere Sanktionen. Roman galt in seinem erlernten Beruf als nicht mehr vermittelbar, so dass die Agentur auf Helferjobs auswich. Irgendwann ging es nicht mehr anders und Roman musste die Arbeit bei Syst-Ix annehmen, die eigentlich einen Fachmann erfordert hätte, aber, um Geld zu sparen, als Helfertätigkeit ausgeschrieben worden war. Syst-Ix bekam einen zweijährigen Lohnkostenzuschuss und Roman einen Job, in den er sich nach und nach sogar einfand. Als er dann noch in den Betriebsrat gewählt wurde, fühlte er sich eine Zeit lang einigermaßen wohl in der EDV-Firma. Aber sobald die neue Geschäftsführung samt den Übernahmegerüchten gekommen war, war es auch damit wieder vorbei.

»Ich will ihn ja nicht verteidigen«, erklärte Markus, »er hat einen Haufen Scheiße gebaut. Aber es war auch Pech im Spiel. Wenn er und Diana sich kurz vor seinem Abschluss noch mal zusammengerauft hätten, wäre er heute wahrscheinlich leitender Ingenieur bei Siemens mit einer Doppelhaushälfte in der Gartenstadt und einem Familienvan. Er würde seiner Tochter beim Ballett zuschauen … oder mit ihr zum Club gehen, wer weiß?« Er deutete verstohlen lächelnd auf das Mannschaftsplakat des 1. FCN hinter Renan an der Wand.

»Verstehe schon.« Renan hatte stichpunktartig mitgeschrieben und kaute nun am Ende ihres Bleistifts herum.

»Würdest du mich jetzt zu ihm lassen?«, fragte Markus leise.

»Klar!«, sagte sie nach kurzem Zögern. »Wenn er dich sehen will, kein Problem.«

»Arbeitest du eigentlich völlig allein bei der Mordkommission?«, fragte er, als sie sich auf den Weg zum Verhörzimmer machten.

»Nein, ich habe einen ganz bemerkenswerten Kollegen«, erwiderte sie lächelnd. »Du bist gerade noch an seinem Schreibtisch gesessen.«

»Echt? Sah gar nicht so aus, als ob da jemand arbeiten würde.«

»Das sage ich auch immer.« Renans Lächeln wurde zum Lachen.

»Und wo ist dieser Mensch jetzt gerade?«

»Auf dem Weg nach München.«

Das Münchener Polizeipräsidium befand sich mitten in der Innenstadt. Vom Hauptbahnhof aus in gut fünf Minuten zu Fuß zu erreichen. Alfred hatte sich eilig eine Kippe angezündet und war über den Stachus und durch die Fußgängerzone marschiert. Er versuchte zu schlendern und die Stadt ein wenig auf sich wirken zu lassen, aber sie wirkte nicht. München war immer noch so hektisch und charakterlos, wie er es in Erinnerung hatte. Die schicken Geschäfte rechts und links interessierten ihn weniger und die Menschenmasse schien gleichfalls uninteressant.

Zugegeben, als Nürnberger war er etwas voreingenommen, aber es waren ja nicht nur die Franken, die München nachsagten, dass es rücksichtslos geworden sei, oberflächlich und anonym. Die Ellbogen waren die wichtigsten Körperteile hier, dann folgten die Augen. Sehen und Gesehenwerden, alles für den äußeren Schein. Gut, das alles konnte man wohl in Nürnberg auch haben, aber der fundamentale Unterschied lag für Alfred darin, dass Nürnberg noch eine Seele hatte. Eine Stadt brauchte eine Seele und Nischen und Originale. Alfred hatte ja nun schon einige Städte gesehen, und irgendwie spürte er immer schnell, ob so eine Stadt mehr war als ihre Fassaden. In Dresden war es so gewesen, in Berlin natürlich, ja selbst in Köln. Weniger in Frankfurt und ganz sicher nicht in Stuttgart. Eine Stadt musste leben und leben lassen. Dass es mit Letzterem schlecht stand, spürte man. Dazu brauchte man nicht erst die Speisekarten der Lokale zu studieren, wo drei Euro fünfzig für ein Bier noch günstig waren. Und trotzdem liefen haufenweise attraktive und aufgebrezelte Menschen zwischen 15 und 75 durch die Fußgängerzone, die Tüten voller teurer Einkäufe mit sich trugen. Es wurde viel gelacht und noch mehr gebusselt. Diejenigen mit der trachtenartigen Landhausmode schienen aber allesamt Preußen zu sein. Alfred hatte schon mehrfach gehört, dass in München so gut wie keine echten Münchener mehr anzutreffen waren. Ihre Stadt war von innerdeutschen Zuwanderern übernommen worden, die entweder Beamte waren, Manager, Medienleute oder Studenten. Wahrscheinlich lag dort auch das Problem: keine Münchener, keine Originale, keine Seele.

Das Polizeipräsidium war ein historisches hellgrünes Gebäude mit fünf Stockwerken. Es erinnerte etwas an eine alte Schule, – Alfred sollte später erfahren, dass es sich tatsächlich um ein ehemaliges Kloster handelte. Es war ein sonniger

Herbsttag und Alfred erkannte den Originalschauplatz des Münchener *Tatort* und – viel wichtiger – des legendären »Monaco Franze«. Hauptkommissar Maul war jedoch nicht zugegen. Die Verwaltungskraft stellte es Alfred frei, entweder im Präsidium auf ihn zu warten oder es im *Augustiner* zu versuchen, wo der Hauptkommissar die meisten Mittagspausen zu verbringen pflegte. Alfred ließ sich Herrn Maul beschreiben und den Weg erklären, dann ging er los. Zehn Minuten später stand er vor einem großen, glattrasierten Mann mit kurz geschnittenem Haupthaar, Koteletten und Bauchansatz, der allein an der Schmalseite eines der großen Tische saß und sich konzentriert mit einer Weißwurst beschäftigte. Am anderen Ende saß eine Vierergruppe von Geschäftsleuten, die sich angeregt unterhielten.

»Ist was?«, fragte der Mann, während er kurz aufblickte.

»Hauptkommissar Albach, vom K11 in Nürnberg«, stellte sich Alfred knapp vor.

»Das ist jetzt aber ganz schlecht, ich mache gerade Mittag«, er griff zu einer Breze und warf sie sogleich wieder in das Körbchen zurück.

»Prima«, sagte Alfred nach kurzem Überlegen und setzte sich Maul gegenüber, »ich hätte auch gerade Appetit.«

Maul grunzte kurz und hielt eine Bedienung auf, die soeben den Tisch passieren wollte.

»Wie oft muß ich noch sagen, dass ihr mir frische Brezen geben sollt!«

»Passt etwas nicht«, fragte die Dame resolut.

»Die schmecken ja wie Babberdeggel! Die könnt ihr vielleicht den Preußen da andrehen, aber nicht mir.«

»Ich weiß nicht, ob wir noch andere haben.«

»Na, da gehen wir jetzt einmal in die Küche und schauen nach. Und dann krieg ich noch ein Weizen und zwar in einem normalen Glas, wenn's geht!« Maul drückte der Dame den Brezenkorb und ein leeres Glas in die Hand

»Für mich das Gleiche«, sagte Alfred.

»Und noch mehr Senf«, rief Maul hinterher.

Er blickte Alfred prüfend an und schien sich zu wundern, dass der nur süffisant lächelte. Alfred freute sich aufrichtig, in dieser Stadt doch noch ein Original gefunden zu haben, wenn auch kein Münchener.

»Diese Gesellschaft macht mich krank«, erklärte Maul schließlich.

»Verstehe ich«, nickte Alfred, »dabei weiß doch jeder, dass Weizen viel zu arg aufstößt, wenn man es aus diesem schmalen Gläsern trinkt.«

»Gell, das sagen Sie auch«, Mauls Augen begannen, schwach zu leuchten, »in unserem Alter verträgt man das nicht mehr.«

»Kann es sein, dass Sie aus meiner Ecke des Landes sind?«, fragte Alfred.

»Wie kommen Sie da drauf?«, er zog die Augenbrauen zusammen.

»Das hört man«, sagte Alfred.

»Echt?«

»Sie sagen Weizen statt Weißbier«, erläuterte Alfred, »außerdem sprechen Sie P wie B und T wie D und »Babberdeggel« dürfte auch kein bayerischer Ausdruck sein. Sehr schön. Nur die Weißwürste passen nicht so ganz dazu.«

»Die sind hier ganz genießbar«, erwiderte Maul, »man braucht nur viel Senf dazu und frische Prezen!«

Zurück im Präsidium erzählte Hauptkommissar Maul, dass sie den zuständigen Key-Account-Manager bei Digidoor ausfindig gemacht hätten. Vorausgegangen war eine abenteuerliche Dienstwagenfahrt, auf der Maul erläutert hatte, dass er früher zwölf Jahre bei der Bundeswehr gewesen war und nach der Entlassung die Wahl gehabt hatte, als Beamter in ein Finanzamt oder zur Polizei zu wechseln. Eine Entscheidung, die ihm nicht besonders schwer gefallen war. Gleichwohl hatte er so seine Probleme mit der Beamtenmentalität und legte Wert darauf, als Einzelgänger zu arbeiten. Das ganze »G'wärch« rege ihn nur auf, ganz zu schweigen von den vielen Kolleginnen, die mit seiner natürlichen Autorität nicht klarkämen. Alfred hatte nur geschmunzelt und sich vorgestellt, dass der markante Kollege mal eine Woche mit Renan zusammenarbeiten müsste.

Das war jedenfalls nun besprochen, und nachdem Maul für zehn Minuten aufs Klo verschwunden war, kündigte er an, dass die Frau eigentlich jeden Moment eintreffen müsse.

»Eine Frau?«, hakte Alfred ein.

»Ja, eine Frau.« Maul blätterte in seinen Aufzeichnungen. »Es handelt sich um eine Dame mit einem Doppelnamen: Regina Marx-Labinger.«

»War es schwer, sie hierher ... einzuladen?«, fragte Alfred.

»Der habe ich gleich in die Schlappen geholfen.« Zwischen Mauls dünnen Lippen wurde eine Reihe unregelmäßiger Zähne sichtbar. »Die hat natürlich gefragt, um was es geht und ob das unbedingt sein muss. Aber als ich ihr angeboten habe, mit Dienstausweis bei ihr am Arbeitsplatz zu erscheinen, war sie schnell kooperativ. Mögen Sie vielleicht einen Kaffee?«

Alfred nahm gerne an, Maul verschwand kurz im Nebenzimmer und kehrte mit einer gefüllten Tasse zurück.

»Bei mir geht das nicht mehr«, sagte er. »Da kriege ich immer Magenprobleme drauf.«

Alfred spürte, dass er mit Maul gut zurechtkommen würde. Und ein gutes Verhältnis war hier ausgesprochen wichtig. Diese Key-Account-Managerin war eine brandheiße Spur, und ein Nürnberger Beamter konnte nicht nach Lust und Laune in München Leute verhören oder womöglich vorübergehend festnehmen. Es war auch unwahrscheinlich, dass sie beim ersten Gespräch schon entscheidend weiterkämen. Daher würden sie auch in den nächsten Wochen noch auf die Mitwirkung von Münchener Kollegen angewiesen sein, wenn es darum ging, die Frau mit neuen Hinweisen zu konfrontieren, sie mit einem Bluff aus der Reserve zu locken oder was auch immer notwendig werden würde. Alfred kam indes nicht dazu, die Kumpanei mit Maul zu vertiefen, weil kurz darauf Regina Marx-Labinger eintraf. Sie mochte Anfang bis Mitte vierzig sein, trug einen blonden Kurzhaarschnitt und für eine Geschäftsfrau erstaunlich lockere Kleidung; genau genommen waren es sogar Sportklamotten. Auch sie konnte, der Sprache nach zu urteilen, nicht von allzu weit zugereist sein.

Maul wies die Frau zunächst darauf hin, dass er großen Wert auf Pünktlichkeit lege und es diesbezüglich wohl noch ein gewisses Optimierungspotential bei Digidoor gäbe. Dann erläuterte er kurz, dass er hier Amtshilfe für Kollegen aus Nürnberg leiste, und übergab das Wort an Alfred, der sich intuitiv entschloss, nicht viel zu erklären, sondern gleich mit den wichtigen Fragen zu beginnen.

»Kennen Sie diese Frau?« Er legte der Key-Account-Managerin ein Foto von Claudia Fritsche hin.

»Nein.« Sie legte kurz die Stirn in Falten, zeigte sich sonst aber unbeeindruckt.

»Ganz sicher?«

»Ja, schon.«

»Würden Sie uns freundlicherweise kurz erklären, wofür Sie bei Digidoor zuständig sind?«

»Ich bin sozusagen Key-Account-Managerin für zwei Großkunden.«

»Welche genau?«

»Die Arbeitsagentur und einen Kfz-Zulieferer in Hessen.«

»Dann sind Sie wahrscheinlich öfter mal in Nürnberg«, folgerte Alfred. Er war etwas unsicher in der Befragung, weil er normalerweise in der Kombination mit Renan eher für den Good Cop zuständig war. Hier ging es aber darum, die Frau möglichst schnell unsicher zu machen, was er zu Hause auch anders gemacht hätte. Da wäre sie nach der zweiten Frage wieder weggeschickt worden und er hätte sie tags darauf noch einmal am Arbeitsplatz besucht. Alles Dinge, die hier nicht so einfach waren. Allerdings hatte er das Gefühl, dass Mauls, nun ja, eigene Art vielleicht auch noch hilfreich werden konnte.

»Richtig.« Frau Marx-Labinger schien sich immer noch nicht für das Anliegen der Nürnberger Kripo zu interessieren.

»Waren Sie auch am Abend des 29. September dort?«

»Am 29.? Das weiß ich jetzt nicht genau, da müsst' ich nachsehen.« Ihr Zögern kam Alfred etwas zu lang vor, er spürte, dass sich die Tür einen Spalt öffnete.

»Dann tun Sie das bitte«, sagte er.

»Ich habe meinen Terminkalender nicht bei mir. Er liegt im Büro.« Sie lächelte verlegen.

»Dann rufen Sie jetzt bitte im Büro an und lassen Sie nachsehen«, legte Alfred nach.

»Also, ich weiß nicht, ob jetzt gerade jemand da ist.« Alfred hatte das deutliche Gefühl, dass sie Zeit gewinnen wollte.

»In diesem Fall müssten wir zusammen in Ihr Büro fahren. Diese Information ist nämlich sehr wichtig.« Er deutete auf das Telefon auf Mauls Schreibtisch. Es war frappierend, wie die Frau nicht nachfragte, worum es eigentlich ging.

»Einen Moment Geduld, bitte«, sagte sie, zückte ein kleines Handy aus der Hosentasche und verließ das Büro.

»Da schau her.« Maul nickte.

»Sie verbirgt etwas«, sagte Alfred.

»Soll ich vielleicht den Guten spielen?«, fragte Maul. »Liegt mir aber gar nicht!«

»Schaun wir mal, wie es sich entwickelt.« Alfred zog die Schultern hoch. »Es könnte von Vorteil sein, wenn wir noch mal auf Münchener Hilfe angewiesen sind. Es ist ja in den seltensten Fällen mit einer einzigen Befragung getan ...«

»Ich war dort«, sagte Regina Marx-Labinger, noch in der Tür, »von Mittag bis etwa um 18 Uhr, dann bin ich zurückgefahren.«

»Gut«, sagte Alfred, »und wie? Mit dem Auto?«

»Ja, es ist von Nürnberg nach München nicht so wild.« Sie setzte sich wieder und zögerte, Alfred anzusehen.

»Aber jetzt haben wir doch die neue ICE-Strecke. Da sind Sie in einer Stunde da«, wandte Alfred ein, »und viel bequemer ist es auch.«

»Das könnte schon sein«, die Key-Account-Managerin schien sich nun etwas zu entspannen und lehnte sich zurück, »aber ich muss ja vom Münchener Hauptbahnhof erst einmal wieder nach Hause kommen und das heißt für mich U-Bahn fahren, Trambahn fahren und am Ende noch laufen.«

»Hatten Sie dann einen Dienstwagen?«, fragte Alfred nach einer kurzen Pause.

»Nein«, sagte Regina Marx-Labinger gedehnt. »Ich glaube, ich habe meinen eigenen genommen.«

»Warum?«

»Ich glaube, mein Dienstwagen war plötzlich kaputt, ich weiß es nicht mehr genau.«

»Ja, das kenne ich«, erwiderte Alfred. »Ich fahre auch lieber mit meinem Alfa als mit so einem Dienst-Opel. Wann waren Sie denn dann wieder zu Hause?«

»So gegen acht.«

9. Paternoster

»Auf euren Anruf hin haben wir vorgestern Abend eine Streife vorbeigeschickt – keine Reaktion«, erklärte Eschweger, während er zwei ACC-Hustenlöser in ein Wasserglas warf. »Dann haben wir seinen Arbeitgeber kontaktiert, aber da fehlt er auch seit einer Woche unentschuldigt. Daraufhin sind wir gestern rein in die Wohnung und haben ihn dort gefunden.« Er rührte mit dem hinteren Ende eines Bleistifts in dem Glas, und es machte sich ein künstlicher Himbeerduft breit.

»Ich hab's gleich gewusst.« Die tiefe Trauer war aus Katharinas Gesicht gewichen. Ihre Stimme blieb seltsam ausdruckslos.

»Und es sah wirklich wie ein Selbstmord aus?«, hakte Renan nach, während sie Katharina die Hand auf den Arm legte.

»Selbstmord? ... Uuaah!« Eschweger kippte die Medizin auf ex. »'tschuldigung, aber ich muss da was verschleppt haben hier ... Es sah ziemlich nach einem goldenen Schuss aus. Wahrscheinlich mit Heroin. Es gab jedenfalls keine Spuren von Gewalteinwirkung, weder an der Wohnungstür noch an der ... also an Ihrem Bruder.« Er nickte Katharina zu. »Nur diese Spritze.«

Die Meldung aus Wiesbaden war früh um acht Uhr eingegangen. Der Kriminaldauerdienst hatte erst versucht, Alfred zu erreichen, und dann Renan verständigt. Die hatte gleich Katharina Gruber eingepackt und sich mit ihr in den nächsten ICE nach Frankfurt gesetzt, wo Eschweger sie abholte. Renan hatte versucht, es der jungen Frau schonend beizubringen, war aber mal wieder gescheitert. Nach all den Dienstjahren war ihr immer noch nicht klar, wie man engen Angehörigen den Tod eines Familienmitglieds positiv erklären sollte. Ihrer Meinung nach machte es die Sache nicht besser, wenn man erst herumdruckste à la »Deinem Bruder ist wahrscheinlich etwas Schlimmes zugestoßen« oder »Wir haben Grund zu der Annahme, dass Ihr Mann gestern Opfer einer kriminellen Straftat mit tödlichem Ausgang wurde«. In Wiesbaden war in der Wohnung von Katharinas Bruder ein Toter gefunden worden und es sprach alles dafür, dass er es war, zumal die hessischen Kollegen ein Foto von ihm hatten. Was gab es da drum herumzureden? Trotzdem musste er noch offiziell identifiziert werden, und das gab Renan Gelegenheit, die junge Frau zumindest einen Tag lang zu begleiten. Renan hoffte, dass ihr das mehr half als diplomatisches Geseier. Natürlich war es nicht üblich, dass eine Nürnberger Beamtin eine Angehörige nach Wiesbaden zur Identifizierung ihres Bruders begleitete. Aber Renan hatte immer noch ein schlechtes Gewissen Katharina gegenüber, und zudem war sie den Verdacht nicht losgeworden, dass dieser Fall womöglich etwas mit dem Tod von Claudia Fritsche zu tun hatte. Es gab keinerlei rationale Begründung dafür, lediglich die beiden Parallelen, dass es sich auch hier um einen Statistiker handelte und dass wiederum eine große Bundesbehörde im Spiel war. Renan hatte entschieden, dass das ausreichen würde, um die Stadtgrenze für einen Tag zu überschreiten. Schließlich wurde schon aus wesentlich fadenscheinigeren Gründen verreist, und auch Alfred hatte sich gestern einen Trip nach München gegönnt, der sicher angenehmer verlaufen war, da er keine Küchenhilfe trösten musste, deren Bruder soeben verstorben war.

Renan hatte versucht, Katharina im Zug eine Weile zu beschäftigen. Zuerst musste Katharina ihre Mutter verständigen. Dann löcherte Renan die Frau zu den Lebensumständen und Gewohnheiten ihres Bruders. Die hessischen Kollegen hatten erwähnt, dass eine gebrauchte Spritze bei ihm gefunden worden war. Das deutete natürlich auf Drogen hin, der Rechtsmediziner hatte auch noch weitere Einstiche festgestellt. Alles Weitere musste noch untersucht werden. Eine erste Untersuchung hatte auch einen Hinweis auf Heroin ergeben, doch Katharina bestritt vehement ab, dass ihr Bruder sich jemals mit so harten Sachen abgegeben hätte. Zigaretten und Alkohol hätten ihm immer vollauf gereicht. Blieben zwei weitere Möglichkeiten: Entweder er hatte sich mit irgendeiner Substanz selbst getötet oder er war ermordet worden, worauf es aber wohl keine Hinweise gab. Das war eine weitere Parallele zu Claudia Fritsche, bemerkte Renan.

Hinter Würzburg gingen ihr langsam die Fragen aus. Sie rief Alfred an und ließ sich über die Ergebnisse seiner Dienstreise aufklären. Er schien fast euphorisch und prophezeite, dass er mit der Key-Account-Managerin die Täterin gefunden hätte. Renan lief lange im Zug herum, während sie telefonierte. Bis sie in den nächsten Bahnhof einfuhren, starrte sie in einem Zwischenabteil aus dem Fenster. Das Erste, was ihr dort auffiel, war ein gegenüberliegendes hohes Gebäude mit dem Logo der Arbeitsagentur auf dem Dach. Schließlich kaufte sie im Bordbistro einen Tee und einen Kaffee und ging zu Katharina zurück.

»Wir werden zuerst ins Präsidium nach Wiesbaden fahren«, sagte Renan ohne lange Vorrede. »Anschließend muss dein Bruder noch identifiziert werden.«

»Ich weiß, hast du ja schon gesagt.« Katharina wandte nur kurz den Blick vom Fenster ab, wo Weinberge in einem Tageslicht vorbeizogen, das sich noch nicht so recht zwischen freundlich und garstig entschieden hatte.

»Meinst du, du schaffst das?«

»Muss ich ja«, seufzte sie. »Meiner Mutter will ich es jedenfalls nicht zumuten.«

»Nun ja«, Renan stellte den Kaffee vor Katharina ab, »hin und wieder weigern sich Angehörige auch, das zu tun.«

»Denen ist bestimmt nicht so viel Pflichtgefühl eingetrichtert worden wie uns früher.« Sie nahm den Kaffeebecher und blickte auf die ölig-schwarze Flüssigkeit.

»Du meinst in der DDR?«

»Nee«, Katharina lachte kurz auf, »davon habe ich so gut wie nichts mehr mitbekommen. Mein Bruder war noch bei den Thälmann-Pionieren, aber dann war es auch schon vorbei. Unsere Eltern haben diese Tugenden hochgehalten.«

»Waren sie irgendwie ...«, Renan stockte, »also waren sie besonders für die DDR?«

»Überhaupt nicht.« Katharina zeigte den Anflug eines Lächelns. »Meine Mutter war sehr aktiv in der Kirche. Das wurde nicht gerne gesehen damals, und mein Vater hatte eine Elektrowerkstatt. Er hat alles repariert vom Radio bis zur Waschmaschine. Sie wollten ihn immer in so eine PGH zwingen ...«

»PGH?«

»Produktionsgenossenschaft des Handwerks.« Katharina nahm nun doch einen Schluck Kaffee. »Es sollte ja keine privaten Betriebe mehr geben. Aber mein Vater hat sich immer geweigert, und irgendwie hatte er auch ein paar Bekannte in der Kreisverwaltung, und auch ein paar Stasi-Leute haben ihre Farbfernseher gerne bei ihm reparieren lassen. Nach der Wende ist das Geschäft dann eine Zeit lang super gelaufen, aber dann kamen diese Elektronikmärkte aus dem Westen, und dann haben die Leute auch schnell lieber neue Geräte gekauft, als ihre alten reparieren zu lassen, verstehst du?«

»Klar«, nickte Renan, »mein Vater hat auch einen Betrieb und ist schon öfter kurz vor der Pleite gestanden.«

»Das hat meiner nicht mehr erlebt.« Katharina blickte wieder aus dem Fenster, wo sich bereits die Skyline von Frankfurt abzeichnete. »Er ist '95 gestorben – Gehirnschlag.«

Die Identifizierung war eine Sache von Sekunden. Ein Assistent schob den zugedeckten Leichnam herbei und hob das Tuch über dem Kopf an. Katharina nickte und legte ihrem Bruder kurz die Hand auf die Stirn, bis sich abermals große Tränen aus ihren Augen lösten und der Assistent den Toten wieder bedeckte. Renan hätte gerne noch kurz mit dem Gerichtsmediziner gesprochen, der aber gerade zu einer Veranstaltung in der Uni war. Der Assi berichtete, dass der Tod offenbar auf eine Überdosis Heroin zurückzuführen war. In der Blutbahn war immer noch genug davon vorhanden, um eine kleine Fixergruppe einen Tag lang glücklich zu machen. Der vorläufige Befund ging davon aus, dass er sich selbst die Überdosis verabreicht hatte, denn diese Menge der Droge konnte kein Versehen mehr gewesen sein. »Das ist aber eine eher merkwürdige Selbstmordmethode«, wandte Renan ein.

»Ei, wir haben hier jede Woche mindestens einen von der Sorte«, erklärte der Assi mit akademischem Impetus. »Er passt nur vom Typ nicht ganz zu den üblichen. Er ist von der ganzen körperlichen Verfassung und auch vom äußeren Erscheinungsbild her kein typischer Junkie. Auch die anderen Einstiche in den Armbeugen sind nicht alt, er nimmt offenbar noch nicht sehr lange Heroin. Bei ihm hätte ich auf andere Methoden getippt:

Tabletten, aufgeschnittene Pulsadern, vor einen Zug werfen, vom Hochhaus springen, das sind so die Dauerbrenner.«

»So genau hätten wir es gar nicht gebraucht.« Renan legte Katharina die Hand auf die Schulter. Sie nickte ihr dankbar zu, hatte sich aber bereits wieder gefasst.

»Aber wenn sich jemand ein bisschen auskennt mit den Grundlagen der Chemie, ist das nicht so undenkbar.« Der Assi blieb unbeeindruckt. »Auf jeden Fall ist es eine sichere Methode. Bei den meisten anderen kann man sich ja nicht darauf verlassen, dass sie funktionieren. Wenn Sie vom Hochhaus springen, sind Sie vielleicht nur querschnittsgelähmt, hier. Bei Tabletten wachen Sie vielleicht auch wieder auf und die Pulsadern werden sowieso meistens falsch aufgeschnitten ... und Heroin bekommen Sie im Frankfurter Bahnhofsviertel leichter als was Vernünftiges zu essen.«

»Sind Sie immer so redselig?«, fragte Renan.

»Ei, mir kommt unser Paul heute schon fast schüchtern vor«, scherzte Eschweger, hustete markerschütternd und gab dem Mann einen Klaps auf die Schulter.

»Ich und schüchtern?« Paul tat verärgert. »Ich kenn mich halt aus mit Suiziden. Wir sind hier auch für Frankfurt zuständig. Und die meisten sind keine echten, das sind nur Parasuizide, auch Hilfeschreie genannt, und die landen auch nicht bei uns. Aber das hier, das war ein echter!«

»Gut, Paul«, sagte Eschweger, »das überlässt du jetzt mal uns, gell.«

»Ei, sicher, hier!«

»Und der Dr. Fehlmann soll mich bitte anrufen, sobald er wieder da ist.«

»Haben Sie eigentlich nach einem Betäubungsmittel gesucht?«, fragte Renan, als Paul schon im Begriff war, die Leiche wieder wegzuschieben.

»Na, wie schon gesagt«, er griff abermals zur Akte und blätterte darin, »wir haben das Blut nach fremden Substanzen untersucht, aber ...«

»Nein, ich dachte an so was wie Chloroform, womit man jemanden schnell außer Gefecht setzen kann.«

»Was sollte das denn mit diesem Fall zu tun haben?«, fragte Eschweger.

»Wir haben in Nürnberg gerade einen ähnlichen Fall«, erklärte Renan. »Eine Frau stürzt von einer Autobahnbrücke. Scheinbar keine Fremdeinwirkung, aber die Rechtsmedizin hat festgestellt, dass sie vorher betäubt wurde. Ich weiß jetzt gerade nicht, wie das Zeug geheißen hat, aber es war so was Ähnliches wie Chloroform. Man kann es im Blut feststellen und im Hals könnte es eine Reizung geben, wie bei einer Halsentzündung.«

»Ei, dann sehen wir uns das doch gleich mal an.« Im Bruchteil einer Sekunde hatte Paul eine Taschenlampe gezückt und machte Anstalten, das Laken über dem Toten wieder zurückzuziehen.

»Das hat sicher noch Zeit, bis wir mit Frau Gruber wieder weg sind.« Eschweger warf sich hustend zwischen Paul und die Leiche.

»Seid nicht zu streng mit dem guten Paul.« Eschweger sprach über seine rechte Schulter, als sie vom rechtsmedizinischen Institut wieder zurückfuhren. »Frankfurt ist tatsächlich die Hochburg der Selbstmörder. Das liegt an der Börse und an den Banken. Von diesen Wolkenkratzern springt fast jede Woche einer runter.«

»Dann seid ihr wahrscheinlich nicht so zimperlich, was Mord oder Selbstmord betrifft?«, fragte Renan. Eschweger hatte ihr gleich nach der Begrüßung das Du angeboten, was Renan sehr freundlich fand. Er war etwas älter als sie, aber noch grob in derselben Generation. Da waren die Förmlichkeiten manchmal komisch. Andererseits hasste sie es, wenn jemand ungefragt mit dem Duzen anfing.

»Ei, du meinst, hier wird nicht so genau hingeschaut, wenn einer mit einer Spritze tot in der Wohnung liegt?« Eschweger schien das nicht krummzunehmen.

»So eine Vermutung hat sich gerade aufgedrängt«, bestätigte Renan. »Oder macht ihr da einen Unterschied zwischen Frankfurt und Wiesbaden?«

»Na ja«, der Kollege hustete wieder, während sie auf einer Autobahn zwischen Gewerbegebieten durchfuhren, »nicht wirklich. Wiesbaden ist eher eine Beamtenstadt. Beamte und Prolls – dazwischen gibt es fast nichts, wenn man mal von Kurgästen absieht. Aber die Banker wohnen ja nicht alle in Frankfurt. Manchmal wird's sogar denen zu teuer.«

»Wo fahren wir jetzt eigentlich hin?«, fragte Katharina.

»Zum Stabu!«

Stabu wurde das Statistische Bundesamt im örtlichen Volksmund genannt. Es handelte sich dabei um ein Hochhaus aus den 50er Jahren, das vor 20 oder 30 Jahren mit hässlichen hellgrünen Blenden verkleidet worden war. Es lag unweit vom Bahnhof auf einer kleinen Anhöhe. Gerade als Renan fragen wollte, ob hier womöglich auch schon mal jemand in Todesabsicht heruntergesprungen war, klingelte Eschwegers Handy.

»Fünf in den letzten vier Jahren.« Er legte auf und wartete die Frage nicht ab.

»Alle da runter?«, fragte Renan skeptisch.

»So steht's in unseren Akten ... Entschuldigung.« In seiner Lunge schien sich einiges angesammelt zu haben.

»Schon mal damit probiert?« Renan hielt ihm einen Eukalyptus-Menthol-Bonbon hin, den sie in der Jackentasche gefunden hatte.

»Zuckerfrei?«

»Nein.«

»Gut«, er nahm die Pastille, »von den zuckerfreien kriege ich immer Durchfall.«

»Das fehlte gerade noch«, lächelte Renan.

Eschweger hatte einen Termin mit einem Vorgesetzten von Ingo Gruber vereinbart. Sie betraten das Gebäude durch den Haupteingang, passierten problemlos den Empfang und

Renan traute ihren Augen nicht, als sie einen echten Paternoster erblickte. Diese offenen Aufzüge hatte sie immer nur in alten Filmen gesehen, das letzte Mal in *Männer*, wenn ihr Gedächtnis sie nicht trog. »Zwei Personen in einem Fahrkorb – Kindern und Gebrechlichen ist die Benutzung verboten!« stand am Einstieg. Es gab zwei Schächte, rechts fuhr man rauf, links runter.

»Wir müssen in den Fünften«, sagte Eschweger und sprang in einen Fahrkorb. Renan und Katharina nahmen den nächsten.

»Ich frage mich, wie das funktioniert«, sagte Katharina auf dem Weg nach oben.

»Was meinst du?«

»Können sich diese Kabinen biegen oder was passiert, wenn die ganz oben sind?«

»Gute Frage.«

Abgesehen vom Paternoster versprühte das Bundesamt einen typischen Behördencharme. Gänge und Büros waren allesamt weiß getüncht, wobei sich die Farbe besser zu halten schien als im Nürnberger Polizeipräsidium – oder es wurde öfter gestrichen. Empfangen wurden sie von Frau Möllring. Sie war Referatsleiterin in der Abteilung für »Volkswirtschaftliche Gesamtrechnung«. Sie sprach reines Hochdeutsch und legte eine professionelle Freundlichkeit an den Tag. Renan wechselte einen kurzen Blick mit Eschweger und stellte fest, dass auch ihm die Müdigkeit und Anspannung hinter dieser Fassade nicht entgingen. An Frau Möllrings Seite stand Herr Zöllner von der Abteilung für Öffentlichkeitsarbeit. Sie baten die Besucher an einen Besprechungstisch in Eichendekor, wo bereits kleine Mineralwasser- und Saftflaschen aufgebaut waren. Eschweger stellte sich und seine Begleiterinnen kurz vor und sagte ein paar einführende Worte zum Fall Gruber.

»Ja, das ist außerordentlich tragisch.« Zöllner gab sich zerknirscht und wandte sich an Katharina. »Erlauben Sie mir, Ihnen und Ihrer Familie im Namen des Statistischen

Bundesamtes unser tiefstes Beileid auszusprechen.« Der Typ war aalglatt in seinem braunen Anzug und mit dem kurz geschorenen Resthaar auf dem Kopf.

Eschweger hakte nach, ob Ingo Gruber in letzter Zeit womöglich Anzeichen von privater oder beruflicher Frustration gezeigt hatte. Ob er sich irgendwie verändert hatte oder unzuverlässig geworden war.

»Nein, überhaupt nicht«, sagte Frau Möllring. »Er war einer meiner besten Mitarbeiter. Ein absoluter Software-Spezialist für die Datenauswertung. Deswegen fand ich es auch so seltsam, dass er tagelang unentschuldigt nicht gekommen ist. Das war nicht seine Art.«

»Allerdings«, nickte Katharina.

»Haben Sie womöglich gerade sehr viel Stress hier?«, fragte Eschweger, während er wieder zwei Hustenlöser in sein Wasserglas warf. »Hatte Herr Gruber viele Überstunden?«

»Also, wenn Sie jetzt darauf anspielen wollen, dass unsere Mitarbeiter über Gebühr beansprucht werden ...«, setzte Zöllner an.

»Ich hätte die Frage gerne von Frau Möllring beantwortet«, erwiderte Eschweger freundlich, aber kühl.

»Sein Überstundenkonto war im absolut normalen Rahmen.« Sie blätterte in irgendwelchen Unterlagen. »Ich habe natürlich keine genauen Daten im Kopf, aber wenn er mehr als 40 gehabt hätte, hätte ich das genehmigen müssen ...«

»Hören Sie«, schaltete sich Zöllner wieder ein, »es gab ein paar ... Unglücksfälle in diesem Gebäude in den letzten Jahren. Ich versichere Ihnen aber, dass das Statistische Bundesamt seine Mitarbeiter nicht überfordert.«

»Ei, das haben wir auch nicht behauptet«, erklärte Eschweger, »aber wir müssen hier einem Todesfall nachgehen und ermitteln noch in alle Richtungen. Und weil wir noch ziemlich am Anfang stehen, sind wir für jeden kleinen Hinweis dankbar ... Mit wem hat Herr Gruber denn zusammengearbeitet? Gibt es einen Zimmernachbarn oder so?«

»Er sitzt mit Herrn Stoll in einem Büro«, sagte die Referatsleiterin, »aber der hat noch eine Woche Urlaub.«

»Könnten Sie vielleicht kurz erklären, an was Herr Gruber gearbeitet hat?«, schaltete sich Renan ein.

»Er war Spezialist für die Auswertung gesammelter Daten«, erklärte Frau Möllring. »Wir sammeln ja nicht nur Daten bundesweit, wir müssen sie ja auch auswerten und abgleichen, zum Beispiel mit denen anderer Länder, der EU oder internationaler Organisationen. Herr Gruber hat dafür maßgeschneiderte Programme erstellt oder besser gesagt gängige Programme weiterentwickelt.«

»Sie glauben ja gar nicht, was unsere Spezialisten aus einem simplen Tabellenprogramm herausholen können«, tönte Zöllner.

»Oder aus SPSS«, ergänzte seine Kollegin. »Das ist ein gutes Statistikprogramm. Verlangt aber auch Programmierkenntnisse.«

»Gut.« Renan schrieb ein wenig auf den vor ihr liegenden Block, ohne sich wirklich für diese Details zu interessieren. »Eine Frage am Rande: Haben Sie vielleicht hin und wieder mit einer EDV-Firma namens Syst-Ix zu tun?«

»Die Freeware aus Nürnberg?«, fragte Frau Möllring.

»Genau.«

»Wir entwickeln die meiste Software selbst, aber wir verwenden auch eine Version von Cubix. Das ist eine Data-Warehouse-Software«, erklärte die Frau nach kurzem Überlegen. »Aber die haben wir vor vielen Jahren mal in der Urversion gekauft und danach selbstständig weiterentwickelt. Ich glaube, das war eines der Probleme von Syst-Ix, dass sich große Organisationen nur ein Paket kaufen mussten und es dann so oft kopieren konnten, wie sie wollten. Da haut die Philosophie nicht mehr hin.«

»Und wie ist es mit den Standardprogrammen?«, hakte Renan nach. »Also ganz normal Briefe schreiben und so? Wollen Sie da auch etwas von Syst-Ix verwenden?«

»Nein. Ich weiß, dass es einige große Behörden gibt, die von Digidoor wegwollen. Aber bei uns spielt das keine so große Rolle, weil Programme wie SPSS ohnehin nicht von Digidoor sind …«

»Und was den allgemeinen Dienstbetrieb angeht, so wissen wir die Kompatibilität von Digidoor-Programmen sehr zu schätzen«, ergänzte Zöllner.

»Gut.« Renan schob den Block weg. »Dann hat Herr Gruber also den ganzen Tag vor einem Computer gesessen und gerechnet, richtig?«

»Das machen eigentlich alle hier.« Zöllner gab sich gelinde amüsiert.

»Und was hat er gerechnet?«

»Nun, was wir so brauchen«, sagte die Referatsleiterin. »Algorithmen, Mittelwerte, Korrelationen …«

»Nein«, Renan hob panisch die Hand, »ich meinte inhaltlich. Um was geht es dabei?«

»Import von Schlachtvieh oder die Inflationsrate?«, sekundierte Eschweger.

»Ach so.« Frau Möllring lächelte leicht verlegen. »Nein, er war in der Erwerbstätigen- bzw. Arbeitsmarktrechnung beschäftigt.«

»Wie jetzt?« Renans Erregungspotential stieg sprunghaft an. »Ich dachte, das macht die Arbeitsagentur!«

»Die machen das auch«, antwortete die Frau, während Zöllner dümmlich lachte, »aber ganz alleine kann man das denen nicht überlassen.«

Kurz vor Einbruch der Dunkelheit stand Alfred auf dem Mainausteg, rauchte und sah dem dichten Verkehr in Richtung Norden zu. Sein Kopf dröhnte noch leicht von dem Umtrunk, den er sich am Vorabend auf der Rückfahrt im Bordbistro gegönnt hatte. Er hatte den Tag damit verbracht, Regina Marx-Labingers Spur am Todestag von Claudia Fritsche nachzuspüren. In der Bundesagentur für Arbeit hatte Krossitzky bestätigt, dass sie an diesem Tag da gewesen war, konnte aber nicht genau sagen, wie lange. Eine Nachfrage bei der Autobahnpolizei hatte ergeben, dass es an diesem Abend einen 15 Kilometer langen Stau auf der A9 zwischen dem Rastplatz Holledau und Fürholzen gegeben hatte. Sie konnte also unmöglich um acht wieder daheim gewesen sein. Von Maul hatte er ein Foto der Frau erhalten, das die Münchener aus einer Überwachungskamera des Polizeipräsidiums extrahiert hatten. Damit würde er morgen sowohl bei der Arbeitsagentur als auch bei Syst-Ix vorsprechen und vielleicht auch noch bei den Nachbarn in dem Schnieglinger Loft. Was ihm noch fehlte, war die persönliche Verbindung zwischen der Marx-Labinger und der Toten. Was Syst-Ix anging, so musste sie dort entweder Zugang oder einen Komplizen gehabt haben, anders war die Sache mit dem MP3-Player und dem Haar von Roman Stocker nicht zu erklären. Unter ihm war der Berufsverkehr in vollem Gange. Zigtausende von Pendlern, die in Nürnberg arbeiteten und im Speckgürtel des Umlands wohnten. Heute ging es besonders hoch her, weil die Bahn mal wieder streikte. In Richtung Norden bildete sich seit einer Viertelstunde eine ordentliche Verstopfung.

Alfred hatte heute Karla Neumann Bericht erstattet, nachdem Renan sich zu unchristlicher Stunde auf eine Dienstreise nach Wiesbaden begeben hatte. Ein Umstand, den Alfred seiner Chefin nicht ganz zufriedenstellend erklären konnte. Jedenfalls war die Dezernatsleiterin nach sorgfältiger Abwägung zu dem Ergebnis gekommen, dass ihre beiden Mitarbeiter sich noch nicht der SoKo Gröder anschließen und die Katze des Regierungspräsidenten suchen konnten. Sie sollten zunächst die Spur mit der Key-Account-Managerin weiterverfolgen. Alfred wusste nicht, wann und wie die Neumann das Herbert beigebracht hatte, aber letztendlich war es ihm auch egal. Heute war das absolut unvorstellbar, aber Herbert war in jungen Jahren wirklich ein netter Kerl gewesen, witzig, charmant und immer für einen Spaß zu haben. An langen Kneipenabenden konnte er Gesprächspartnern das Gefühl geben, dass sie die wichtigsten Menschen auf der Welt waren. Seinen Opportunismus und seine Arbeitsscheu hatte er dabei immer gut kaschiert. Alfred musste schmunzeln, als er sich an all die Streiche erinnerte, die er damals mit Herbert ausgeheckt hatte. Eines späten Abends hatten sie die große Vitrine im Erdgeschoss ausgeräumt, in der 20 verschiedene Schusswaffen aller Größen und Kaliber ausgestellt waren. Die Knarren hatten sie im hintersten Eck des Heizungskellers versteckt und dafür Pfeil, Bogen und eine Mistgabel in die Vitrine gepackt. Der Polizeipräsident hatte getobt und es gab zwei Tage lang keinen Dienstbetrieb, bis die Waffen endlich aufgefunden wurden.

Es war schon dunkel, als sein Handy klingelte.

»Wo treibst du dich denn gerade rum?«, fragte Renan streng.

»Ich stehe hier quasi über der Stadtgrenze.«

»Wo?«

»Auf dem Mainausteg.«

»Warte noch. Ich bin gleich da.«

»Wo genau siehst du da die Verbindung?«, fragte Alfred, während er eine neue Kippe drehte.

»Wir haben zwei tote EDV-Spezialisten«, wiederholte Renan ungeduldig. »Beide beschäftigen sich mit dem Arbeitsmarkt. Bei der Agentur geht es um die Arbeitslosen, beim Stabu um die Arbeitstätigen ...«

»Stabu?«

»Statistisches Bundesamt, wie es in Wiesbaden heißt.«

»Ah, so.«

»Und beide Male wird ein Selbstmord vorgetäuscht«, fuhr Renan fort.

»Gemach, Kollegin«, mahnte Alfred. »Dieser Gruber mag vielleicht die arbeitende Bevölkerung der Republik gezählt haben, Claudia Fritsche hat nur technische Hilfe geleistet. Und dies tat sie in der Absicht, Syst-Ix bei der Neueinführung von Software bei einer der größten Bundesbehörden in eine aussichtsreiche Stellung zu bringen ...«

»Bist du dir da so sicher?«

»Würde ich sagen.« Er zündete die Zigarette an, derweil der unter ihnen herrschende Stau die Atemluft schon genug verpestete. »Und von vorgetäuschten Selbstmorden können wir nicht wirklich sprechen. Bei diesem Gruber hat die Rechtsmedizin ja wohl noch keinerlei Hinweise in die Richtung geliefert. Und bei der Fritsche, nun ja, es wurde ja nicht gerade mit dem Zaunpfahl gewunken. Kein Abschiedsbrief gefälscht, keine sonstigen Hinweise konstruiert ...«

»Du hast doch selbst gesagt, dass das zu riskant wäre, weil da immer ein Haufen Kleinigkeiten nicht stimmen könnte«, widersprach sie heftig.

»Ja schon. Aber wichtiger ist doch, dass stattdessen eine falsche Fährte zu diesem Stocker gelegt wurde, was bei dem Wiesbadener Fall auch nicht vorkommt.«

»Abwarten, vielleicht finden die Kollegen ja auch noch was.« Renan zog den Reißverschluss ihrer Jacke höher und verschränkte trotzig die Arme vor der Brust.

»Und es ist vollkommen unklar, wem der Tod von Gruber nutzt.« Alfred aschte auf das Dach eines dunklen Mercedes Kombi. »Da liegt doch eine mögliche Parallele. Erst wenn die Morde derselben Person oder Seite nutzen, können wir begründet davon ausgehen, dass sie miteinander in Verbindung stehen.«

»Sag mal, willst du mich jetzt nicht ernst nehmen?«, blaffte Renan plötzlich ungehalten.

»Das hat doch nichts mit Ernstnehmen zu tun«, verteidigte sich Alfred. »Wir besprechen hier verschiedene Aspekte einer Mordermittlung und ich gebe meine Sichtweise wieder.«

»Willst du mich jetzt auch noch belehren?«

»Jetzt schalt mal einen Gang zurück, Renan.« Alfred warf seine Kippe auf den Mercedes. »Die erste Frage ist immer: cui bono? - wer profitiert? Das lernt man im zweiten Semester der

Ausbildung. Und von Claudia Fritsches Tod profitiert eindeutig Digidoor. Daher sollten wir diese Spur vorrangig verfolgen, meiner bescheidenen Meinung nach.«

»Und wenn das eine weitere falsche Fährte ist?« Ihr Ton blieb ruppig. »Bietet sich doch geradezu an! Jeder, der weiß, dass sich Syst-Ix bei der Agentur um einen Riesenauftrag gegen Digidoor bewirbt, kann sich an drei Fingern abzählen, dass die Polizei das früher oder später als Motiv ansieht. Wenn man sich dann als Mörder darauf verlassen kann, dass nach Schema F ermittelt wird, hat man's schon ...«

»Was heißt hier Schema F?«

»Cui bono?«, äffte Renan. »Wenn's so einfach ist, warum ermitteln dann keine Computer, sondern Menschen?«

»Weil Menschen kein Betriebssystem brauchen.« Alfred wurde nun auch sauer. »Und trotzdem handeln sie manchmal falsch, zum Beispiel aus eigenen Schuldgefühlen heraus.«

»Was soll denn das jetzt heißen?«

»Dass du ein schlechtes Gewissen gegenüber dieser Küchenhilfe hast und ihr helfen willst, indem du den Tod ihres Bruder aufklärst. Ist doch leichter zu verkraften, wenn es kein Selbstmord war, oder?«

»Leck mich doch«, fauchte sie, sprang auf ihr Fahrrad und verschwand in der Dunkelheit.

10. Analysten-Event

Am nächsten Morgen war die Stimmung etwas unterkühlt. Selbst Roman Stocker blieb das nicht verborgen, als er im Verhörzimmer saß und von links und rechts mit recht uneinheitlicher Tendenz befragt wurde. Er war darüber so verblüfft, dass er keinerlei gesellschafts- und kapitalismuskritische Anmerkungen loswurde und auch nicht dazu kam, den Ermittlern zu erläutern, dass er sich nach einem längeren Gespräch mit seinem Cousin Markus entschlossen hatte, nun bedingungslos zu kooperieren. So war das mit diesen Bullen. Kaum wollte man ihnen helfen, gingen sie aufeinander los.

»Haben Sie diese Frau schon einmal bei Syst-Ix gesehen?«, fragte der Kommissar und schob ihm ein Foto hin.

»Das spielt jetzt überhaupt keine Rolle«, erklärte die junge Türkin. »Viel wichtiger ist, ob Syst-Ix irgendwelche Verbindungen zum Statistischen Bundesamt in Wiesbaden hat oder gehabt hat. Es könnte ja Kontakte gegeben haben, ohne dass daraus ein Geschäft geworden ist.«

»Ja, also ...«, wollte Stocker ansetzen.

»Herr Stocker«, fiel ihm der Kommissar wieder ins Wort, »es geht jetzt vorrangig darum, wer ein Interesse daran haben könnte, Ihnen den Mord an Frau Fritsche anzuhängen. Diese Person muss entweder selbst oder durch Dritte an Ihren MP3-Player und an ein Haar von Ihnen gekommen sein ...«

»Also stehe ich jetzt nicht mehr unter Verdacht?«, fragte Stocker.

»Wir ermitteln jetzt in eine andere Richtung«, erklärte die Türkin. »Dabei ist es jetzt aber wichtig, dass Sie keine vorschnellen Schlüsse ziehen, selbst wenn Sie diese Frau« – sie deutete auf das Foto – »womöglich einmal gesehen haben ...«

»Willst du den Zeugen jetzt beeinflussen?«, wandte sich der Kommissar etwas lauter an seine Kollegin.

»Wenn hier einer beeinflusst, dann doch du«, meckerte sie zurück.

Das ging noch ein paar Minuten so, bis eine zweite, etwas ältere Frau den Raum betrat. »Frau Müller, Herr Albach, so geht's nun wirklich nicht«, sagte sie und nahm die beiden mit nach draußen. Roman Stocker zündete sich derweil eine Zigarette an und lehnte sich kopfschüttelnd in seinem Stuhl zurück.

»Wir sind doch hier nicht im Kindergarten«, schalt Karla Neumann, die sich mit ihren beiden zankenden Mitarbeitern in Richtung Treppenhaus verzogen hatte.

»Die Kollegin Müller will sich leider nicht der Ermittlungsrichtung anschließen, die wir gestern besprochen haben.« Alfred klang geradezu beleidigt. »Ich habe versucht, ihr diesbezüglich eine Anweisung zu erteilen, aber sie lässt sich ja leider nichts sagen.«

»Ich weigere mich nur, lediglich in eine Richtung zu ermitteln«, konterte Renan. »Wenn ich mich nicht irre, gehört das zu guter Polizeiarbeit.«

»Sie sehen, hier ist das Machtwort einer Vorgesetzten fällig«, wandte sich Alfred an Karla.

»Das könnte Ihnen so passen!« Sie lachte kurz auf. » Ich erwarte von meinen Mitarbeitern, dass sie solche Konflikte untereinander lösen können.«

»Wie?« Alfred wurde die Bedeutung der Worte erst nach einer kurzen Verzögerung klar.

»Was?« Renan schüttelte den Kopf, als hätte sie Wasser im Ohr.

»Wenn Sie es ausraufen wollen, bitte. Aber nicht hier im Präsidium. Wenn Alkohol hilft, dann gehen Sie sich besaufen. Mir egal. Aber keiner tut irgendwas in diesem Fall, bevor Sie sich nicht auf eine Strategie geeinigt haben, verstanden?«

Ihr unterfränkischer Dialekt wurde plötzlich hörbar.

»Wie wär's dann, wenn Herr Albach seine Spur weiterverfolgt und ich meine?«, fragte Renan nach einer kurzen Pause.

»Hervorragende Idee.« Alfred wandte sich zum Gehen. »Dann fahre ich jetzt zu Syst-Ix.

Karla Neumann schüttelte den Kopf und zuckte mit den Schultern, während Renan zum Telefon gerufen wurde.

»Meine sehr geehrten Damen und Herren, ich freue mich außerordentlich, Sie heute so zahlreich zu unserem Analysten-Event begrüßen zu dürfen ...« Künzel stand an einem Rednerpult vor einer hausgroßen Projektionsfläche, auf der eine Computermaus mit einem Gallierhelm zu sehen war, das Logo von Syst-Ix.

»Wir werden Ihnen in der nächsten Stunde darlegen, dass die Firma Syst-Ix nach einigen schwierigen Jahren das Platzen der New-Economy-Blase nicht nur überstanden hat, sondern sich nunmehr in der Competition mit anderen großen Playern auf dem Weltmarkt vorteilhaft platzieren konnte. Der Break-Even-Point wurde im zweiten Quartal dieses Jahres überschritten. Das war ein halbes Jahr früher als im Sanierungsplan vorgesehen. Wir konnten vor allem im Serverbereich neue Professional Services für Businesskunden entwickeln, die mittlerweile über 50% des Gesamtumsatzes ausmachen.« Auf der Projektionsfläche hinter Künzel wechselten sich bunte Bilder mit Diagrammen und einfachen Übersichten ab, während er geschliffen und flüssig weitersprach:

»Ein großes Potential sehen wir dabei noch in IT-Service-Management-Produkten. Unternehmen, die auch ihre IT professionell führen und dabei die Qualität ihrer Prozesse und Services steigern wollen – bei optimalen Preis-Leistungs-Verhältnissen, versteht sich –, greifen heute meist auf Service-Level-Agreements zurück. Ich erzähle Ihnen damit sicherlich nichts Neues. Die Unterstützung dieser Messungen durch individuell erweiterbare Softwarelösungen auf einer allgemeinverständlichen und benutzerfreundlichen Programmplattform können wir seit einem halben Jahr zu äußerst günstigen Preisen anbieten. Wir benutzen dabei eine service-orientierte Netzwerkarchitektur als Infrastruktur und bieten dadurch ein plattform- und systemübergreifendes Management heterogener Anwender- und Systemlandschaften von zentraler Stelle aus. Damit ergibt sich ein voller Investitionsschutz in existierende Tools und Applikationen für ITSM, die jetzt zu Backend-Providern für die Process Machinery werden.«

Die etwa 150 Zuhörer im Vortragssaal wurden langsam unruhig. Anscheinend konnten sie mit dem IT-Fachdenglisch ebenso wenig anfangen wie Alfred. Künzel schien dies zu bemerken oder sogar beabsichtigt zu haben, denn er schwenkte nun sehr schnell um.

»Ich sehe, dass ich Sie mit diesen Details womöglich zu sehr strapaziere. Und ich weiß, dass Sie alle keine IT-Fachleute sind, sondern Finanzanalysten, die sich hauptsächlich dafür interessieren, ob diese Firma in der nächsten Zeit Gewinn abwerfen wird. Das wird sie, wie ich Ihnen gleich noch eingehender erläutern werde. Es sollte nur nicht der Eindruck entstehen, dass ich selbst nicht wüsste, womit wir diesen Gewinn erwirtschaften ...« Es entstand leichte Heiterkeit im Saal, während Künzel fortfuhr:

»Früher hat Syst-Ix Boxen mit dem ersten wirklich funktionierenden Linux-Betriebssystem vertrieben. Um das Jahr 2000 wurde auch das Marktsegment der Businesskunden ins Auge gefasst. Syst-Ix hat für dieses Marktsegment hervorragende Serverprodukte entwickelt und ebenfalls in bunte Boxen gepackt. Dann haben Großkunden wie der Autozulieferer Boger eine Box gekauft und damit ihr gesamtes Unternehmen ausgerüstet ...«

Erneut kam Gelächter aus den Zuschauerreihen, und auch der CEO lachte gekünstelt.

»... das war nun mal die Linux-Philosophie, und weil wir das alles so schön einfach und transparent gemacht haben, brauchten die Großkunden von uns weder Service noch Support. Sie sehen, Syst-Ix ist damals nicht wegen der Qualität der Produkte in Schwierigkeiten geraten, sondern wegen falschen Absatzmanagements. Wir haben nun bezüglich der Buy-Out-Strategien den Turnaround vollzogen und gleichzeitig das technologische Know-how, die Brain Ressources der Firma erweitert. Hierbei kommt uns der Fortschritt zugute. Sie können einem Großkunden nur dann Service und Support verkaufen, wenn seine eigene IT-Abteilung das nicht hinkriegt. Je komplexer also die Systeme und Programme werden, desto schneller braucht man Topspezialisten und desto mehr Geld ist man bereit dafür auszugeben. Hier kommt es Firmen wie Syst-Ix entgegen, dass die Datenflut, mit der große Organisationen heute zu tun haben, von einfachen Fachinformatikern oder

Ingenieuren nicht mehr beherrscht werden kann. Das Sammeln der Daten ist dabei kein Problem, aber ihre Verknüpfung und die daraus zu entwickelnden Analysen benötigen soviel IT-Potential, dass sich eine Selbstentwicklung oder -pflege nicht mehr rechnen kann. Besonders betrifft dieses Problem öffentliche Arbeitgeber, die aufgrund der starren Tarifwerke einen Informatiker nur sehr schlecht bezahlen können. Die kriegen gar keine hochqualifizierten Leute mehr für ihre miesen Gehälter ...« Abermals Heiterkeit.

»Ich kann mir vorstellen, dass Sie entsprechende Referenzen sehen wollen, meine Damen und Herren, und verweise auf die aktuelle Liste unserer Businesskunden, die Ihren Unterlagen beiliegt ...« Es raschelte im Saal, derweil sich Künzel den größten Trumpf noch aufgehoben hatte.

»*Eine* Organisation werden Sie dort aber nicht finden. Es handelt sich dabei um unseren mit Abstand größten Kunden, nämlich die Bundesagentur für Arbeit, der wir seit zwei Jahren mit einer kontinuierlichen Weiterentwicklung unserer Data-Warehouse- und Business-Intelligence-Software ›Cubix‹ zur Seite stehen ...« Auf der Projektionsfläche erschien ein Bild, das neben Künzel noch Claudia Fritsche, Krossitzky und einen weiteren Herrn beim Shakehands zeigte. Alfred meinte, auch dieses Gesicht schon einmal gesehen zu haben, und starrte konzentriert auf die Projektionsfläche, während CEO Künzel zum Finale kam:

»Cubix ermöglicht der Bundesagentur integrierte Analyse, Planung, Reporting und Connectivity. Sie organisiert und verwaltet damit mehrere Millionen von Kundenhistorien, mehrere Hundertausend Änderungen monatlich. Wenn Sie mir einen kurzen Ausflug ins Militärische gestatten, möchte ich sagen, dass wir die Umsetzung der Hartz-Reformen gewissermaßen an der IT-Front abgesichert haben und weiter absichern ...«

Das Foto war wieder weg, dafür prangte nun das Logo der Cubix-Software über Künzels Kopf. Alfred war noch nicht darauf gekommen, woher er den dritten Mann kannte, schöpfte aber Hoffnung, demnächst nachfragen zu können, da der CEO nun wirklich zum Ende kam:

»Schließen möchte ich mit der Aussicht, dass wir aufgrund der erfolgreichen Zusammenarbeit mit Cubix nun auch bei der Neuvergabe der Office-Software bei der Bundesagentur ernsthaft im Rennen sind. Wie Sie vielleicht gehört haben, möchte man sich auch hier nicht mehr vom Weltmarktführer bevormunden lassen. Und nun freue ich mich auf viele Gespräche bei einem reichhaltigen Buffet. Wir haben in der Lobby sechs verschiedene Workstations aufgebaut, wo Sie sich bei unseren kompetenten Mitarbeitern über einzelne Syst-Ix-Produkte vertieft informieren können. Für Fragen zu Marketing, Finanzen und Strategien stehen meine Officers und ich Ihnen selbstverständlich auch gerne zur Verfügung. Herzlichen Dank.«

Die ganze Szenerie spielte sich in einem großen Saal des Hotels *Maritim* ab. Zwischen den verschiedenen Tagungsräumen befand sich eine Art Foyer, in das die Hotelküche nun ein buntes Buffet gezaubert hatte – Champagner inklusive. Alfred nahm sich ein Glas und suchte zwischen den Stehtischen Künzel oder ein anderes bekanntes Gesicht. Da er im versammelten Geschäftsgehabe zwischen den Armani-Anzügen der Herren und den Prada-Kostümen der Damen aber vorerst kein Land sah, ließ er sich noch einen Teller mit Garnelenspießen, Wachtelbrüstchen und einer Lachs-Kaviar-Roulade bestücken. Er tigerte durch das Foyer auf der Suche nach einer Abstellfläche für sein Champagnerglas. Da er hierbei erfolglos blieb, landete er schließlich in der Lobby des Hotels auf einem schweren, aber bequemen Ledersofa. Bei dem Versuch, den mittleren Scampi vom Spieß zu streifen, unterschätzte er den Widerstand des Holzstäbchens. Die Meeresfrucht schoss quer durch den Raum und traf eine Dame im Pelzmantel. Die Frau sah entsetzt zu Alfred herüber und rief irgendetwas von Reinigungskosten für ihren Nerz. Alfred zückte eine seiner Visitenkarten und stand auf.

»Verzeihen Sie, gnädige Frau, aber das war Teil einer kriminaltechnischen Untersuchung. Sollten sich Schäden an Ihrer Kleidung ergeben, schicken Sie mir die Rechnung doch bitte ins Präsidium, ja?«

Er hob die Garnele auf und packte sie wie zur Beweissicherung in eine Plastiktüte.

Die Frau blieb mit offenem Mund sitzen und brachte nur noch das Wort »Polizei?« heraus. Alfred atmete einmal tief durch und setzte sich wieder auf sein Sofa, wo er feststellte, dass Rauchverbot herrschte. Er verließ das Foyer durch den Haupteingang und zog sein Zigarettenetui aus dem Sakko. Kaum hatte er die erste angezündet, trat Ritchie Messner durch den Eingang und zückte ebenfalls eine Zigarettenschachtel.

»Das ist also ein Analysten-Event?«, fragte Alfred, nachdem er dem PR-Mann mit Feuer ausgeholfen hatte.

»Sie haben es erfasst, Herr Kommissar.« Messner trug einen perfekt sitzenden dunkelgrauen Dreiteiler mit Fliege und zeigte ein leicht genervtes Lächeln. »Halten Sie auch ein Portfolio?«

»Wie?«

»Wollen Sie Aktien von Syst-Ix erwerben?«

»Aktien? Ich?« Alfred musste husten. »Nein, nein. Davon verstehe ich nichts. Würde mich sicherlich in den Ruin treiben, wenn ich mein Geld so anlegen wollte.«

»Als Beamter sollten Sie auch lieber Bundesschatzbriefe kaufen.« Das Lächeln des PR-Mannes entspannte sich langsam.

»Ich habe wirklich Bundesschatzbriefe«, bestätigte Alfred verblüfft, während sich Messners Lächeln zu einem lauten Lachen auswuchs.

»Ist nicht wahr!«, beömmelte er sich. »Was bringen die so? Vier Prozent oder fünf?«

»Ich habe keine Ahnung.« Alfred konnte immer noch nicht erkennen, was daran so komisch war. »Die Finanzen überlasse ich immer meiner Frau, und die überlässt sie dann dem Steuerberater.«

»Das ist ja niedlich.« Messner beruhigte sich wieder und sah Alfred dann etwas verschämt an. »Tut mir leid. Ich wollte mich nicht über Sie lustig machen. Es ist nur so ... absurd. Da drin stehen Typen, die unter 25% Rendite nicht mal die Augenbraue heben und täglich virtuelle Millionen verschieben ... da sind Sie mit den Schatzbriefen so erfrischend ... normal.«

»So was höre ich in der Tat selten«, erwiderte Alfred und drückte seine Kippe aus. »Aber Sie scheinen Ihr Glück ja eher beim Wetten zu versuchen, nicht wahr?«

»Wie kommen Sie darauf?« Messner sah sich ängstlich um.

»Das waren doch Totoscheine, die da vorne in Ihrer Zigarettenpackung steckten.« Alfred deutet auf Messners Brusttasche, wo die Schachtel verschwunden war.

»Ach so«, er lachte etwas übertrieben, »ja, ich setze hin und wieder auf ein Bundesligaspiel ...«

»Etwa auf einen Clubsieg?«, scherzte Alfred.

»Der hätte eine gute Quote«, erwiderte Messner, ohne weiter darauf einzugehen.

»Aber wenn wir schon dasselbe Laster teilen ... Könnten Sie mir vielleicht in kurzen Worten noch einmal erklären, worum es hier genau geht?«, fragte Alfred schließlich.

»Das ist eine Analysten-Party«, erklärte Messner. »Das sind alles Bankenvertreter und Fondsmanager. Wie gesagt, die kaufen und verkaufen im großen Stil Aktien für ihre Banken oder deren Kunden. Wir, also Syst-Ix, brauchen mal wieder frisches Kapital. Also bereiten wir eine Neuemission von Aktien vor. Damit wir für diese neuen Anteile möglichst viel Geld kriegen, muss die Firma gut dastehen. Also packt man zwei-, dreimal so einen Saal voll mit Analysten, macht eine schöne Präsentation und füttert sie danach mit Schampus und Lerchenzungen ...«

»Und das funktioniert?«, fragt Alfred ungläubig.

»Ich denke schon«, sagte der PR-Mann. »Die haben natürlich keine Ahnung von IT und Software, aber der CEO hat das ganz clever gemacht. Erst haut man ihnen ein paar technische

Details um die Ohren und dann packt man die großen Kunden aus. Und falls doch der eine oder andere IT-Fachmann dabei sein sollte, haben wir unsere Workstations aufgebaut. Da kann man dann so richtig in die Vollen gehen. An so einem Tisch verstehen Menschen wie wir kein einziges Wort mehr, da stehen unsere Super-Nerds!«

»Fehlt Ihnen Frau Fritsche nicht bei so einem Termin?«, hakte Alfred nach.

»Och, das kriegen die anderen Jungs schon auch hin«, sagte Messner. »Claudia war natürlich als Frau gut, weil diese Analysten ja überwiegend männlich sind. Aber für den Verkauf war sie nicht so entscheidend wie für die Entwicklung oder die Kundenpflege ...« Er drückte seine Zigarette ebenfalls aus und blickte Alfred ein paar Sekunden lang fragend an. »Jetzt haben Sie mir aber immer noch nicht gesagt, was Sie hierher führt, wenn Sie keine Aktien kaufen wollen. Gibt's was Neues im Mordfall?«

»Mutmaßlicher Mordfall.« Alfred hob den Zeigefinger. »Es geht natürlich stetig voran ...«

»Also war es doch nicht Stocker?«

»Wir ermitteln noch in andere Richtungen.« Alfred hielt sich bedeckt und zog das Foto von Regina Marx-Labinger aus der Tasche. »Haben Sie zum Beispiel diese Frau hier schon mal gesehen?«

»Die?« Er nahm das Bild an sich und fixierte es konzentriert. »Nein, ich glaube nicht. Wer ist das denn?«

»Das dürfte ich Ihnen nur sagen, wenn Sie sie erkennen würden ... aber dann wüssten Sie es ja auch schon«, lächelte Alfred.

»Zwingende Logik.« Der PR-Mann schien nicht pikiert.

»Tja«, Alfred stand auf, »dann werde ich mich mal auf die Suche nach Herrn Künzel machen.«

Messner machte eine Abschiedsgeste mit zwei Fingern der rechten Hand, während Alfred kehrtmachte in Richtung Eingang. Nach einigen Schritten kam er noch einmal zurück.

»Ehe ich es vergesse, Herr Messner, nachdem Sie ja nun anscheinend mit Digidoor um einen Mega-Auftrag konkurrieren: Gab oder gibt es irgendwelche Kontakte zwischen Syst-Ix und Digidoor? War von denen mal jemand hier oder einer von Syst-Ix in München?«

»Nein, das kann ich mir nicht vorstellen«, lachte Messner.

»Aber Sie wissen es nicht genau?«

»Nein. Aber die Jungs und Mädels sind dermaßen arrogant ... Die müssen Sie schon zum Verhör bitten, damit sie mit Ihnen reden.«

»Und woher wissen Sie das?«

»Ich habe mal vor ein paar Jahren auf der CeBit Kontakt zu einer Pressefrau aufbauen wollen – rein privat, versteht sich.«

»Attraktiv?«, fragte Alfred bereits wieder im Gehen.

»Leider nur optisch!«

»... und dann dreht sich einer der deutschen Manager um und meint: Scheiß Japaner! Und darauf der kleine Japaner: Max Glundig, 1981! Ha ha ha ...«

Der CEO stand mit dem Champagnerglas in der Hand in einer Runde mit anderen Anzugträgern und schien sie prächtig zu unterhalten. Beim Anblick von Alfred wurde er etwas nervös und bat die Herren, ihn kurz zu entschuldigen. Er packte Alfred am Arm und zog ihn in den Vortragssaal, wo er ihm erklärte, dass die Anwesenheit der Polizei bei diesem Termin ganz und gar ungelegen käme. Ob sich Alfred denn schon bei einem der Anwesenden als Kommissar der Kripo zu erkennen gegeben hätte?

»Nicht doch«, Alfred gab sich gönnerhaft und winkte ab, »und ich habe eigentlich auch nicht vor, das zu tun ...«

»Es geht hier um nichts anderes als um die Zukunft der Firma, Herr Albach, inklusive der Arbeitsplätze. Ich darf Sie also herzlich bitten, jetzt nichts Unüberlegtes zu tun.«

»Ich habe schon verstanden, was Sie hier tun, Herr Künzel«, wiegelte Alfred ab. »Ich möchte auch nur, dass Sie mir ein paar kurze Fragen beantworten. Dann bin ich schon wieder weg.«

»Können wir das nicht morgen in meinem Büro machen?«

»Nun ja, da Sie immer so schwer zu erreichen sind und wir mit den Ermittlungen auch unter einem gewissen Druck stehen, wäre es mir sehr recht, wenn Sie jetzt fünf Minuten erübrigen könnten.«

»Also gut«, Künzel blickte angespannt in Richtung Tür, »schießen Sie los.«

»Kennen Sie diese Frau?« Alfred hielt dem CEO das Foto vor die Nase.

»Ja, das ist Frau ... ähm, na wie hieß sie gleich ... na, jedenfalls die Mitarbeiterin von Digidoor.«

»Marx-Labinger«, sagte Alfred langsam, während er das Foto verblüfft sinken ließ. Das war jetzt aber schnell gegangen. Er hatte eigentlich damit gerechnet, dass Künzel in seiner undurchsichtigen Art nichts zugeben würde. Er brauchte noch eine Weile, bis er den fragend dreinblickenden CEO selbst wieder fragen konnte:

»Woher kennen Sie denn Frau Marx-Labinger genau?«

»Sie war mal bei uns, das muss so ein halbes, dreiviertel Jahr her sein. Sie wollte irgendwas abstimmen, wegen der Arbeitsagentur ...«

»Und was?«

»Sie wollte irgendwie, dass wir alle Stillschweigen bewahren, bis der Auftrag endgültig vergeben ist, glaube ich ...«

»Warum wissen Sie das nicht genau?«

»Ich habe das damals Claudia überlassen.« Künzel schien die personifizierte Unschuld. »Diese Marx-Labinger hat ja auch Claudia angesprochen. Die kannten sich noch von früher, wissen Sie.«

»Also doch«, sagte Alfred zu sich selbst und ballte eine Faust.

»Ich verstehe nicht ganz, Herr Kommissar.« Künzel nahm nun in der hintersten Stuhlreihe Platz und blickte immer noch fragend zu Alfred auf. »Sie haben doch bereits Roman Stocker überführt, oder?«

»Die Ermittlungen sind noch nicht ganz abgeschlossen.« Alfred setzte sich ebenfalls. »Herr Stocker hat noch nicht gestanden, und ehrlich gesagt haben wir Zweifel an seiner Schuld.«

»Dann lassen Sie ihn wenigstens nicht so schnell wieder raus«, seufzte Künzel. »Sonst haben wir ihn wieder am Hals!«

»Wir werden sehen«, wiegelte Alfred ab. »Aber eine Frage beschäftigt mich jetzt doch sehr, Herr Künzel.«

»Ja?«

»Warum haben Sie uns nichts von Frau Marx-Labinger erzählt, als wir Sie nach möglichen Tatverdächtigen gefragt haben? Ihnen muss doch klar gewesen sein, dass wir hier ein astreines Mordmotiv haben.«

»Wieso?« Künzel schien ehrlich verwundert. »Diese Labinger war doch von der PR-Abteilung. Die hat doch nichts zu verlieren, wenn sich die Bundesagentur künftig von uns beliefern lässt.«

»Frau Labinger ist nicht in der PR-Abteilung, sondern als Key-Account-Managerin für lediglich zwei Großkunden zuständig. Einer davon ist die Bundesagentur für Arbeit.«

»Key-Account-Managerin?«, rief Künzel. »Das hat sie mir damals nicht gesagt.«

»Und Frau Fritsche?«

»Auch nicht!«

Diesmal hatte Renan keine Probleme im Empfangsbereich der Arbeitsagentur. Sie ließ sich bei Herrn Krossitzky melden und passierte ungehindert die Schleuse zum Aufzug. Sie war nicht angemeldet, was jedoch keine kriminalistische Taktik darstellte, sondern den Gepflogenheiten der Telekommunikation mit der Agentur geschuldet war. Renan hatte es geschafft, sich fernmündlich bis zur Telefonzentrale in der Regensburger Straße durchzukämpfen. Dort hatte man ihr jedoch mitgeteilt, dass grundsätzlich niemand mit einem einzelnen Mitarbeiter verbunden wurde. Alternativ bot die Dame an, Renans Anliegen in Form einer Mail an Herrn Krossitzky weiterzuleiten, der sich dann spätestens nach 48 Stunden bei ihr melden würde.

»Dann richten Sie ihm bitte aus, dass ich ihn morgen um fünf zum Tee erwarte«, hatte Renan zynisch in den Hörer geblafft, woraufhin sie das Klackern einer Computertastatur vernahm und die Frage: »Und wie war noch mal Ihr Name?«

Auf dem Weg in die Regensburger Straße hatte sie sich ausgemalt, wie man sich wohl als Arbeitsloser fühlen musste, wenn man – aus welchem Grund auch immer – dringend seinen zuständigen Sachbearbeiter erreichen wollte. Ohne Dienstausweis war es sicher unmöglich, in eine dieser Festungen hineinzukommen. Oder schotteten sich die Arbeitsämter vor Ort nicht so ab? Sie beschloss, dieser Frage demnächst auf den Grund zu gehen.

Frau Schmelzer, die Sekretärin, erkannte Renan gleich wieder und begrüßte sie mit nicht gespielter Freundlichkeit.

»Sie haben Glück, Frau Müller«, sagte sie. »Herr Krossitzky ist heute im Haus und wird gleich ein paar Minuten Zeit für Sie haben. Wenn Sie sich noch etwas gedulden wollen?« Sie deutete auf eine Sitzgruppe im Flur. »Wenn Sie möchten, können Sie so lange seine Zeitung lesen ...« Schelmisch lächelnd reichte sie Renan eine Ausgabe der *NZ*. Dann setzte sie einen kleinen Kopfhörer auf und begann, in irrsinniger Geschwindigkeit auf ihrer Computertastatur zu tippen.

Renan setzte sich und musterte das Blatt eher desinteressiert. Sie hatte sich noch nie so richtig für die lokalen Zeitungen begeistern können. Eigentlich für gar keine Zeitungen. Wenn man den ganzen Tag im Büro saß und das Radio lief, hatte man mindestens acht Mal Nachrichten gehört, die man womöglich abends noch mal im Fernsehen sah. Was sollte es dann bringen, das alles am nächsten Tag erneut zu lesen? Als erstes schlug sie den Sportteil auf. Der Club hatte eine miese Hinrunde hingelegt und lief Gefahr, auf einem Abstiegsplatz in die Winterpause zu gehen. Laut *NZ* war aber der Trainer nicht in der Diskussion. In der Rückrunde wollte sie auch unbedingt mal wieder ins Stadion.

Im vorderen Teil ging es um die aktuellen Topthemen: Eine große Bank war in Schwierigkeiten geraten, die CSU hatte bei der Landtagswahl 17% verloren. Dann kamen die Energiepreise und in Verbindung damit die Wirtschaftsprognosen für das nächste Jahr. Vom Arbeitsmarkt stand nichts im ersten Teil. Dafür im Lokalteil. Renan wollte erst ihren Augen nicht trauen, aber da war doch schon wieder ein Foto vom verlausten Markus, der zur Frage der immer noch viel zu hohen Jugendarbeitslosigkeit interviewt wurde. Der Reporter fragte, wie das denn zugehen könne, da doch in diesem Jahr sowohl die Bundesagentur für Arbeit als auch die Kammern ein sattes Plus an Lehrstellen gemeldet hätten. Markus antwortete ziemlich arrogant, dass er in der Kürze der Zeit keine Vorlesung über Statistik halten könne, dass aber die Zahl der angebotenen Lehrstellen ja noch nichts darüber aussage, wie viele Jugendliche es gäbe, die noch eine Lehrstelle bräuchten. Und außerdem sei es keine Kunst, wieder mehr Ausbildungsplätze anzubieten, wenn in den letzten Jahren ein historischer Tiefststand erreicht worden sei.

Zehn Minuten später öffnete sich die Tür zu Krossitzkys Büro und Renan wurde vorgelassen. Außer Krossitzky war noch der Typ da, den sie schon bei ihrem letzten Besuch kurz gesehen hatten, als er eilig hinausgestürmt war und die Sekretärin mit einem falschen Namen angeredet hatte. Krossitzky stellte Herrn Hebestreit als einen Organisationsberater vor, der im Auftrag des Bundesarbeitsministeriums die statistische Umsetzung der Hartz-Reformen koordinierte. Hebestreit war gut einsneunzig groß und trug einen anthrazitgrauen Anzug. Sein aschblondes Haar wurde licht und stand kurz geschnitten nach oben. Im Gegensatz zum solariumgebräunten Krossitzky war er weiß wie eine Wand und hatte markante Aknenarben im Gesicht.

»Herr Krossitzky hat mir schon berichtet, dass Sie in einer Mordsache ermitteln, die mit einem unserer Softwarelieferanten zu tun hat«, eröffnete Hebestreit das Gespräch, nachdem sie die Vorstellung hinter sich gebracht hatten und an Krossitzkys Besprechungstisch mit Blick auf die Peterskirche saßen. »Das ist natürlich höchst bedauerlich, aber ich sehe absolut keine Verbindung zur Bundesagentur ...«

»Ich habe auch nicht behauptet, dass es eine Verbindung gibt«, konterte Renan kühl. »Die Ermittlungen in dieser Sache sind aber noch nicht abgeschlossen und es gibt da einige ... Fragen, die wir noch klären müssen.«

»Was für Fragen?«, hakte Hebestreit nach, während Krossitzky praktisch verstummt war.

»Zum Bespiel, was für Kontakte zwischen der Agentur und dem Statistischen Bundesamt existieren.«

Hebestreit atmete tief durch und lehnte sich zurück. Er wechselte einen kurzen Blick mit Krossitzky und antwortete schließlich: »Nur routinemäßige!«

»Das ist aber komisch«, erwiderte Renan. »Immerhin beschäftigen die sich auch mit dem Arbeitsmarkt, mit der Statistik, und sie haben auch Software von Syst-Ix benutzt, wie Sie ...«

»Ja, und?« Hebestreit wurde ungeduldig. »Das machen noch zig andere.«

»Sie zählen die Arbeitslosen, das Stabu die Erwerbstätigen«, fuhr Renan fort. »Ich kann mir nicht vorstellen, dass es da keine ... Berührungspunkte gibt.«

»Es gibt einen formalisierten Austausch von Daten«, meldete sich Krossitzky zu Wort. »Da werden in gewissen Abständen Mails und Datenträger hin- und hergeschickt, mehr nicht.«

»Das ist nur schwer zu glauben«, bohrte Renan nach.

»Hören Sie, Frau ... «

»Müller.«

»... Frau Müller«, schaltete sich Hebestreit wieder ein. »Ich weiß nicht, wie ich das einer kleinen Beamtin verständlich machen soll, aber das Statistische Bundesamt gehört zum BMI. Wir gehören zum Bundesarbeitsministerium, und da gibt es gewisse Gepflogenheiten ...«

»Sie meinen, da redet der eine nicht mit dem anderen?«

»Das ist vermintes Gelände«, erläuterte Hebestreit.

»... wenn die linke Hand nicht weiß, was die rechte tut?« Renan gab sich betont naiv.

»Jetzt werden Sie nicht frech!« Hebestreits Brille rutschte auf die Nasenspitze, und er blickte sie böse an.

»Ich bin nur eine kleine Beamtin aus dem gehobenen Polizeidienst«, tat Renan unschuldig, »und irgendwie muss ich ja versuchen, Ihre Geheimsprache zu verstehen.«

»Genau genommen gibt es für Sie hier nichts zu verstehen«, beschied Hebestreit. »Haben Sie einen konkreten Verdacht gegen einen Mitarbeiter der Agentur?«

»Nein«, sagte Renan.

»Haben Sie Beweise für eine Tatbeteiligung einer Person oder der Organisation?«

»Nein.«

»Dann darf ich Sie bitten zu gehen, Frau Müller.« Hebestreit erhob sich, während Renan scheinbar ruhig sitzen blieb. »Ich würde Ihnen nicht raten, uns hier Schwierigkeiten zu machen.«

»Was denn für Schwierigkeiten?« Renan nahm nun auch noch einen Notizblock aus ihrer Tasche und blickte den Herrn neugierig an.

»Das übersteigt jetzt wahrscheinlich Ihren Horizont«, Hebestreit stützte sich mit den Händen auf die Rücklehne seines Stuhls, »aber wir tragen hier Verantwortung für rund 3,5 Millionen Kunden und 100.000 Mitarbeiter. Unsere Kunden haben ein Recht darauf, pünktlich Leistungen und Hilfsangebote zu bekommen. Wir hatten mit der Umsetzung der Reformen schon so viel Ärger und Probleme, dass wir auch auf die kleinste Störung unserer Arbeit allergisch reagieren. Und wenn wir hier etwas nicht brauchen können, dann sind das polizeiliche Ermittlungen, noch dazu in Angelegenheiten, mit denen wir nichts zu tun haben. Wissen Sie, was das nach sich zieht, wenn da eine Plaudertasche im Nürnberger Polizeipräsidium ein falsches Wort zur Presse sagt?«

»Einen Artikel?«

»Gehen Sie jetzt besser«, riet Krossitzky leise, während Hebestreit sich zu voller Größe aufrichtete.

»Ich habe doch diesbezüglich schon unseren Vorstand informiert und der hat mit Ihrem Vorgesetzten gesprochen, Herrn ...« Er sah seinen Mitarbeiter fragend an.

»... Göttler«, soufflierte Krossitzky.

»Genau. Und er hat zugesagt, dass die Kripo uns in Ruhe lässt!«

»Komisch.« Renan stand nun doch auf und packte ihren Block ein. »Davon weiß ich gar nichts.«

Renan verließ die Bundesagentur durch den Haupteingang und schwang sich aufs Fahrrad. Sie hatte in der Kürze der Zeit keinen Dienstwagen bekommen und musste daher unfreiwillig etwas zur Erhaltung ihrer Fitness tun. Sie lächelte. Noch vor einem Jahr hätte sie anders auf die Beleidigungen dieses Affen reagiert. Sie hätte sich den Ton verbeten und wäre laut geworden. Woraufhin er noch lauter geworden wäre, aber nicht unkontrolliert. Es stimmte schon: Mehrere Jahre mit Alfred Albach gingen auch an ihr nicht spurlos vorüber. Und Renan musste immer häufiger feststellen, dass sie – ohne es zu wollen – doch viel von ihm gelernt hatte. Was aber nichts an der Tatsache änderte, dass er mit seiner Spur auf dem Holzweg war. Diese Typen hatten Angst vor der Presse, aber nicht wegen ihrer »Kunden«. Sie hatten etwas zu verbergen, da war sich Renan mittlerweile sicher. Sie fuhr gerade durch die Fußgängerzone am Aufseßplatz in Richtung Hauptbahnhof, als es in ihrer Umhängetasche piepste. Renan bremste scharf und suchte hektisch nach dem Handy.

»Müller.«

»Grüß Gott«, tönte es betont bayerisch aus dem Hörer, »hier ist das hessische Kollegentum.«

»Eschweger?« Die Verbindung war eher schlecht.

»Ei ja, Bernd Eschweger, Kripo Wiesbaden. Ich habe da eine ganz interessante Info, glaube ich.«

»Lass hören.« Renan stellte das Fahrrad ab und setzte sich auf die steinernen Stufen am hinteren Ende des Platzes.

»Du wolltest doch wissen, ob der Tote vielleicht betäubt worden ist, oder?«

»Ja.« Renan spürte, wie ihr Blutdruck stieg.

»Ist er.« Eschweger klang zufrieden. »Und zwar ebenfalls, wie bei eurer Leiche, mit Diethyläther. Reizungen in den oberen Atemwegen und Rückstände in verschiedenen Körperflüssigkeiten.«

»Wahnsinn.« Renan versagte fast die Stimme.

»Ei, wir ermitteln hier jetzt wegen Mordverdacht.« Eschwegers Stimme wurde immer wieder durch Störungen unterbrochen. »Hallo? Hallo Nürnberg?«

»Hören Sie das?«, fragte Maul.

»Was?«, fragte Alfred verwirrt zurück.

»Na?« Maul drehte die rechte Handfläche nach oben und strahlte Alfred an.

»Ich höre nichts.«

»Genau. Nichts.« Maul lehnte sich in seinem Stuhl zurück und lächelte. »Wissen Sie, wie es bei mir daheim zugeht?«

»Ich nehme an, Sie haben Familie«, stellte Alfred fest, obwohl er sich das bei Maul eigentlich gar nicht vorstellen konnte. Gleichwohl war ihm der Ehering an dessen Hand schon aufgefallen.

»Zwei Kinder, die den ganzen Tag G'wärch machen«, seufzte der Kollege. »Und dann noch eine Frau, die mir jeden Abend fünf neue Sachen anschafft, die im Haus zu machen sind ... Wenn ich mich nicht hin und wieder im Dienst entspannen könnte, wäre ich schon längst im Irrenhaus.«

»Mein Sohn ist zwar schon älter«, erklärte Alfred, »aber er studiert Klavier und Cello am Konservatorium. Und er übt mindestens fünf Stunden am Tag ... Da wissen Sie gar nicht, was Sie an Ihren kleinen Kindern haben.«

»Man muss sich im Alltag Inseln schaffen – für die Seele.« Mauls Ton wurde nahezu pastoral.

»Genau meine Rede«, nickte Alfred.

Diesmal war Alfred mit dem Alfa nach München gefahren. Er hatte den Kollegen über die Widersprüche in den Angaben von Frau Marx-Labinger informiert, und sie hatten beschlossen, sich die Frau noch einmal vorzunehmen, diesmal jedoch unangekündigt und vor Ort. Dabei hatte Alfred bemerkt, dass Maul ein effektiver Organisator war. Er hatte mittels getürkter Anrufe bei Digidoor herausbekommen, wann die Key-Account-Managerin in der Zentrale war, und Alfred sogleich einen Zeitplan zukommen lassen. Er sollte um 11 Uhr in München eintreffen, sodann sollte eine Vorbesprechung der Aktion erfolgen. Die Mittagspause hatte Maul auf 11 Uhr 45 terminiert, und zwischen 13 Uhr und 13 Uhr 15 würden sie vor der Konzernzentrale vorfahren.

»Gibt es noch etwas, das wir vorher besprechen sollten?«, fragte Alfred, nachdem sie weitere drei Minuten die Stille genossen hatten.

»Na ja.« Maul war in seinem Bürostuhl etwas nach unten gerutscht und setzte sich nun wieder auf. »Wir gehen da rein, dann werden wir der Frau mit dem Doppelnamen erklären, dass es momentan nichts Wichtigeres gibt als unsere Fragen. Zur Not lassen wir ihren Vorgesetzten kommen, das kann ich gut ... tja, und dann sehen wir mal, wie sie versucht, ihre Lügen zu erklären. Ich denke, wir werden sie dann auf jeden Fall mitnehmen müssen ... oder geht das jetzt zu schnell für Sie?«

»Keineswegs.« Alfred hätte die Sache unter normalen Umständen etwas behutsamer angehen lassen. Aber hier musste auch er etwas auf die Zeit achten, denn zum einen stand ja immer noch Stocker unter Mordverdacht und zum anderen hatte der Streit mit Renan einen verloren geglaubten Ehrgeiz in ihm geweckt. Dazu kam, dass er hier in einem fremden Revier jagte, und somit hätte bei einer Meinungsverschiedenheit ohnehin Maul das Sagen gehabt.

»Wobei ...« Maul blickte etwas hilflos auf seinen äußerst aufgeräumten Schreibtisch. »Die haben mir doch gesagt, dass Frau Marx-Dingsda morgen in Nürnberg ... oder war das übermorgen?« Er zog einen Kalender aus seiner Aktentasche und blätterte darin.

»Hm, das habe ich jetzt nicht notiert«, sagte er schließlich.

»Sie meinen, dass wir sie vielleicht doch nicht heute mitnehmen sollten?«, fragte Alfred. Dieser Braten roch stärker als Mauls Aftershave.

»Nun, wenn sie sowieso heute oder morgen in der Bundesagentur ist, dann hättet ihr sie gleich da und ...«

»... dann müsste sie aber in der Zeit bis dahin observiert werden«, gab Alfred zu bedenken.

»Genau!«, sagte Maul und seine Augen begannen wieder zu leuchten. »Und das werde ich selbst machen!«

»Das will ich Ihnen eigentlich nicht zumuten«, sagte Alfred.

»Was heißt da zumuten?« Maul zog die Augenbrauen zusammen. »Es gibt doch nichts Schöneres, als allein den ganzen Tag im Auto zu sitzen. Da hat man seine Ruhe.«

»Na ja, dann vielen herzlichen Dank«, sagte Alfred und meinte es aufrichtig.

»Das hat hier noch nie jemand zu mir gesagt.« Mauls Ton wurde fast sentimental.

Das Mittagessen musste pünktlich um 11 Uhr 45 eingenommen werden, weil Maul an diesem Tag Döner auf seinem Plan stehen hatte und der Fleischspieß am besten Münchener Dönerstand ab 12 Uhr nicht mehr knusprig genug war. Sodann folgte eine abenteuerliche Fahrt in den Münchener Norden, in deren Verlauf Maul mehrmals das Fenster herunterließ und anderen Verkehrsteilnehmern Ermahnungen à la »Geschlafen wird daheim im Bett, Meister!« zukommen ließ.

Die Konzernzentrale wies mehrere Hürden auf. Zunächst gab es eine Schranke mit Sicherheitspersonal, das sich noch einfach mit den Dienstausweisen einschüchtern ließ. Dann war es etwas schwierig, unter den vielen Gebäudekomplexen den richtigen zu finden, zumal man mit der Nennung eines Doppelnamens nicht entscheidend weiterkam. Im richtigen Gebäude angelangt, galt es, das richtige Büro zu finden. Erschwert wurde die Suche außerdem durch die Uhrzeit. Die meisten Mitarbeiter hier planten ihre Mittagspause offenbar nach anderen Kriterien als Maul. Dennoch wurden sie fündig. Frau Marx-Labinger war noch nicht in der Kantine und auch nicht im Fitnessraum, und man konnte nicht gerade behaupten, dass sie vor freudiger Erregung in Ekstase geriet, als Alfred und Maul ihr Büro betraten.

»Frau Marx-Labinger«, begann Alfred das Gespräch, »bitte verzeihen Sie den unangemeldeten Besuch, aber wir haben da noch einige dringende Fragen an Sie.«

»Solche Überfälle sind hier aber nicht üblich«, erklärte sie, während sie sich eilig bemühte, diverse Aktenordner zuzuklappen und Programme auf ihrem Bildschirm zu schließen.

»Es ist auch nicht üblich, die Polizei anzulügen!« Maul ließ hier nichts anbrennen.

»Ich weiß nicht, wovon Sie reden«, sagte sie und versuchte, einen entspannten Eindruck zu machen.

»Sie haben angegeben, am 29. September gegen 18 Uhr die Bundesagentur in Nürnberg mit dem Kfz verlassen zu haben und etwa um 20 Uhr zu Hause angekommen zu sein.« Alfred befand sich nun nolens volens in der Rolle des guten Bullen.

»Ja«, erwiderte sie zögernd.

»Dabei muss Ihnen aber der 20 Kilometer lange Stau entgangen sein, den es an diesem Abend zwischen Allersberg und Greding gegeben hat.« Alfred setzte sich ungefragt auf einen Besucherstuhl und fummelte den Tabak aus der Tasche.

»Nun, ähm«, sie griff sich einen Kugelschreiber und spielte nervös damit, »jetzt, wo Sie es sagen ... Ja, da war ein Stau gemeldet, aber ich habe ein hervorragendes Navigationssystem und konnte ihn gut umfahren. Daher hat er mich nicht großartig aufgehalten.«

»Das ist jetzt aber merkwürdig«, schaltete sich Maul ein.

»Was?«

»Dass Sie einen Stau zwischen Allersberg und Greding umfahren, der in Wirklichkeit zwischen der Holledau und Fürholzen war!«

»Zwischen der Holledau und ...« Der Key-Account-Managerin fiel der Kuli aus der Hand und Alfred hatte einen weiteren spontanen Geistesblitz. Er steckte den Tabak wieder ein und prüfte, ob sich das Foto von Claudia Fritsche noch in der anderen Innentasche befand. Schließlich stand er auf und sagte an seinen Kollegen gewandt:

»Entschuldigung, ich müsste mal kurz ... machen Sie hier alleine weiter?«

»Kein Problem«, antwortete Maul, den Alfreds spontaner Einfall nicht im Geringsten zu verwundern schien. Stattdessen begann er, der Verdächtigen die gesellschaftliche Realität der Nation darzulegen:

»Wissen Sie, das ist so in diesem Land: Die Faulen und Unehrlichen, die fressen uns auf …«

Alfred ging derweil vor die Tür und zündete sich eine Zigarette an. Sein Vorhaben war etwas gewagt, aber da es gerade so gut lief und er sich darauf verlassen konnte, dass der Münchener Kollege in den nächsten fünf Minuten die Frau ordentlich in die Mangel nehmen würde, wollte er es riskieren. Am liebsten hätte er den Burschen nach Nürnberg mitgenommen und ein paar Stunden mit Roman Stocker in ein Zimmer gesperrt. Das wären interessante soziologische Debatten geworden, wenn auch ziemlich kontrovers. Alfred hatte normalerweise kein Problem mit solchen Typen. Sonst hätte er nicht fünfzehn Jahre mit einem Fürther namens Konrad Herbst zusammenarbeiten können und ganz sicher auch keine vier Jahre mit Renan Müller. Man konnte mit solchen Menschen hervorragend auskommen, wenn man sich nicht berufen fühlte, sie zu verändern, und wenn man sich gegenseitig offen über die jeweiligen Stärken und Schwächen verständigen konnte. Und Mauls Stärke bestand darin, Leute mürbe zu quatschen. Was Konrad früher mit wenigen Worten geschafft hatte, vollbrachte er mit vielen. Die Qualität war dabei zweitrangig. Als die Kippe sich schon langsam dem Ende näherte, kamen kleinere Gruppen von Beschäftigten auf das Gebäude zu. Alfred warf kurz einen prüfenden Blick auf das Foto der Toten und sagte sich: Vielleicht geht's ja auch ohne Bluff.

»… das ganze Problem kommt doch daher, dass die Frauen plötzlich nicht mehr mit dem zufrieden sind, was ihre Männer ihnen bieten. Und dann wollen sie immer mehr sein, als sie sind, und wollen Karriere machen. Dann dürfen sie aber auch keine Probleme mit männlicher Autorität haben, verstehen Sie?« Maul war in seinem Vortrag offenbar ein, zwei Gliederungspunkte weitergekommen. Die Managerin saß ihm gegenüber und wirkte reichlich konsterniert, was nach Alfreds

Dafürhalten aber weniger an Mauls Worten lag, sondern mehr an ihrem bröckelnden Alibi.

Er legte das Foto der Toten auf den Tisch und sagte:

»Sie haben bei unserer letzten Befragung angegeben, diese Frau nicht zu kennen. Da wundert es mich jetzt aber schon sehr, dass etliche Mitarbeiter hier sehr wohl etwas mit diesem Gesicht anfangen können. Wie lange arbeiten Sie schon bei Digidoor, Frau Marx-Labinger?«

»Sieben Jahre.« Ihre Gesichtsfarbe näherte sich nun langsam dem reinweißen RAL-Ton an.

»Tja, dann haben Sie offensichtlich auch hier nicht die Wahrheit gesagt«, schloss Alfred. »Oder muss ich erst in der Personalabteilung nachprüfen, ob Sie beide womöglich in derselben Abteilung waren?«

»Also gut«, seufzte die Frau und lehnte sich in ihrem Stuhl zurück. »Es hat ja doch keinen Sinn ...«

»Also geben Sie zu, dass Sie die Täterin sind?«, fragte Maul in geübtem Befehlston.

»Nein!«, rief sie. »Sie sind ja vollkommen wahnsinnig.«

»So?«, fragte Maul.

»Wir hören«, sagte Alfred.

»Claudia und ich waren früher Kolleginnen, gute Kolleginnen.« Sie nahm einen Kugelschreiber und kritzelte fahrig auf ihrer Schreibtischunterlage. »2003 haben wir uns dann aber beide für einen Posten in Wien beworben. Da entstand eine gewisse Konkurrenz, weil so eine Stelle in den nächsten eineinhalb Jahren nicht mehr frei wurde. Wir haben uns beide ziemlich reingehängt damals und sie hat gewonnen ...«

»Worunter Ihr kollegiales Verhältnis wohl etwas gelitten hat«, ergänzte Alfred.

»Wie man's nimmt. Wir hatten ja eigentlich nichts mehr miteinander zu tun, und für mich war die Sache auch irgendwann erledigt. Dann habe ich mitbekommen, dass sie vor einem Jahr zu Syst-Ix gegangen ist und dachte: Prima, jetzt können wir uns ganz sicher nicht mehr im Weg stehen ...«

»Was ein Irrtum war, weil Frau Fritsche sich nun daran gemacht hat, Ihnen den wichtigsten Kunden abzujagen«, half Alfred wieder nach.

»Ich bin sicher, dass sie nicht wusste, wer hier für die Bundesagentur zuständig ist«, erklärte die Managerin. »Das mache ich ja auch erst seit zwei Jahren.«

»Haben Sie daraufhin Kontakt zu Frau Fritsche aufgenommen?« Alfred hatte seinen Notizblock gezückt und blätterte darin.

»Ja, ich bin bei Syst-Ix vorbeigefahren und habe mit ihr gesprochen ...«

»Was haben Sie denn von dem Gespräch erwartet?«, fragte Alfred, während Maul sich daranmachte, die Unterlagen auf dem Schreibtisch einer genaueren Prüfung zu unterziehen.

»Na ja, ich habe gehofft, ihr das ausreden zu können. Bisher war es ja so: Wir haben uns nicht in ihre Statistik-Software eingemischt und Syst-Ix hat sich dafür bei den Standardprogrammen zurückgehalten. Wenn dieses Agreement nun nicht mehr gilt, könnten wir ja auch anfangen, in deren Marktsegmenten zu pushen ... Würden Sie das bitte bleiben lassen?«, wandte sie sich an Maul, der ein paar Blätter auf ihrem Schreibtisch umgewendet hatte.

»Das müssen Sie schon mir überlassen, was ich tue und was nicht«, konterte er scharf, während Alfred eine beschwichtigende Geste machte und Maul sich wieder zurückzog.

»Wann war das denn genau?«, fragte Alfred.

»Das muss so im Juni gewesen sein oder im Juli.«

»Gut, ich werde das überprüfen.« Er machte sich eine kurze Notiz. »Und wie hat Frau Fritsche auf Ihr Ansinnen reagiert?«

»Sie hat gesagt, sie wolle darüber mit den anderen Officers sprechen ...«

»Tatsächlich?«

»Ja, aber das war nicht sehr glaubwürdig. Eigentlich wollte sie mich nur so schnell wie möglich wieder loswerden.«

»Gina, hast du Lust …« Die Tür ging plötzlich auf und der Kopf einer kichernden Kollegin erschien in der Öffnung.

»Ich habe jetzt keine Zeit!« Die Managerin schrie ihre Kollegin fast aus dem Büro.

»'tschuldigung!«

Frau Marx-Labinger schüttelte leicht den Kopf und schaute ängstlich zwischen Alfred und Maul hin und her. Schließlich stand sie auf und lehnte sich mit dem Rücken von innen gegen die Tür.

»Wo waren Sie denn nun am fraglichen Abend zur Tatzeit?«, fragte Alfred, dem die Frau schon fast ein wenig leidtat.

»Wann war die Tatzeit noch mal?«

»Zwischen 20 Uhr 30 und 21 Uhr.« Diese Nachfrage verunsicherte Alfred ein wenig. Er hatte fest damit gerechnet, dass sofort eine zurechtgelegte Antwort kommen würde. Schließlich wusste eine Täterin ziemlich genau, wann sie gemordet hatte. Natürlich hätte die Frau sehr gerissen sein können, aber nach Mauls Vortrag, der Zerlegung ihres Alibis und schließlich der unerwarteten Störung … Er wusste plötzlich nicht mehr so recht.

»Bevor Sie das auch noch rauskriegen, sage ich es lieber.« Sie schluckte und fuhr fast flüsternd fort: »Ich bin an diesem Abend bei ihr gewesen …«

»Aha!«, meldete sich Maul.

»Nichts aha!« Sie wurde etwas lauter. »Ich habe an ihrer Tür geklingelt, aber sie hat nicht geöffnet. Daraufhin habe ich eine halbe Stunde im Auto vor dem Haus gewartet, und als sie dann immer noch nicht auftauchte, habe ich versucht, sie über Cellphone zu erreichen.«

»Worüber?«, fragten Alfred und Maul unisono.

»Na, auf ihrem Handy eben.«

»Woher hatten Sie die Nummer?«, hakte Alfred nach.

»Ich hatte ihre Visitenkarte.« Sie zuckte die Schultern. »Ist wahrscheinlich ein geschäftliches Phone … ich weiß es nicht, weil sie auch da nicht rangegangen ist.«

»In welchem Zeitraum hat sich das Ganze abgespielt?«, fragte Alfred.

»Ich denke, so zwischen acht und halb neun.« Sie ging zu ihrem Schreibtisch, zog dort ein Kleenex aus einem Karton und tupfte sich das Gesicht ab.

»Und bezeugen kann das keiner«, stellte Maul fest.

»Wie soll jemand bezeugen, dass ich allein im Auto nach München gefahren bin?«, konterte die Managerin.

»Haben Sie vielleicht getankt?«, bot Alfred an. »Oder sind Sie in eine Radarfalle gefahren?«

»Nein!«

»Haben Sie irgendwo angehalten, auf einem Rastplatz oder so?«

»Nein!«

»Haben Sie während der Fahrt telefoniert?«

»Nein! Jetzt lassen Sie es doch bitte. Ich weiß, dass ich da nicht mehr rauskomme. Es war vollkommen blödsinnig, nicht sofort die Wahrheit zu sagen ...«

»Allerdings«, bestätigte Maul. »Das kostet uns jetzt alle Lebenszeit!«

»Dann holen Sie Ihre Handschellen schon raus.« Sie griff zu ihrer Jacke, fingerte ein Handy heraus und stellte sich aufrecht zwischen die Ermittler. »Ich werde versuchen, einen befreundeten Juristen zu erreichen.«

»Wer hat denn hier was von einer Festnahme gesagt?«, fragte Maul mit gespielter Verwunderung.

»Wie, Sie wollen ...«

»Werden Sie in den nächsten Tagen die Stadt verlassen?«, fragte Alfred.

»Ja, ich muss nach Nürnberg und nächste Woche nach Offenbach.«

»Gut, dann machen Sie jetzt eine Liste, wo genau Sie in den nächsten zwei Wochen sein werden, und wir verzichten auf eine vorläufige Festnahme«, bot Alfred an.

»Vorläufig«, ergänzte Maul.

12. Zähltag

Es war bereits später Nachmittag, als sich Renan mit einem Kleintransporter der Firma »Müller & Gebhard – Inneneinrichtungen aus einer Hand« auf dem Weg von Wetzendorf in die Innenstadt befand. Bei Müller handelte es sich um ihren Vater Erwin, der zusammen mit seinem Kompagnon Thomas Gebhard einen Raumausstatterbetrieb mit Schreinerei unterhielt. Der Transporter musste dringend zum TÜV, und da er den nicht mehr so ganz sicher bestehen würde, ließ Erwin die Sache von einem befreundeten Kfz-Meister erledigen, der in Gostenhof ansässig war.

Erwin hatte Renan mittags angerufen und sie gebeten, den Wagen nach Gostenhof zu überführen. Renan hatte sich zunächst geziert. Sie hatte eine Spur zu verfolgen und wollte schnellstens mit Roman Stocker über mögliche Verbindungen zwischen Syst-Ix, der Bundesagentur und dem Statistischen Bundesamt sprechen. Erwin hatte jedoch nachdrücklich ihre familiäre Solidarität eingefordert. Er und Thomas hatten nur noch einen Gesellen und mussten bis zum Wochenende einen großen Auftrag für das Verkehrsmuseum fertig haben. Irgendwie ging es um die Restaurierung eines alten Salonwagens. Renan war etwas verwundert, hatte die Firma doch vor kurzem noch einen weiteren Gesellen und eine Auszubildende beschäftigt.

»Die Irina ist nach ihrer Prüfung weggezogen«, hatte Erwin erklärt, »und den Rainer haben wir vor einem Vierteljahr entlassen müssen.«

»Hat da wohl wieder einer geklaut?«, hatte Renan gefragt.

»Nein, der war schon in Ordnung, aber wir haben einfach nicht genug Arbeit gehabt.«

»Ich denke, es pressiert wie die Sau?«, wandte Renan ein.

»Du weißt doch, wie es immer geht.« Erwin wurde allmählich ungeduldig. »Ein Vierteljahr lang ist Flaute und dann geht's hoch her – für zwei Wochen.«

»Aber man hört doch überall nur vom Aufschwung«, protestierte Renan. »Wieso geht denn da nichts bei euch?«

»Aufschwung!« Man merkte förmlich, wie Erwin das Wort in den Hörer spie. »Davon merken wir hier nichts. Keine Ahnung, wo die den Aufschwung feststellen ... also kommst du jetzt oder lässt du uns hängen?«

Also war Renan zähneknirschend nach Wetzendorf geradelt, hatte das Rad in dem Transporter verstaut und sich wieder auf den Weg in die Innenstadt gemacht. In Gostenhof angekommen, hatte Franz, der Kfz-Meister, sie noch eine halbe Stunde aufgehalten, indem er ihr erklärte, wie groß sie in den letzten 15 Jahren geworden sei. Dann riss er noch die obligatorischen fünf Witze, über die er selbst so schallend lachte, dass zwei Schraubenschlüssel vom Werkstattwagen fielen, und schließlich war es dunkel, als Renan endlich wieder auf dem Fahrrad saß und zum Präsidium fuhr. Dort fand sie Roman Stocker und seinen Cousin Markus in einem Verhörzimmer vor, wo sie sich die Zeit damit vertrieben, 66 zu spielen. Sie entschuldigte sich mehrmals für die Verspätung und führte die beiden in ihr Büro, hoffend, dass sie dort nicht auf Alfred treffen würden.

Das mit Markus war eine eher spontane Idee gewesen. Sie hatte ihn über Handy vom Auto aus angerufen und gefragt, ob er heute Abend schon etwas vorhatte. Anscheinend kannte er sich mit so was wie Arbeitslosenzahlen und Statistiken aus, und das schien ihr die einzig mögliche Verbindung zwischen den Fällen in Nürnberg und Wiesbaden zu sein.

»Also, Herr Stocker«, sagte Renan, als sie schließlich alle im Büro saßen, »für mich und meinen Kollegen sind Sie unschuldig. Wenn es nach uns ginge, wäre die U-Haft längst beendet. Leider sieht unser Chef die Sache etwas anders, und deswegen wird er Sie erst rauslassen, wenn wir einen besseren Verdächtigen bringen können, oder mehrere ...«

»Und ihr seid euch nicht einig, wo man da suchen sollte?«, fragte Stocker.

»Wir verfolgen zwei unterschiedliche Spuren«, erklärte Renan. »Das ist vollkommen normal bei Ermittlungen.«

»Ah, so.« Stocker wirkte regelrecht aufgeräumt. Offenbar hatten sie ihn in der Fürther Straße mal unter die Dusche gesteckt und ihm eine Zahnbürste in die Hand gedrückt. Über die U-Haft beklagte er sich nicht weiter. Vielleicht gefiel es ihm ganz gut da, oder er rechnete schon die Höhe der Haftentschädigung aus, oder er freute sich vorauseilend auf die Kündigungsschutzklage, die er Syst-Ix anhängen würde.

»Wo ist denn der wahre Mörder zu finden, deiner Meinung nach?«, meldete sich Markus.

Renan berichtete in möglichst knappen Worten von dem Mord in Wiesbaden, dem vergleichbaren Tathergang und der noch fehlenden Verbindung. Die einzigen Gemeinsamkeiten waren, dass man im Stabu auch mit Spezialsoftware von Syst-Ix arbeitete und dass der Tote sich mit der Berechnung von Erwerbstätigenzahlen beschäftigt hatte.

»Und was ist die andere Spur?«, fragte Markus.

»Mein Kollege meint, dass der Täter bei Digidoor zu suchen ist. Und zwar der zuständige Kundenbetreuer für die Bundesagentur, der quasi arbeitslos würde, wenn die ihre gesamte Software von Syst-Ix beziehen würden.«

»Hört sich logisch an«, sagte Markus.

»Mag sein«, erwiderte Renan kurz angebunden, »aber hier gibt es keine Verbindung zum Fall in Wiesbaden. Das Statistische Bundesamt will Digidoor treu bleiben.«

»O.k. Und wo willst du jetzt ansetzen?«

»Das weiß ich ja eben nicht«, rief Renan. »Ich habe hier mal ein paar Fotos von Leuten aus Wiesbaden.« Sie öffnete eine Mappe und legte Computerausdrucke auf den Tisch. »Das ist der Tote, Ingo Gruber, ein Informatiker, scheinbar an einer Überdosis Heroin gestorben. Das hier ist seine Vorgesetzte, Frau Möllring, und das so ein aufgeblasener PR-Typ namens Zöllner ...«

»Wo hast du denn die Bilder her?«, fragte Markus.

»Na ja, das von dem Toten habe ich von den Kollegen aus Hessen ...«

»Und die anderen?«

»Internet«, antwortete Renan entgeistert. »Einmal den Namen in Google und dann auf ›Bilder‹ klicken.«

»Wahnsinn, wie leicht das heute geworden ist, aber klar ... hätte ich auch draufkommen können.«

»Also, Herr Stocker ...« Renan tippte auf die Bilder. »Haben Sie vielleicht mal einen von denen bei Syst-Ix gesehen?«

Stocker nahm die Blätter und betrachtete sie eingehend. »Hm, nein, ich glaube nicht, aber ich sehe ja nicht jeden, der da kommt.«

»Da müsstest du besser andere Leute bei Syst-Ix fragen«, riet Markus.

»Nur wen?«, seufzte Renan. »Im Prinzip sind die alle irgendwie verdächtig und dem Chef glaube ich sowieso kein Wort. Der lügt doch schon, wenn er nur Grüß Gott sagt.«

»Schlaues Mädchen«, sagte Stocker, mit dem Finger auf Renan deutend.

»Weißt du nicht jemanden, dem man da vertrauen kann?«, fragte Markus seinen Vetter.

»Die Mimi vielleicht, eine von den Vorstandsekretärinnen.« Stocker kratzte sich am unrasierten Kinn. »Zweimal geschieden, drei Kinder. Der macht keiner so schnell was vor.«

»Dann ruf die doch an und sag Bescheid, dass Renan morgen Mittag kommt. Dann können sie sich ja irgendwo außerhalb treffen, während der Mittagspause«, schlug Markus vor.

»Kann ich schon machen, wenn die mich da im Knast morgen früh telefonieren lassen«, brummte Stocker.

»Ich werde mich drum kümmern«, nickte Renan. »Gute Idee übrigens.«

»Aber wenn das nichts bringt, bist du keinen Schritt weiter«, sagte Markus. »Sonst keine Ideen?«

»Ich weiß nicht.« Renan zögerte etwas, weil ihr der Gedanke erst heute während der Fahrt gekommen war. Sie zwirbelte an einer Locke und malte mit fahrigen Bewegungen Eselsohren auf den Kopf von Zöllner.

»Na, raus damit«, befahl Markus, nachdem er eine Minute lang fragende Blicke mit seinem Cousin gewechselt hatte.

»Es ist vielleicht etwas weit hergeholt, aber beide Fälle haben etwas mit Statistik zu tun. Die einen zählen die Arbeitslosen, die anderen die Arbeitenden, und das mit derselben Software. Was, wenn damit irgendwas nicht stimmt, wenn es einen Fehler gibt oder so was? Das würde beide betreffen und...« – sie blickte hilflos in die Runde – »... keine Ahnung, wenn die Zahlen nicht stimmen würden, oder so ..., das wäre doch ein Problem, oder?«

Markus und Stocker sahen sich eine Zeit lang an, dann begannen sie synchron erst zu kichern und schließlich laut zu lachen.

»Kindchen, was glaubst du denn?«, meldete sich schließlich Stocker. »Natürlich stimmen die nicht!«

Seit die Zahl der Arbeitslosen in den 70ern zum ersten Mal problematisch geworden war, hatte man seitens der Arbeitsverwaltung verschiedene Tricks angewandt, um die Summe möglichst niedrig zu halten. Zunächst wurde die Arbeitsbeschaffungsmaßnahme erfunden. Erwerbslose wurden zwei Jahre lang vom Amt bezahlt, wenn sie wieder irgendwo eingestellt wurden. Dafür verschwanden sie aus der Statistik. Personen, die keinen Anspruch auf Arbeitslosengeld erworben hatten, etwa wegen Kindererziehung oder längerer Krankheit, fielen unter Sozialhilfe und wurden auch nicht mitgezählt. Später, in den 90ern, ging man verstärkt dazu über, Arbeitslosen alle möglichen Trainingsmaßnahmen zu verordnen: PC-Kurse, Bewerbungstraining, Soziales Kompetenztraining. Sobald sich aber ein Mensch in einem Kurs befand, verschwand er aus der Statistik. Besonders heikel waren seit einiger Zeit die Jugendlichen. An der Schwelle zwischen Schule und Beruf traf es sie besonders hart, weil immer weniger Betriebe Lehrstellen anboten und wenn, dann am liebsten nur Kandidaten mit Abitur haben wollten. Hier zählte man nur diejenigen als arbeitslos, die vom Amt als ausbildungsreif angesehen wurden. Alle anderen verschwanden in Vorbereitungsmaßnahmen, in Jungarbeiterklassen oder standen auf der Straße. Statistisch erfasst wurden sie aber nicht.

Mit der Umsetzung der Hartz-Reformen änderten sich die Definitionen erneut. Zwar mussten nun die ehemaligen Sozialhilfeempfänger mitgezählt werden, dafür verschwanden alle, die wegen der neuen Bedürftigkeitsprüfung keine Leistungen mehr von der Agentur bezogen. Das hatte etwas mit der Abschaffung der Arbeitslosenhilfe zu tun, die man früher beziehen konnte, auch wenn z.B. der Ehepartner einen halbwegs gut bezahlten Job hatte. Nun wurden immer die Haushalte als Ganzes betrachtet, und wenn das Haushaltseinkommen nach den sogenannten Regelsätzen ausreichte, fiel der ehemalige Bezieher von Arbeitslosenhilfe aus diesem Leistungsanspruch heraus und tauchte nicht mehr in der Statistik auf, auch wenn er Arbeit suchte. So konnte der sprunghafte Anstieg der Arbeitslosenzahl von vier auf fünf Millionen zu Beginn von Hartz IV eigentlich nicht damit begründet werden, dass man plötzlich die ehemaligen Sozialhilfeempfänger mitzählen musste, da ja auf der anderen Seite viele Bezieher von Arbeitslosenhilfe nicht mehr auftauchten.

So weit hatte Renan einigermaßen kapiert, was ihr Ex-Schulkamerad und sein Vetter ihr im Laufe der vergangenen zwei Stunden erklärt hatten.

»Und was hat es mit diesen Regelsätzen auf sich?«, fragte sie nach. »Sind das diese 300 und noch was Euro pro Person, von denen man immer wieder hört?«

»Genau«, nickte Markus. »351 Euro ist der Regelsatz für einen Erwachsenen, wenn er alleine wohnt. Wenn du aber verheiratet bist oder mit deinem Partner zusammenwohnst, dann kriegt nur einer 351 Euro, der andere nur noch 280. Wenn dann noch Kinder dabei sind, kriegen die je unter 14 Jahren 210 Euro und über 14 auch 280.«

»Also, wenn wir jetzt von einer Familie mit einem 10-jährigen Kind ausgehen« – Renan schrieb die Zahlen auf ihren Block – »dann kriegen die jeden Monat ... 841 Euro, alle zusammen.«

»Exakt«, bestätigte Markus. »Vorher musst du aber alles ausgeben, was du vielleicht zusammengespart hast, oder wenn du z.B. teuren Schmuck hast, dann musst du den erst verhökern. Lebensversicherungen musst du auch auflösen und so weiter.«

»Lassen wir das mal weg.« Renan winkte ab. »Also 841 Euro. Und davon muss ich jetzt mein Essen kaufen, Klamotten, die Miete zahlen ...«

»Miete geht extra«, unterbrach Markus. »Die Miete wird auch von der ARGE übernommen, wenn sie angemessen ist.«

»Und wenn ich mit meinem Mann und einem Kind in einer 5-Zimmer-Wohnung lebe?«

»Müsst ihr höchstwahrscheinlich umziehen. Es sei denn, sie wäre extrem billig.«

»Eine Bruchbude«, ergänzte Stocker.

»O.k., also, die Miete geht davon nicht mehr ab.« Renan schrieb weiter.

»Heizkosten werden auch bezahlt, doch Strom zum Beispiel nicht«, erklärte Markus. »Die Preise sind aber in den letzten Jahren um 100% gestiegen, genauso wie die Preise für öffentliche Verkehrsmittel.«

»Selbst Lebensmittel«, meldete sich Stocker.

»Na ja.« Renan versuchte, ein paar Kostengruppen abzuschätzen. »Man kann damit schon auskommen, aber groß passieren darf da nichts ...«

»Du sagst es«, bestätigte Markus. »Da darf kein Kühlschrank kaputtgehen oder die Waschmaschine.«

»Der größte Skandal sind die Regelsätze für Kinder«, sagte Stocker. »Die brauchen dauernd neue Klamotten, Schulsachen und so weiter. Und dann bleibt für das Mittagessen pro Tag nur noch ein Euro fünfzig.«

»Das ist wahr.« Renan malte ein paar abstrakte Figuren auf ihren Block und grübelte noch kurz über die Hartz-IV-Problematik, bis ihr wieder einfiel, dass die beiden Herren sich ja ursprünglich darangemacht hatten, ihre Theorie der fehlerhaften Zahlen zu massakrieren.

»Aber jetzt mal wieder zurück zu der Statistik«, sagte sie. »Das mag ja sein, dass die Agentur das Ganze schon seit Jahrzehnten schönrechnet. Aber das, was ihr da alles erzählt habt, funktioniert ja über Definitionen. Da werden immer wieder bestimmte Gruppen ausgeschlossen und nicht mitgezählt, aber die gesamte Entwicklung, die Kurve, hat doch trotzdem gestimmt, oder?«

»Entwicklung?«, wiederholte Markus.

»Na, wenn's halt in den ersten fünf Jahren stark nach oben gegangen ist und dann nach unten, war der Trend doch richtig«, versuchte Renan zu erklären.

»Ach so.« Markus kratzte sich am Kinn. »Jaja, der Anstieg oder Rückgang stimmt schon ganz grob. Du musst dir halt immer eine große Dunkelziffer hinter die Gesamtzahl denken, die die Agentur jeden Monat verkündet.«

»Geschenkt«, winkte Renan ab. »Aber jetzt versucht euch doch mal vorzustellen, dass die Zahl nicht stimmt, weil ein Fehler in der Software steckt. Wenn es in Wirklichkeit eine Million mehr sind, und irgendwo in der Regensburger Straße steht so ein Riesencomputer, der nicht zusammenzählen kann ...«

»Das wäre ...« Markus atmete einmal tief durch, während sein Vetter Renan mit großen Augen ansah.

»... ein Mordmotiv, wenn du mich fragst«, triumphierte Renan. »Zumal die Software, die das Ganze verbockt hat, von Syst-Ix kommt, und die wird auch in Wiesbaden verwendet.« Sie haute auf den Tisch und schaute auf die Uhr. Ob jetzt in Hessen noch jemand zu erreichen war?

Sie wählte Eschwegers Nummer, bekam aber nur noch die Rufbereitschaft an den Hörer.

»Lass mich da mal eine Nacht drüber schlafen«, sagte Markus, als sie wieder aufgelegt hatte.

»Du hast recht.« Renan versuchte, ihren Eifer etwas zu bremsen. »Es ist schon fast neun.«

»Ich würde jetzt auch gerne wieder in meine Zelle«, sagte Stocker.

Markus verabschiedete sich alsbald und Renan rief eine Streife, die Stocker zurück in die Fürther Straße fuhr. Sie schaltete den Computer ein und versuchte, die Ereignisse des Tages in einen Bericht zu bringen. Nicht so ganz einfach, wenn man einer der größten Bundesbehörden die Kompetenz absprach, richtig zu zählen. Gut, es handelte sich durchaus um große Zahlen, aber im Prinzip ging es doch nur um Plus und Minus – Grundschulmathematik. Renan hatte weder in der Grundschule noch später jemals ernste Probleme mit Mathe gehabt. Die rechte Begeisterung wollte sich allerdings auch nicht einstellen, so dass sie meistens auf Drei bis Vier stand. Das hatte ihr gereicht. Lediglich bei Geometrie war es eine Zwei gewesen. Irgendwie hatte diese Mathematik einen Sinn, den sie sonst in den höheren Klassen nicht mehr erkennen konnte. Mit Statistik hatte sie nie etwas zu tun gehabt. Im Gymnasium hatten manche ihrer Freunde Wahrscheinlichkeitsrechnung gehabt, aber auf der FOS hatte es so was nicht gegeben. Sie hatte es auch nie vermisst – dass die Chancen, im Lotto zu gewinnen, fast bei Null lagen, wusste sie auch so. Heute allerdings hätte sie wirklich gern mehr davon verstanden.

Im Radio lief eine theologische Sendung über den Gottesbegriff in den monotheistischen Weltreligionen. Eigentlich ein guter Grund umzuschalten, aber Renan hörte kaum hin. Sie mühte sich ab, bis sie knapp zwei Seiten beschrieben hatte, und wollte gerade aufhören, als Alfred hereinkam.

»Na, wieder zurück vom Holzweg?«, fragte sie und lehnte sich mit verschränkten Armen zurück.

»So hölzern war der gar nicht«, seufzte Alfred, während er sich in seinen Sessel fallen ließ. Er legte die Füße auf die Tischplatte und musterte seine Kollegin. Die Auseinandersetzung am Vortag war heftig gewesen, aber nicht unbedingt eine Seltenheit. Es war nur ungewöhnlich, dass sie bei Ermittlungsfragen derart über Kreuz gerieten. Sonst waren es eher kleine Nebensächlichkeiten wie sein Fahrstil, ihre Schlamperei oder irgendeine Wortwahl. Oder es war komplett grundlos, vor allem, wenn Renan anfing. Was den Charakter betraf, so musste Alfred zugeben, dass Renan einer der am wenigsten nachtragenden Menschen war, die er kannte. Da konnten noch so die Fetzen fliegen: Wenn es vorbei war, war es vorbei. Er dagegen war durchaus nachtragend, bisweilen. Das hatte er sich im Umgang mit seiner Kollegin aber schon zum großen Teil abgewöhnt. Irgendwo tief drinnen war er ein klein wenig zu einem besseren Menschen geworden. Also ignorierte er die kleine Provokation und sagte:

»Die Key-Account-Managerin hat bei der ersten Befragung falsche Angaben über ihre Beziehung zu der Toten gemacht. Claudia Fritsche hat sie bei einer Beförderung ausgestochen. Ihr Alibi war auch erlogen, sie war kurz vor der Tatzeit sogar fast in der Wohnung der Toten. Sie hat auch Versuche unternommen, die Fritsche von dem Geschäft mit Digidoor abzubringen ...«

»Aber?«, unterbrach Renan.

»Nichts aber«, erwiderte Alfred.

»Ich höre da ganz deutlich ein Aber.« Renan musste leicht lächeln. »Du hast es nicht gesagt, trotzdem war es da.«

»Wenn wir gewollt hätten, gäbe es jetzt schon einen Haftbefehl«, sprach Alfred weiter.

»Aber?«

»Ist übrigens ein hochinteressanter Kollege da in München. Rainer Maul heißt er und kommt aus Fürth.«

»Aber?«

»Der hat die mindestens eine halbe Stunde lang vollgesülzt mit pseudowissenschaftlichen, frauenfeindlichen Theorien ... nein, kein Aber, jetzt kommt nämlich das Und: ... und als ich sie mittendrin fragte, wo sie denn genau zur Tatzeit war, hat sie die Zeit nachgefragt.«

»Und?«

»Das war das Aber.« Alfred nahm die Füße vom Tisch und beugte sich nach vorn.

»Du meinst, die war nicht so clever?«, fragte Renan nach.

»Die hat sich bei allen Angaben grob fahrlässig verhalten«, erklärte er. »Dann hatten wir kurz vorher ihr Alibi zerlegt, und dann noch dieser Vortrag ... sagen wir, ich habe Zweifel.«

»Dann hör dir mal an, was zwischendurch hier los war«, sagte Renan und bemühte sich um eine Kurzfassung der letzten 24 Stunden. Als sie fertig war, reagierte Alfred nicht, sondern starrte nur apathisch auf die Tischplatte.

»Weißt du, was wir in beiden Theorien noch brauchen?«, fragte er schließlich.

»Den Komplizen bei Syst-Ix?«

»Genau!«

Tags darauf saß Renan mit Markus im Arbeitsamt. Also nicht in der Betonburg in der Regensburger Straße, sondern im Amt am Richard-Wagner-Platz gegenüber dem Opernhaus. Es war später Vormittag, und die Sonne schien durch schlecht geputzte Fenster. Markus hatte offenbar in der Nacht kaum geschlafen, weil ihn Renans Theorie der falschen Arbeitslosenzahlen nicht losgelassen hatte. Um neun hatte er sie schließlich angerufen und mitgeteilt, dass er mit einem befreundeten Arbeitsvermittler einen Termin vereinbart habe. Es handelte sich dabei um einen ehemaligen Studienfreund, der selbst lange arbeitslos gewesen war und schließlich bei der Arbeitsvermittlung Beschäftigung gefunden hatte. Nachdem er auch Soziologie und Politik studiert hatte, verstand er nicht nur etwas von Jobvermittlung, sondern auch von Statistik. Fred Mager hatte ein Büro im dritten Stock mit Blick auf die Bahngleise. Er mochte ein paar Jahre älter sein als Markus und Renan und verfügte angeblich über das Talent, jedem Pinguin binnen zehn Minuten einen Kühlschrank verkaufen zu können. Leider war Fred bereits zu Studienabschluss zweifacher Vater, so dass er, örtlich unflexibel, keinen Job gefunden hatte, der seiner Qualifikation angemessen gewesen wäre.

Nun war er seit fast drei Jahren Arbeitsvermittler. Das entsprach nun auch nicht gerade seinen Fähigkeiten, aber es war ein Job, der ihm leicht von der Hand ging und wenig Stress machte. Als er mit der Geschichte seiner eigenen Arbeitsbeschaffung fertig war, erkundigte er sich, was er denn nun für die Polizei tun könne. Renan erklärte, dass sie sich für das Zustandekommen der Arbeitslosenzahlen interessierten, und ob es möglich sein könnte, dass ein Fehler in der EDV der Zentrale über längere Zeit unbemerkt bliebe.

»Was für eine Abteilung der Polizei interessiert sich denn für so was?« Fred sah Renan aus leicht hervortretenden blauen Augen an. »Das Betrugsdezernat?«

»Nein, ich bin bei der Mordkommission«, erklärte Renan zögernd.

»Das verstehe ich jetzt nicht so ganz ...«

»Es gab kürzlich zwei Mordfälle, die damit in Zusammenhang stehen könnten«, sagte sie, »aber es ist besser, wenn ich Ihnen nicht zuviel darüber erzähle ...«

»Dir!«

»Bitte?«

»Lass uns doch Du sagen. Markus' Freunde sind auch meine.« Fred strahlte Markus an, verzichtete aber glücklicherweise darauf, seine Verbundenheit näher auszuführen.

»Ich habe mir die ganze Nacht den Kopf zerbrochen«, meldete sich Markus. »Vorerst läuft alles auf eine Frage hinaus: Wie meldet ihr die Daten über die Entwicklung der Arbeitslosigkeit an die Zentrale? Auf jeden Fall monatlich, denke ich ...«

»Stimmt«, nickte Fred. »Einmal im Monat ist Zähltag. Das ist meistens so der 15., auf jeden Fall in der Monatsmitte, weil da die Schwankungen am geringsten sind.«

»Gut.« Markus zog einen großen Block aus seinem Rucksack und begann zu notieren. »Und wie werden die Daten aggregiert? Rechnet ihr für Nürnberg eine Veränderung aus, also z.B. minus zwei Prozent und meldet das an die Bundesagentur, oder werden alle Daten dort erfasst und ausgewertet und ihr kriegt dann aus der Regensburger Straße gemeldet, wie sich die Zahlen für Nürnberg verändert haben?«

»Wisst ihr, das ist so«, begann Fred, und Renan befürchtete eine komplizierte wissenschaftliche Abhandlung über Arbeitsmarktstatistik. Doch Fred blieb erfreulich konkret. »Jeder Kunde hat bei uns einen Datensatz. Das ist eine einfache Maske hier auf dem Bildschirm, die ich nach Lust und Laune aufrufen kann, übrigens bundesweit.«

»Wie, du kannst dir hier alle Arbeitslosen in Flensburg ansehen?«, fragte Renan.

»Kunden«, korrigierte Fred. »Wir reden immer nur von Kunden. Ja, das kann ich. Die Datenbank ist für jeden Sachbearbeiter in jeder Arbeitsagentur oder ARGE einsehbar.« Er tippte kurz auf der Tastatur und drehte dann den Bildschirm um 90 Grad. »Hier seht ihr z.B. meine Akte, oder Kundenhistorie, wie unsere Freunde von der Statistik sagen würden. Wenn also irgendwo in Deutschland ein Kunde beraten wird oder zum Nachweis der Eigenbemühungen vorsprechen muss oder was auch immer, ruft der Kollege seinen Datensatz auf und trägt ein, was sich verändert. Das ist nicht alles relevant für die Arbeitsmarktzahlen, aber es wandert tatsächlich auf direktem Weg in die Zentrale ... z.B. wird auch vermerkt, wenn jemand irgendwie auffällig oder längere Zeit krank ist, weil er dann womöglich zum Amtsarzt geschickt werden muss.«

»So was steht da drin?«, empörte sich Markus.

»Da kann alles drinstehen, was für die Gewährung der Leistung oder die Arbeitsvermittlung relevant ist.« Fred zuckte unschuldig mit den Schultern. »Also auch hemmende Faktoren, wie es so schön heißt ... natürlich nur für den internen Dienstgebrauch!«

»Natürlich.« Markus klang nicht recht überzeugt.

»Also liegt diese ... Akte nicht hier auf einem Rechner, sondern in der Regensburger Straße«, hakte Renan nach.

»Genau.« Fred schien sich über ihre einfache Ausdrucksweise zu freuen. »Muss sie ja auch, weil sie von jeder Agentur aus einsehbar sein muss. Und das beantwortet auch deine Frage, alter Freund.« Er nickte Markus zu. »Wir erstellen hier keine Statistik für Nürnberg. Vielmehr meldet jeder einzelne Vermittler jede einzelne Veränderung durch Eintrag in die Kundenhistorie an die Zentrale ...«

»Also doch!«, flüsterte Markus und schnippte mit den Fingern.

»... und die drücken dann am 15. auf einen Knopf und kriegen die aktuellen Arbeitsmarktzahlen für den Bezirk Nürnberg präsentiert, die sie uns freundlicherweise mitteilen. Für alle anderen Bezirke natürlich auch.«

»Dann könnte das klappen«, sagte Markus.

»Ich verstehe jetzt nicht ganz, warum das so wichtig ist«, meldete sich Renan.

»Ganz einfach«, sagte Markus und malte auf seinen Block einen großen Kreis, der von vielen kleinen umrundet wurde. »Das hier in der Mitte ist die Bundesagentur in Nürnberg ... und zusätzlich gibt es Hunderte von einzelnen Arbeitsämtern und ARGEN im ganzen Land ...«

»439 Kreise und kreisfreie Städte«, ergänzte Fred.

»Also 439«, wiederholte Markus. »Wenn jetzt jede Stadt und jeder Kreis erst für sich ausrechnen würde, ob bei ihnen die Arbeitslosenzahlen steigen oder sinken, und dann die Agentur daraus einen Mittelwert errechnen würde, würde ein Fehler im System sehr schnell auffallen, verstehst du?« Er malte verschiedene Zahlen in die kleinen Kreise und zog von jedem eine Linie in die Mitte.

»Du meinst, wenn die alle keine sinkenden Zahlen melden, könnte es im ganzen Land auch keinen Rückgang geben?«, fragte Renan nach.

»Richtig.« Markus war nun Feuer und Flamme, während Fred ihr anerkennend zunickte. »Das ginge höchstens ein oder zwei Monate lang gut, und dann würden sich verschiedene Städte wundern, warum die Zahlen für Deutschland nicht mit ihren übereinstimmen.«

»Nachdem wir aber selbst in Nürnberg nicht wissen, wie sich unsere Zahlen verändern, kann es keinen verdächtigen Unterschied zwischen unserer Wahrnehmung und der der Bundesagentur geben«, sagte Fred. »Weil wir gar nicht merken, ob es im Ganzen mehr oder weniger werden. Wir geben nur stur Daten in das System ein, und zwar für jeden Kunden einzeln.«

»Noch mal einfach für Polizisten«, sagte Renan langsam. »Wenn am Monatsende in der Regensburger Straße der Strom ausfällt, dann könnt ihr hier nicht sagen, ob die Zahl der Arbeitslosen in Nürnberg letzten Monat gestiegen oder gesunken ist?«

»So ist es.« Freds strahlendes Lächeln gefror langsam. »Eigentlich erschreckend, nicht?«

»Und ist es wirklich so unwahrscheinlich, dass das jemand merkt?«, fragte Renan nach einer Schweigeminute, in der sich zunehmend Besorgnis in Freds und Eifer in Markus' Gesicht zeigten.

»Das ist der Zentralismus«, sagte Markus, während er emsig auf seinen Block zeichnete. »Das würde nur auffallen, wenn mehrere Agenturen oder Agenturchefs Handstatistiken führen würden ...«

»Handstatistiken?«

»Na ja, wenn sie eben genau das tun würden, was ihnen die Bundesagentur abnimmt. Ihre Zahlen noch mal separat erfassen und jeden Monat auswerten. Dann gäbe es natürlich Diskrepanzen ...«

»Führt hier jemand so was?«, wandte sich Renan an Fred.

»Hier?« In Freds Besorgnis mischte sich nun wieder etwas Heiterkeit. »Wenn du wüsstest, was in der Arbeitsverwaltung abgeht seit den Hartz-Reformen! Die waren ja ein Jahr lang gelähmt, nicht handlungsfähig. Da ist so ziemlich alles umgestellt worden, was ging. Telefonnummern, Software, hierarchische Strukturen und natürlich auch die Statistik. Das war quasi ein Notstand. Die haben 2005 und 2006 mehrere zehntausend neue Arbeitsvermittler einstellen müssen ...«

»Also keine Handstatistik«, folgerte Markus.

»Wie sagte Commander Data in Star Trek immer: Möglich, aber höchst unwahrscheinlich, Sir!«

»Auf jeden Fall für eine ganze Agentur, nehme ich an.« Markus schien kein Star-Trek-Fan zu sein. »Und wenn es einzelne Vermittler tun, wissen sie ja nicht, wie es bei allen anderen gelaufen ist.«

»Genau.« Fred zog ein Taschentuch heraus und wischte sich damit den Nacken ab. »Wie ich schon sagte, das ist etwas ... beängstigend. Aber es gibt nahezu keine Kontrollinstanz. Die Bundesagentur selbst führt Plausibilitätsprüfungen durch, das heißt, die schauen sich die Zahlen der einzelnen Kreise und Städte an und überlegen, ob das realistisch ist. Gesetzt den Fall, in ... Duisburg würde sich die Arbeitslosenzahl nach den gelieferten Daten plötzlich halbieren, dann würden die davon ausgehen, dass die Zahlen nicht stimmen, und dort nachfragen. Aber andersrum?«

»Also prüft keiner, ob die Zahlen der Agentur für einen Kreis oder eine Stadt plausibel sind?«, hakte Renan nach.

»Mit was soll man das überprüfen?«, fragte Markus. »Die einzigen Zahlen kommen ja von der Bundesagentur.«

»Eine Stelle gibt es noch«, sagte Fred nach kurzem Überlegen. »Es könnte Vergleichszahlen geben. Im Statistischen Bundesamt ...«

»Sag das noch mal«, flüsterte Renan.

13. Big Brother

Alfred stand auf dem Balkon des Lofts in Schniegling und rauchte eine. Es war sonnig, es hatte um die 15 Grad und es war windstill. Allerdings nur meteorologisch gesehen. Renans Anruf kam, kurz nachdem er sich mit der Vorstandssekretärin Mirella Nosseck von Syst-Ix auf der Terrasse einer Bäckereifiliale im Nordostpark auf einen Kaffee und eine Nussschnecke getroffen hatte. Alfred hatte Renan diesen Termin kurzfristig abgenommen, nachdem sie ebenso kurzfristig die Gelegenheit bekommen hatte, einen Arbeitsvermittler zu ihrer Theorie der falschen Zahlen zu befragen.

Die Sekretärin mochte so Ende vierzig sein, das Haar war blondiert und um die Augen zeichneten sich trotz des großzügigen Make-ups verräterische Fältchen ab. Das Aroma ihres süßen Parfums wurde durch Zigarettenrauch deutlich herber. Alfred hatte mit Mirella oder auch Mimi Nosseck alle möglichen Leute durchgekaut, die im Zuge der Geschäfte mit der Arbeitsagentur bei der Geschäftsführung von Syst-Ix aus- und eingegangen waren. Wer sich ein wenig in größeren Organisationen auskannte, der wusste, dass die Chefsekretärinnen die eigentlichen Machthaber waren. Sie organisierten alles und wussten alles. Einem Vorzimmer entging nichts und es vergaß nichts, damit der Chef in Ruhe arbeiten konnte und sich nicht um den alltäglichen Kleinkram zu kümmern brauchte. Alfred konnte sich noch gut an den zerstreuten Staatsanwalt Eckstein erinnern, dessen Sekretärin ihn an einem ersten April mal zu einem Termin auf die Burg geschickt hatte. Eckstein war, ohne mit der Wimper zu zucken, losgezogen, konnte eine halbe Stunde lang die Aussicht bewundern, kehrte schließlich wieder zurück und meinte, er sei versetzt worden.

Ganz so ging es bei Syst-Ix sicher nicht zu, aber Mimi kannte sich trotzdem aus. Krossitzky war zweimal dagewesen, dann noch zwei seiner Untergebenen, Ralf Menzke und Ulla Pastor. Menzke war viermal gekommen, Pastor dreimal. Dann gab es noch einen Norbert Hacker. Mimi schien so etwas wie ein U-Boot des Betriebsrats in der Vorstandsetage zu sein. Sie hatte die Terminkalender sämtlicher Officers auf einem elektronischen Notizbuch bei sich, Palmtop oder so ähnlich nannte sie es. Alfred schrieb die Informationen in sein Papiernotizbuch und kam sich mal wieder hoffnungslos altmodisch vor. Aber er traute dieser Technik einfach nicht über den Weg. Es war schon zu oft vorgekommen, dass haufenweise Daten von Computern verschwunden oder verstümmelt waren, auch im Polizeipräsidium. Und wenn Renan mit ihrer Theorie recht hatte, gab so etwas an anderer Stelle womöglich gar ein Mordmotiv ab. Alfred sah sich die Namen noch einmal genau an. Krossitzky war der Einzige, den er kannte: Relativ klein, kurze dunkle Haare und künstlich braune Hautfarbe. Er bat Mimi um eine kurze Beschreibung der anderen drei. Schließlich hätte er fast noch vergessen zu fragen, mit welchen der immerhin fünf Officers die Personen zu tun gehabt hatten.

»Also der Hacker«, antwortete Mimi in resolutem Vorzimmerfränkisch, »ist irgendwie von der Finanzabteilung in der Bundesagentur. Der war nur zweimal beim Kolb, unserem CFO ...«

»CFO?« Alfred zog die Stirn in Falten.

»Chief Financial Officer.« Mimi biss ein Stück von der Nussschnecke ab und schluckte es hastig hinunter. »Unser oberster Buchhalter eben.«

»Um was könnte es da gegangen sein?« Alfred hatte keine Nussschnecke gewählt, weil er hoffte, es später noch zur Asiapfanne in die Kantine zu schaffen, und zündete sich stattdessen eine Zigarette an.

»Ich glaube, die haben Details der Verträge besprochen ...«

»Für die mögliche Einführung von Office-Software?« Alfred blätterte um, er war schon beim vierten Blatt.

»Nein, nein. Das ist ja bis heute nicht entschieden. Das hatte was mit den laufenden Arbeiten an der Statistik zu tun. Die Anpassung und Entwicklung unserer Cubix-Programme.«

»Ah, Cubix.« Alfred hob den Kuli. »Diese Datenwürfel aus dem Data-Warehouse.«

»Sie kennen sich aus!«, stellte Mimi fest.

»Nicht wirklich.« Alfred nahm einen Schluck Kaffee. »Aber ich war bei dieser Veranstaltung kürzlich im *Maritim*-Hotel.«

»Na, da sage ich jetzt besser nichts dazu«, kommentierte Mimi.

»Das dürfen Sie einem Kriminalkommissar gegenüber nie äußern«, sagte Alfred. »Dann interessiert's mich nämlich umso mehr.«

»Nein, das passt schon alles.« Sie winkte ab. »Natürlich wird da immer alles auf Hochglanz poliert und geprotzt, dass es einer Sau graust, aber das machen halt alle so ...«

»Und warum wollten Sie nun nichts dazu sagen?« Alfred blieb hartnäckig.

»Weil ich glaube, dass es für unsere Firma alles andere als gut ist, wenn sich zu viele Analysten dafür begeistern.« Mimi vertilgte den letzten Bissen der Schnecke.

»Wieso?«

»Je mehr von diesen Fonds und Banken unsere Aktien kaufen, desto attraktiver wird die Firma ...«

»Ist doch prächtig!«

» ... für fremde Investoren«, fuhr Mimi fort. »Sie haben doch sicher schon von den Verkaufsgerüchten gehört. Wobei ich mir sicher bin, dass das nicht nur Gerüchte sind.« Sie förderte ebenfalls eine Schachtel Zigaretten zutage und ließ sich von Alfred Feuer geben.

»Wieso?«, fragte Alfred erneut.

»Wenn es nur darum ginge, die finanzielle Basis abzusichern, bräuchten wir höchstens halb so viele Analysten-Partys. Aber die wollen nicht nur Kapital, die wollen den Laden verkaufen, sobald der Kurs stimmt und sie einen Bieter haben, der genug zahlt.«

»Also glauben Sie auch, dass Herr Stocker mit seinen Vermutungen richtig liegt?«, fragte Alfred.

»Der Roman ist nicht so verkehrt«, sagte Mimi, »und der hat die Fritsche hundertprozentig nicht ermordet. Das müsst ihr doch langsam begriffen haben, oder?«

»Was mich und meine Kollegin angeht, so sind wir dieser Spur eh nicht lange aufgesessen«, beschwichtigte Alfred. »Aber unsere Chefs lassen ihn nicht raus, solange wir keinen Besseren bringen. Und das ist ja auch der Grund, warum wir hier miteinander reden.«

»Ihnen glaube ich das sogar«, sagte Mimi. »Ich weiß nur nicht, warum.«

Sie redeten noch eine Zeitlang über die anderen Personen. Ralf Menzke und Ulla Pastor waren immer nur bei Claudia Fritsche gewesen. Krossitzky war einmal bei Claudia und hatte einmal einen Termin mit Claudia und dem CEO Künzel zusammen. Alfred legte Mimi noch die wenigen Fotos vor, die Renan gesammelt hatte. Krossitzky brauchten sie nicht zu identifizieren. Den toten Ingo Gruber hatte Mimi noch nie gesehen und auch die anderen Herrschaften aus dem Statistischen Bundesamt nicht. Überhaupt war niemals jemand aus Wiesbaden in Nürnberg gewesen, zumindest nicht laut Terminkalender.

»Aber den da kenne ich«, sagte Mimi und deutete auf das letzte Bild in der Mappe. Renan musste es auch irgendwo im Internet gefunden und ausgedruckt haben. Alfred kannte den Herrn ebenfalls, wenn auch nur flüchtig.

»Der war doch mindestens einmal beim CEO.« Mimi tippte mit einem Plastikstift auf dem kleinen Bildschirm herum. »Das muss so letztes Jahr im März gewesen sein ... Komisch, warum steht das nicht in seinem Terminkalender?«

Nun ging es darum, endlich Beweise zu finden. Alfred hatte sich nach dem Gespräch mit Mimi eine halbe Stunde und zwei Zigaretten lang den Kopf darüber zerbrochen. Irgendwo musste es doch eine Spur geben. Wenn Claudia Fritsche wirklich eine Fehlfunktion in der Statistik gefunden hatte, war sie doch sicher nicht so dumm gewesen, für sich selbst keine Beweise zu sichern. Immerhin war sie – dieser Theorie zufolge – deswegen getötet worden. Dies wiederum ließ den hässlichen Verdacht einer Erpressung aufkeimen. Und da spielte es keine Rolle, ob sie nun ihre eigene Firma oder gar die Bundesagentur erpressen wollte. Sie hatte sich irgendwie absichern müssen, damit sich die Verantwortlichen nicht herausreden oder lautstark dementieren konnten. Wiederum wäre es hirnrissig gewesen, die Beweise in ihrem Büro oder sonst irgendwo bei Syst-Ix zu lagern. Blieben also ihre Privatwohnung, ein Bankschließfach oder gar das Internet. Letzteres schien Alfred zu unsicher, und Hinweise auf ein Bankschließfach hatten sie nicht gefunden. Natürlich konnte es trotzdem eines geben, aber sinnvoller war es doch, zunächst noch einmal ihr privates Umfeld genauer zu durchsuchen.

Womöglich waren die Beweise ja auch auf dem nicht gefundenen Computer oder auf einem der Datenträger gewesen, von denen sie ebenfalls keinen hatten sicherstellen können. Für Alfred stand fest, dass der Täter gleich nach der Tat in der Wohnung gewesen war und alles mitgenommen hatte, worin er belastendes Material vermutete. Anders war der fehlende Schlüssel nicht zu erklären. Sie hatten die A73 noch einmal nachts sperren lassen und ein paar Jungs von der Kriminaltechnik hatten zweihundert Meter um die Unfallstelle alles mit Metalldetektoren abgesucht. Dabei waren sie auf durchaus interessante Fundstücke gestoßen, nur eben auf keinen Schlüssel. Trotzdem wurde Alfred das Gefühl nicht los, dass sich noch etwas in der Wohnung befand, das ihnen helfen würde, den Mord aufzuklären. Irgendwie hatte er den Verdacht, dass Claudia Fritsche, clever, wie sie gewesen sein musste, die Beweise nicht einfach auf ihrem PC oder einer CD gespeichert hatte. Sie mussten eben genauer nachsehen.

Als Renan endlich das Loft in Schniegling betrat, war von Alfred nur das Hinterteil zu sehen, das aus dem Kleiderschrank im Schlafzimmer herausragte. Sie streifte sich die

Latexhandschuhe über und gab ihm einen kräftigen Klaps auf den Allerwertesten.

»Bin jetzt da«, meldete sie.

»Oh, hör bitte nicht auf«, tönte es dumpf aus dem Pressspankorpus.

»Das fehlte gerade noch«, schalt sie trocken, »dass zu deinen ganzen anderen Macken und Allüren jetzt auch noch SM-Vorlieben kommen!«

»Wenn ich nicht masochistisch veranlagt wäre, befände ich mich schon seit Jahren im Vorruhestand«, ächzte er, während er sich aus dem Schrank herausarbeitete.

»Jetzt komm mir nicht wieder mit dieser Märtyrernummer, Alfred!«

»Nein, nein.« Er setzte sich auf den Boden und lehnte sich an die Schrankseite. »Ich freue mich nur, dass wir beide wieder gedeihlich zusammenarbeiten.«

»Was suchen wir also jetzt?«, fragte sie.

»Na, irgendwelche Datenträger würde ich sagen.« Alfred ließ sich auf das Bett fallen. »Vielleicht hat sie die betreffenden Dateien oder Teile daraus auf eine CD gebrannt und versteckt ...«

»Könnte theoretisch aber auch Papier sein«, meinte Renan.

»Könnte schon.« Alfred überlegte kurz, ob er sich noch eine anzünden sollte, ließ es aber bleiben. »Aber das lässt sich schlechter verstecken. Hätten die Kollegen von der Spurensicherung bestimmt gefunden, wenn es hier wäre.«

»Du weißt, dass ich denen nie so recht traue.« Renan ging ins Wohnzimmer, zog eine Schublade aus der Kommode und prüfte die Unterseite des Bodens.

»Es könnte auch der Mitschnitt eines Gesprächs oder so sein«, tönte Alfred aus dem Schlafzimmer. »Aber dafür nimmt man ja auch schon länger keine Tonbänder mehr. Müssten wir also wieder nach einem Datenträger suchen.«

»Oder nach einem Tonträger«, erwiderte Renan langsam, während ihr Blick auf das CD-Regal fiel. »Und auf so einer CD könnten auch ganz andere Daten sein.« Sie trat vor das Regal und fuhr die Reihe der Cover-Rücken mit dem Zeigefinger ab.

»Du meinst, sie hat eine Daten-CD bei den Musik-CDs versteckt?« Alfred erschien im Türrahmen und legte die Stirn in Falten.

»Es wird jedenfalls nichts schaden, die mal genauer anzusehen«, sagte Renan.

»Dann werden wir die wohl alle in den CD-Player schieben und anhören müssen.« Alfreds Ton verriet, dass er am Vergnügungsfaktor dieser Aktion zweifelte.

»Weißt du, ich habe mich beim letzten Mal schon gewundert«, sagte Renan. »Sie schien nicht den besten Geschmack zu haben ... Celine Dion, Bon Jovi, Grönemeyer ... aber ... da! Zlatko und Jürgen, das ist schon noch mal zwei Schubladen drunter.« Sie zog eine CD-Hülle aus dem Regal und öffnete sie.

»Also wenn du mich fragst, dann sind das aber die zwei Pappnasen da auf dem Silberling«, stellte Alfred fest, nachdem er eilig hinzugesprungen war.

»Das ist aber ein Aufkleber.« Renan zupfte mit dem Daumennagel an der Oberfläche. »So einer, den du mit jedem Drucker bedrucken kannst. Mal sehn ...«

Sie legte die Scheibe in den CD-Player und drückte auf PLAY.

»Was müsste da jetzt kommen?« Alfred setzte seine Lesebrille auf und prüfte das Cover. »Ich vermiss dich wie die Hölle?«

Das Gerät summte los, aber es kam kein Ton.

Eine halbe Stunde später standen Renan und Alfred im Präsidium vor dem Schreibtisch von Klaus, dem Computer-Nerd, der Renan mit den ersten Informationen zur Firmengeschichte von Syst-Ix versorgt hatte. Klaus nahm die CD mit angewidertem Gesicht aus der Zlatko-und-Jürgen-Schachtel und schob sie widerstrebend in seinen Rechner.

»Und ihr seid sicher, dass da nicht das drin ist, was draufsteht?«, fragte er, ohne zu ihnen aufzusehen.

»Hundertprozentig«, nickte Alfred.

»Na schön.« Das Gerät summte los, während Klaus ein paar Mal auf seine Maus klickte. »Also, verschlüsselt ist sie schon mal nicht«, meldete er kurz darauf.

»Gott sei's getrommelt«, sagte Alfred.

»Das wäre bei dem genialen Versteck aber wirklich zu viel des Guten gewesen«, merkte Renan an und unterzog den Bildschirm einer genaueren Prüfung. »Und? Was haben wir jetzt da?«

»Das sind Dateien, die unser System nicht erkennt«, sagte Klaus. »War da nicht was mit Syst-Ix?« Er blickte verstohlen über die Schulter.

»Jaja«, antwortete Alfred. »Das könnten gut Dateien sein, die zu einer Software von Syst-Ix gehören ...«

»Fragt sich nur welche.« Klaus klickte auf irgendwelchen Ebenen des Computers herum, die ein gemeiner Kommissar nie zu Gesicht bekam.

»Cubix!«, rief Alfred triumphierend. »Die haben doch eine besondere Variante von Cubix für die Agentur gebaut, oder?«

»Keine Ahnung«, raunzte Renan.

»Haben wir so eine Software hier?«, wandte sich Alfred an Klaus.

»Installiert haben wir sie nicht«, erklärte er, »aber ich glaube, wir haben die ganze Syst-Ix-Palette mal angeschafft. Man weiß ja nie, was man für Daten zum Auswerten kriegt ...« Klaus stand auf und verließ das Büro.

»Ich nehme an, er holt jetzt eine CD und kommt dann hoffentlich wieder«, sagte Renan, während sie sich in den Stuhl von Klaus fallen ließ.

»Zumindest hat die Kantine schon geschlossen«, sagte Alfred mit einem Blick auf die Uhr.

In diesem Moment klingelte Renans Handy. Fluchend suchte sie es in ihrer Tasche und schaffte es gerade noch ranzugehen, bevor die Mobilbox aktiviert wurde. Sie sagte »hallo«, »ja«, »nein« und dann noch »hmhm«. Schließlich meinte sie: »Nein, nein, das wäre ja trotzdem noch ein Motiv, wahrscheinlich sogar ein stärkeres, oder? ... Ja, danke dir vielmals. Ich melde mich wieder.«

»Ein neues Motiv?« Alfred bemühte sich, seine Neugier zu zügeln.

»Das war Eschweger, der Kollege aus Wiesbaden«, erklärte Renan, während sie ihr Handy wieder wegpackte. »Sie haben jetzt ein paar Kollegen vom toten Ingo Gruber vernommen und ihnen auch mal wegen eines möglichen Fehlers in der Syst-Ix-Software auf den Zahn gefühlt ...«

»Ja, und?«

»Von einem Fehler im Programm hat keiner etwas gewusst. Sie meinten sogar, dieses Syst-Ix-Zeug wäre das zuverlässigste, was es auf diesem Gebiet gäbe ...«

»Aber?«

»Jetzt hetz mich nicht«, schalt Renan. »Ich wäre froh, wenn du mal halb so schnell zu Potte kommen würdest!«

»Verzeih!«

»Mal sehn ... Jedenfalls hat der eine Kollege von Gruber, der noch im Urlaub war, ausgesagt, Ingo hätte so merkwürdige Andeutungen gemacht, dass da doch manipuliert werden könnte in Nürnberg und keiner würde es merken.«

»Auch das Statistische Bundesamt nicht?« Alfred spielte mit einer Zigarette, während er das Rauchverbot zum millionsten Mal verfluchte.

»Anscheinend nicht automatisch.« Renan begann ungehalten mit den Armen zu gestikulieren. »Aber wenn man statt ›mal‹ ›geteilt durch‹ rechnet und dann dreimal die Wurzel zieht, den Bruch dann stürzt und X durch Pi ersetzt, könnte man der Sache näherkommen.«

»Mit anderen Worten, die Details hast du nicht verstanden«, lächelte Alfred.

»Sie haben mich nicht interessiert und Eschweger wohl auch nicht!«

»Wenn wir es jetzt also nicht mit einem Versehen, sondern mit einer vorsätzlichen Manipulation zu tun haben ...«, sinnierte Alfred. »Nun gut, die Frage, wem das nützt, ist schnell beantwortet: der Bundesagentur und natürlich der Regierung ... um Himmels willen, wer weiß, wo wir da reingeraten sind!«

»Es nützt aber auch Syst-Ix bzw. es schafft Abhängigkeiten.« Renan ignorierte die aufkommende Panik ihres Kollegen. »In diesem Fall hätte Claudia Fritsche keinen Fehler bemerkt, sondern einen Betrug ...«

»... oder sie wäre selbst dafür verantwortlich gewesen«, ergänzte Alfred. »Fragt sich nur: in wessen Auftrag?«

»Entweder im Auftrag ihrer Firma oder der Arbeitsagentur«, sagte Renan. »Wer hätte mehr zu verlieren?«

»Wenn die Arbeitslosenzahlen über Jahre gefälscht worden wären?«, fragte Alfred. »Natürlich die Agentur.«

»Ja, aber ohne Syst-Ix geht's auch nicht«, folgerte Renan. »Denk an die falsche Fährte mit Roman Stocker.«

»Da sind mindestens zwei beteiligt«, sagte Alfred. »So weit waren wir schon mal.«

»Dann gehen wir doch unsere bisherigen Bekannten noch mal systematisch durch«, sagte Renan und erhob sich von ihrem Stuhl.

»Können wir das im *Brozzi* machen?«, fragte Alfred. »Ich brauche jetzt dringend mehr als eine Zigarette.«

Auf dem Gang stieß Renan mit Klaus zusammen, der eine Pappschachtel unter dem Arm trug.

»Müsst ihr schon wieder weg?«, fragte er.

»Ja, quasi ein Notfall.« Alfred suchte sein Feuerzeug. »Ruf uns doch einfach an, wenn du weitergekommen bist, ja?«

14. Wahrheit und Wirklichkeit

»Und was soll das sein?«, fragte Hebestreit, als ihm Alfred eine CD-ROM unter die Nase hielt.

»Das hier ist der Beweis, dass die Arbeitslosenstatistik der Bundesagentur über einen längeren Zeitraum manipuliert wurde«, erklärte Alfred.

»Das ist ...« Der Mann wusste offenbar nicht so recht, ob er entsetzt oder amüsiert sein sollte. » ... Also, wir haben es ja schon mit vielen Anschuldigungen zu tun gehabt, aber so was ... leiden Sie womöglich an einer fortgeschrittenen Form von Paranoia, Herr Kommissar?«

»An einer zentralen Stelle im Data-Warehouse wurde eine Art Formel versteckt«, zitierte Alfred seinen auswendig gelernten Text. »Eine komplexe Formel, die die aggregierte Monatsstatistik um einen dynamischen Faktor reduziert. Dies war wohl der Grund, warum es nicht aufgefallen ist ...«

»Sie scheinen ein echter Profi zu sein.« Hebestreit gab sich betont locker.

»Sie können die Beweise gerne einsehen.« Alfred wedelte mit der CD.

»Ich müsste eigentlich schon lange auf dem Weg zum Airport sein.« Hebestreit sah auf eine kiloschwere silberne Armbanduhr.

»Wie Sie meinen.« Alfred zuckte mit den Schultern. »Dann muss ich Sie allerdings bitten, mir mitzuteilen, wo Sie sich in den nächsten Tagen aufhalten werden und wann Sie wieder nach Nürnberg zurückkehren.«

»Das ist doch so was von albern.« Der Consultant sah sich hektisch auf dem Vorplatz der Agentur um und seufzte schließlich: »Also, in Gottes Namen, dann sehe ich mir das eben einmal an. Kommen Sie!«

Sie gingen zurück zum Haupteingang der Agentur. Es war bereits Abend und nur noch wenige der Fenster waren beleuchtet. Alfred hatte zwei Stunden gewartet, um Herrn Hebestreit abzupassen. Er hatte erst gar nicht versucht, einen Termin mit ihm zu vereinbaren. Die einfache Auskunft der Sekretärin, dass er in Nürnberg sei, hatte ihm gereicht. Eigentlich war es kein großes Problem, ein paar Stunden zu überbrücken, wenn man sich darauf einstellen konnte. Die Ledersofas in der Lobby der Agentur waren bequem, der Kaffee in der Thermoskanne blieb lange heiß und Alfred kam endlich wieder einmal dazu, die ZEIT fast vollständig durchzulesen. Er wusste, dass der Mann hier vorbeikommen würde. Da er nicht in Nürnberg ansässig war, kam er nicht mit einem Privat-Pkw, sondern ließ sich von Taxis entweder in ein Hotel oder zum Flughafen chauffieren. Und gerade als Alfred zu einer Rauchpause vor die Tür gegangen war, kam Hebestreit eilig mit seinem Pilotenkoffer aus dem Aufzug. Was Alfred hier tat, nannte sich in der Psychologie »Versuch und Irrtum«. Nach einer mehrstündigen Konferenz am Vorabend im *Brozzi* hatten Renan und er je eine Rangliste von Verdächtigen sowohl bei Syst-Ix als auch bei der Arbeitsagentur erstellt. Die Manipulation an der Arbeitslosenstatistik konnte mit den Dateien auf der Big-Brother-CD wohl tatsächlich bewiesen werden. Dies meinte zumindest Klaus, auch wenn er, um endgültig Gewissheit zu haben, noch das Gutachten eines professionellen Statistikers einholen musste. Falls sich die Vermutungen bestätigten, lieferte diese kleine silberne Scheibe mehr politischen Zündstoff als eine absolute Mehrheit der Linken im Bundestag oder die Wiedererrichtung der Berliner Mauer. Alfred war deswegen am Morgen ziemlich nervös geworden. Wenn einfache Kommissare einen Betrug dieser Größenordnung entdeckten, mussten sie eigentlich ganz schnell eine übergeordnete Behörde einschalten, Beweise und Berichte abliefern und sich dann zurückziehen. Alfred malte sich schon farbig aus, wie die Beweismittel irgendwo im Keller des BKA oder vom Verfassungsschutz vernichtet wurden und die ganze Sache dann erfolgreich vertuscht wurde. Vielleicht wäre für sein Schweigen eine sofortige Pension bei dreifachen Bezügen drin? Aber es war Renan, die diesmal den kühlen Kopf behielt. Solange nicht zweifelsfrei feststand, dass mit der Big-Brother-CD wirklich und wasserdicht ein Betrug bewiesen werden konnte, gab es keinen Anlass, irgendjemanden einzuschalten, und das wiederum gab ihnen die Gelegenheit, die neuen Erkenntnisse für ihre Morderermittlungen zu nutzen. Renan wollte hier einfach nur ihren Job machen und den Mörder überführen. Was danach kam, interessierte sie nicht mehr – angeblich!

»Sehr abgebrüht, Kollegin«, hatte er sie gelobt, »und du hast recht. Wir sollten uns vorerst nur um unseren Fall kümmern und um nichts anderes.«

»Wie wir es immer tun«, erwiderte Renan. »Das Dumme ist nur, dass ich genau hier mit meinem Latein am Ende bin.«

»Was soll das heißen?«

»Na, wir haben hier zwei wunderbare Listen mit Kandidaten« – sie hielt die Blätter hoch – »aber ich wüsste nicht, wie wir die zwei ganz oben überführen oder zu einem Geständnis bewegen könnten.«

»Wir haben keine ausreichenden Beweise für den Mord«, ergänzte Alfred. »Nur Indizien und Intuition ...«

»Was leider ein wenig dünn ist«, seufzte Renan.

»Das kommt drauf an.« Alfred verfiel in eine oft unterdrückte Geste und hob den Zeigefinger.

»Ich höre«, sagte Renan, während sie ihm bedeutete, die Hand doch bitte wieder zu senken.

»Wenn man – wie ich – nicht mehr allzu viel zu verlieren hat im Kriminaldienst, dann kann man auch mal was riskieren ...«

»Ich glaube, ich kann dir noch nicht ganz folgen.«

»Das ist übrigens nur eine Kopie«, sagte Alfred, als Hebestreit die CD in seinen Computer schob. »Nur für den Fall, dass sie womöglich irgendwie beschädigt werden sollte ...«

»Bitte sparen Sie sich solche Andeutungen, Herr Kommissar.« Der Consultant konzentrierte sich nun auf seinen Bildschirm.

»Ich wollte nur nicht, dass Sie sich Sorgen machen«, erklärte Alfred unschuldig.

Hebestreit klickte ein wenig herum und blickte dabei immer finsterer.

»Das sind nur Ausschnitte«, erklärte Alfred. »Sie stammen aus einer riesigen Datenbank mit mehreren Millionen Datensätzen. Frau Fritsche hat anscheinend immer zum 15. jeden Monats eine Kopie gemacht. Ich verstehe ja auch nicht allzu viel davon, aber irgendwie stimmen die eingegangenen Zahlen nicht mehr mit den ausgegebenen überein. Es kommen immer weniger raus, als eingegeben worden sind ...«

»Ich bin nicht auf die Erklärungen eines Laien angewiesen, Herr Kommissar«, unterbrach ihn Hebestreit ungehalten.

»Dann werden Sie sicher auch sehen, dass die ganze Manipulation im Januar 2006 begann. Da wurde die Gesamtzahl der Arbeitslosen nur um ein halbes Prozent kleiner gemacht, im Februar waren es dann 1,3 Prozent weniger, im März 2,5 und so weiter. Als letzter Monat ist Juli 2008 dokumentiert. Da zählte die Software über 4 Millionen Arbeitslose, spuckte aber nur 3,5 Millionen aus.«

»Wo haben Sie das her?«, fragte der Consultant, während er sich von seinem Stuhl erhob.

»Wir haben diesen Datenträger in der Wohnung der toten Claudia Fritsche sichergestellt.« Alfred beobachtete jede Bewegung seines Gegenübers genau; etwas im Blick des Mannes gefiel ihm ganz und gar nicht.

»Wenn das wirklich Kopien aus dem Data-Warehouse der Agentur sind ...« – Hebestreit stellte sich hinter seinen Schreibtisch und blickte aus dem Fenster – »... ich sage *wenn*, denn es könnten auch Nachbildungen sein, das lässt sich ohne Vergleich mit den echten nicht feststellen, dann handelt es sich hier um Material, das strenger Geheimhaltung unterliegt. So was darf die Bundesagentur nicht verlassen ...«

»Was Sie nicht sagen.« Alfred bemerkte, wie sich sein Rücken verspannte.

»... und ob diese gestohlenen Daten vor Gericht verwertbar sind, das wage ich mal zu bezweifeln«, fuhr Hebestreit fort. »Aber ganz abgesehen davon ist Ihnen womöglich ein Detail bei dieser dynamischen Formel entgangen, Herr Kommissar.« Hebestreit stützte sich auf seinen Schreibtisch und klickte zweimal mit der Maus.

»Welches?«, fragte Alfred.

»Sie hat sich nicht nur langsam aufgebaut, sondern sie baut sich auch Schritt für Schritt wieder ab. Die ausgegebene Statistik gleicht sich immer näher den eingehenden Zahlen an, weil die Zahl der Arbeitslosen seit einiger Zeit tatsächlich zurückgeht. Wenn ich schätzen müsste, würde ich sagen, dass die Formel in höchstens ...«, er klickte wieder zweimal, »zwei Monaten die Zahlen nicht mehr beeinflusst. Dann wird sie sich wahrscheinlich löschen.«

Alfred war nicht entgangen, dass Hebestreit soeben zwischen den Zeilen die Manipulation zugegeben hatte. Gleichzeitig versuchte er, dem armseligen Polizisten, der ihm gegenüber saß, klarzumachen, dass er sich seine tolle CD an den Hut stecken könne. Sie würde nie ausreichen, um eine Manipulation nachzuweisen. Alfred hatte mit etwas Ähnlichem gerechnet und war auch noch nicht am Ende seiner Pläne. Er verspürte aber das dringende Bedürfnis, noch etwas Zeit zu gewinnen. Hebestreit schien sehr von sich und seinem Werk eingenommen. Daher versuchte Alfred, noch ein wenig darauf herumzureiten:

»Das ist schon merkwürdig, dass die Arbeitslosenzahlen tatsächlich sinken sollen, nachdem sie fast zwei Jahre lang verfälscht wurden, meinen Sie nicht, Herr Hebestreit?«

»Nur einmal angenommen, Sie haben recht und die Statistik würde tatsächlich vorsätzlich manipuliert ...« Ein höhnisches Lächeln huschte über sein Gesicht, während er sich betont locker wieder in seinen Sessel setzte.

»Oh ja, nehmen wir das doch einmal an«, erwiderte Alfred und bemühte sich ebenfalls um eine entspannte Haltung.

»Gesetzt den Fall«, sprach der Consultant weiter, »dass die von der Agentur monatlich vermeldete Zahl deutlich geringer ist als der Mittelwert der tatsächlich von den einzelnen Agenturbezirken gemeldeten Daten. Was glauben Sie, würde passieren?«

»Die Regierung bekäme gute Umfragewerte?«

»Das wahrscheinlich auch.« Hebestreit klang leicht enttäuscht. »Aber vor allem würde ein sozialpsychologischer Effekt einsetzen. Da ja so schnell niemand das Gegenteil beweisen kann, würde unsere Gesellschaft – also die Arbeitnehmer, die Wirtschaft, die Marktforscher, die Verbände und so weiter – nach wenigen Monaten wirklich glauben, dass die Zahl der Arbeitslosen abnimmt. Dies wiederum wäre ja ein Zeichen für eine konjunkturelle Erholung. Es würde nicht lange dauern und die verschiedenen Indizes würden steigen, der Konsumklimaindex zum Beispiel oder das Stimmungsbarometer der deutschen Wirtschaft. Die Konsumenten würden langsam ihre Kaufzurückhaltung aufgeben und die Regierung würde mit großer Unterstützung der Medien einen lange nicht mehr dagewesenen Optimismus versprühen. Und schließlich würden unsere Betriebe wieder mehr Leute einstellen. In der Marktwirtschaft ist fast alles Psychologie, Herr Kommissar. Und in der heutigen Zeit werden keine Wahrheiten mehr gemeldet oder abgebildet – sie werden geschaffen!«

»Das klingt sehr ... beunruhigend«, sagte Alfred, in dessen Kopf es zuging wie auf dem Plärrer zur Rushhour.

»Wie man's nimmt.« Hebestreit gab Alfred mit einem erneuten Lächeln zu verstehen, dass ein kleines Würstchen wie er lieber nicht versuchen sollte, einem Genie wie ihm ans Bein zu pinkeln. »Die Medien exerzieren das doch seit Jahren vor. Sie lesen etwas in der Zeitung oder – noch besser – Sie sehen es im Fernsehen, dann ist es auch wirklich. Worüber nicht berichtet wird, das existiert auch nicht. Medien schaffen Realität, oder waren Sie mal persönlich im Irak oder zur Wahl in Moskau?«

»Ich wollte immer mal hin«, sagte Alfred, während Hebestreit, ohne auf die Antwort zu warten, weitersprach:

»Und mit Statistiken ist es noch viel besser. Wenn Sie am Irakkrieg zweifeln, dann können Sie ja immer noch hinfliegen und selbst nachsehen. Das geht in virtuellen Zahlenwelten nicht, und für Zahlen gilt heute das Gleiche wie für die Medien: Sie bilden keine Wahrheiten mehr ab, sie schaffen Wahrheiten. Von daher wäre, ich sage *wäre*, eine sogenannte Manipulation an der zentralen Auswertung der Arbeitslosenstatistik nur eine vorweggenommene Korrektur des Wertes, die sich ja mit einiger Verzögerung sowieso einstellt. Und daher wäre sie auch nicht mehr beweisbar, wenn es sie denn gäbe, was nicht der Fall ist. Verstehen Sie, Herr Kommissar?«

Nun war es an Alfred, aufzustehen und den Blick über die Lichter der Südstadt schweifen zu lassen. Dieser arrogante Hund hatte soeben ein komplettes Geständnis im Konjunktiv geliefert. Selbst wenn Alfred verkabelt gewesen wäre, hätten ihnen diese Aufzeichnungen nichts genützt. Alfred war noch gar nicht zum eigentlich anvisierten Punkt gekommen, aber er merkte, dass Hebestreit gerissen war, gerissen und gefährlich. Kurz überlegte er, die ganze Sache hier abzubrechen, doch dann gab er sich einen Ruck und wandte sich wieder dem Consultant zu, der sich soeben daranmachte, seinen PC auszuschalten.

»Wenn das also alles war, Herr Kommissar, dann darf ich unser Gespräch nun als beendet betrachten? Mit etwas Glück erwische ich noch die 21-Uhr-Maschine nach Berlin …«

»Herr Hebestreit«, Alfred bemühte sich um einen forschen Tonfall, »wir wissen, dass Sie Frau Fritsche auf dem Gewissen haben und höchstwahrscheinlich auch einen Mitarbeiter des Statistischen Bundesamtes in Wiesbaden!«

»Jetzt enttäuschen Sie mich aber wirklich, Herr Kommissar«, lachte der Consultant. »Ich dachte, ich hätte Ihnen gerade erklärt, wie das mit der Wahrheit und der Wirklichkeit so ist.«

»Das habe ich schon verstanden.« Alfred bemühte sich, den Consultant möglichst unauffällig nicht aus den Augen zu lassen. »Aber womöglich verstehen Sie mich nicht, Herr Hebestreit.«

»Sie wollen mir hier nicht nur einen gigantischen Betrug, sondern auch noch zwei Morde anhängen. Das habe ich schon verstanden.« Seine Stimme wurde bedrohlich leise.

»Ich habe Beweismittel«, fuhr Alfred fort, »aber ich muss mir selbst nichts mehr beweisen. Ich bin über 50, habe keine Beförderung mehr in Aussicht und muss noch rund zehn Jahre Dienst runterreißen, bevor ich mich zur Ruhe setzen kann ...«

»Was habe ich da gehört?« Hebestreit setzte sich wieder in seinen Sessel und blickte Alfred herausfordernd an.

»Es könnte ja sein, dass dieser CD etwas zustößt, dass sie verschwindet oder zerstört wird.« Alfred setzte sich ebenfalls wieder und bemühte sich, seine Unruhe zu verbergen. »Natürlich ginge das nicht ganz kostenneutral, aber dann wären jegliche Spuren, die zu Ihnen führen könnten, vom Tisch, auch was die Toten hier und in Wiesbaden betrifft.«

Hebestreit fixierte ihn für eine gute Minute schweigend. Er stützte das Kinn auf die gefalteten Hände und durchbohrte Alfred mit graugrünen Augen. Der hielt den Blick und versuchte, möglichst unschuldig zu wirken. Gleichzeitig schätzte er seinen Puls auf etwa 180, den Blutdruck wollte er lieber gar nicht wissen. Schließlich sagte der Consultant etwas Unerwartetes:

»Würden Sie mich für einen Moment entschuldigen, Herr Kommissar?«

»Ungern, wenn ich ehrlich sein soll«, erwiderte Alfred.

»Dennoch gibt es Dinge in der Natur, die von selbst kommen.« Hebestreit grinste scheinheilig. »Aber wenn Sie wollen, können Sie ja gerne mitkommen.«

Sie verließen das Büro, und der Consultant verschwand tatsächlich in der Herrentoilette. Alfred verzichtete großzügig auf eine Kontrolle in Schlagdistanz. Er war sich zwar sicher, dass der Mann nicht an Blasenschwäche litt, war aber gleichzeitig auch froh, einen Moment lang nicht beobachtet zu werden. Alfred meinte, das Bedrohliche dieser Situation fast mit den Händen greifen zu können. Er zog die Dienstwaffe aus dem Holster, prüfte, ob sie auch entsichert und durchgeladen war, und steckte sie in die Manteltasche. Die Blöße, Hebestreit mit einer vorgehaltenen Heckler & Koch zu empfangen, wenn er aus dem Klo kam, wollte er sich dann doch nicht geben. Zur Sicherheit schickte er auch noch eine SMS an Renan: *Wenn ich mich in einer halben Stunde nicht melde, Hebestreit zur Fahndung ausschreiben. Bahnhof und Flughafen überwachen! Observierungsteam anfordern!*

Wenn sie Glück hatten, versuchte der Consultant bereits, seinen Komplizen zu kontaktieren. Oder er wollte nur ein paar Minuten Zeit gewinnen, um sich zu überlegen, ob Alfred wohl wirklich korrupt war. Auf jeden Fall musste er jetzt irgendwie reagieren.

»Also, so viel Aufmerksamkeit hat meine Notdurft ja nicht mal während der Diplomprüfungen erregt«, meinte Hebestreit abschätzig, als sie wieder zu seinem Büro zurückgingen.

»Da hätten Sie mal an der Beamtenhochschule studieren sollen«, erwiderte Alfred, der die rechte Hand betont locker in der Manteltasche ließ.

Im Büro packte der Consultant seinen Koffer und gab Alfred die CD zurück.

»Ich denke, es ist besser, wenn wir den letzten Teil unseres Gesprächs vergessen«, sagte er.

»Wie Sie meinen.« Alfred zuckte mit den Schultern. »Aber wenn Sie doch noch darauf zurückkommen wollen, treffen wir uns übermorgen um 20 Uhr am Mainausteg.«

»Wo?«

»Sie wissen, wo das ist!«

15. Paranoia

Renan konnte kaum aus den Augen sehen, als sie am nächsten Tag das Büro betrat. Sie hatte sich bis zwei Uhr in der Lobby des *Maritim* die Nacht um die Ohren geschlagen, während Herr Hebestreit in seinem Zimmer wahrscheinlich selig geschnarcht hatte. Der Consultant war entgegen seinen Angaben gegenüber Alfred nicht nach Berlin geflogen, sondern hatte wieder sein angestammtes Hotel aufgesucht, nachdem er die Bundesagentur verlassen hatte. Renan war für die erste Observierungsschicht eingeteilt und sollte um zwei von einem Team aus dem mittleren Dienst abgelöst werden. Alfred war nur in Rufbereitschaft für den Fall, dass die Telefonüberwachung von Hebestreits Handy zu einem der Hauptverdächtigen von Syst-Ix geführt hätte. Doch der Consultant war entweder extrem unschuldig oder extrem abgebrüht. Jedenfalls hatte er weder von einer Telefonzelle noch von seinem Hotelzimmer oder dem Mobiltelefon aus irgendeinen Anruf getätigt. Renan war zunächst dem Taxi gefolgt und schließlich – in gebührendem Abstand – dem wichtigen Herrn in sein Hotel. Alfreds SMS hatte sie eine Zeit lang ziemlich beunruhigt, bis sie von ihrer Lauerstellung in der Regensburger Straße aus die beiden den hässlichen Betonklotz verlassen sah. Alfred stieg in seinen Alfa und Hebestreit in ein Taxi. Alfred hatte per Mobilfunk Entwarnung gegeben und sie gleichzeitig ermahnt, ihre Dienstwaffe immer schuss- und griffbereit zu halten. Renan verschwieg lieber, dass sie das Ding mal wieder im Büro gelassen hatte.

Nun galt es also, weiter zu warten. Hebestreit wurde rund um die Uhr von einem Observierungsteam überwacht. Die verschiedenen Telefonanbieter waren angewiesen, mehrmals am Tag die Telefonverbindungen des Mannes zu melden. Ob das dann auch so schnell funktionierte, musste man abwarten. Gestern hatte Renan auch noch ein Foto von Hebestreit an Eschweger gemailt. Er sollte doch bitte herauskriegen, ob der

Mann womöglich auch mal im Stabu aufgetaucht war. Irgendwie musste er ja an Ingo Gruber herangekommen sein, und da lag es doch nahe, dass er seinen offiziellen Auftrag nutzte, wenn es schon Berührungspunkte zwischen der Bundesagentur und dem Statistischen Bundesamt gab. Aber die Hessen konnten auch nicht hexen, und so brühte sich Renan einen Tee auf und blickte eine Viertelstunde lang auf das nicht vorhandene Treiben in der Fußgängerzone. Es war ein grauer, vernieselter Herbsttag, und die Witterung trug auch nicht gerade dazu bei, sie munterer zu machen. Renan löste die Arretierung der Rückenlehne ihres Schreibtischstuhls, lehnte sich zurück und schloss die Augen. In einer Bildungssendung berichtete Bayern2 gerade über die Lüge in der Philosophie und im richtigen Leben und Renan war kurz davor einzuschlafen, als sie ein forscher Befehlston aus ihrem Dämmerzustand riss.

»Ist das hier das Büro von Hauptkommissar Albach?« Ein großer Mann von etwa 45 Jahren mit kurz geschorenen Haaren stand in der Tür und hielt eine deutlich kleinere Frau am Arm fest.

»Ja, er müsste eigentlich auch schon da sein«, erwiderte Renan leicht verstört.

»Hauptkommissar Maul«, sagte der Mann. »Kripo München. Und das hier ist eine eurer Hauptverdächtigen. Die hat heute versucht zu türmen!«

Ganz so schien es dann doch nicht gewesen zu sein. Frau Marx-Labinger war nur entgegen ihren kürzlich gemachten Angaben an diesem Morgen nicht zur Arbeit in die Digidoor-Zentrale gefahren, sondern zum Münchener Flughafen. Dies wurde von Rainer Maul beobachtet, der die Frau wie versprochen auf Schritt und Tritt beschattete und die Ärmste an Ort und Stelle vorläufig festnahm. Eine gelinde gesagt höchst ungewöhnliche Vorgehensweise, zumal er sie auch noch umgehend nach Nürnberg gefahren hatte, anstatt sie erst einmal in München zu vernehmen. Maul erzählte dann noch irgendwas von einer dreitägigen Dienstreise, die er jetzt schnell beantragen wolle. Da er am Wochenende sowieso zu seinen Eltern nach Fürth hätte fahren müssen, käme ihm das jetzt nicht mal ungelegen.

»Und was wollen Sie jetzt die drei Tage hier machen?«, fragte Renan, während die Festgenommene immer noch verloren im Türrahmen stand.

»Ich helfe euch bei den Ermittlungen«, erklärte Maul.

»Das ist sehr freundlich.« Renan wusste noch nicht so recht, ob sie entrüstet oder amüsiert sein sollte. »Wir haben aber, glaube ich, keine Handhabe, Frau Marx-Labinger hier länger festzuhalten …«

»Gott sei Dank.« Die Frau kam nun weiter ins Büro und blickte Renan hilfesuchend an. »Ich dachte schon, wir wären jetzt endgültig ein Polizeistaat …«

»Sie reden nur, wenn Sie gefragt werden«, herrschte Maul die Frau an.

»Langsam, langsam, Herr Kollege«, beschwichtigte Renan, die momentan überhaupt keine Lust auf dienstliche Auseinandersetzungen verspürte. »Wo wollten Sie denn hin, Frau …«

»Marx-Labinger«, sagte die IT-Expertin. »Ich wollte nach Frankfurt fliegen und dann einen Kunden in Offenbach besuchen. Das wurde spontan notwendig. Heute Abend wäre ich wieder in München gewesen.«

»Dann lasse ich Sie jetzt zum Bahnhof fahren und Sie melden sich morgen telefonisch bei den Kollegen in München. Ist das in Ordnung?« Renan erinnerte sich an Alfreds Erzählungen von dem Münchener Kollegen und konnte sich nun ein leichtes Lächeln nicht mehr verkneifen.

»Fürs Erste ja«, sagte Frau Marx-Labinger. »Aber über Ihren sauberen Kollegen hier werde ich mich morgen durch meinen Anwalt beschweren!«

»Da müssen Sie sich aber hinten anstellen«, bellte Maul zurück.

»Was ist denn das für ein Verhau?«, fragte Maul, als er sich am nächsten Tag hinter Renans Schreibtisch setzte.

»Das ist das kreative Chaos der Kollegin Müller«, erwiderte Alfred. »Da auf dem rechten Stapel sind die bisherigen Berichte zu unserem Fall.«

»Aha.« Maul beachtete die rechte Seite nicht, sondern schob sich einen Platz in der Mitte des Tisches frei. Dann packte er eine Bäcker- und eine Metzgertüte sowie einen in Alufolie eingewickelten länglichen Gegenstand aus.

»Frühstück?«, fragte Alfred.

»Muss sein«, sagte Maul feierlich. »Vorher braucht mich gar keiner ansprechen. Zum Glück gibt's meinen alten Lieblingsbäcker noch, in der Fürther Südstadt ... Ahh, das ist halt ein Brötchen!« Er hielt das Gebäck in die Höhe. »Nicht zu hell, nicht zu dunkel, mit leichtem Mehlstaub und da ... hörst du?«

»Ehrlich gesagt, nein.« Alfred runzelte die Stirn.

»Es muss knistern, wenn man leicht draufdrückt.« Mauls Augen begannen zu leuchten. »Und dazu die Göttinger von der Metzgerei Kutter ...« Er packte ein paar Scheiben aus der Metzgertüte aus und wedelte mit der Hand in Alfreds Richtung. »Das ist ein Duft, was? So, und jetzt noch das Gürkchen ...«

Als Maul schließlich gefrühstückt hatte, sah er sich in der Lage, die Ermittlungen zu unterstützen. Alfred bat ihn, die Überprüfung der Telefonkontakte von Hebestreit zu beschleunigen. Wenn die Anbieter nicht spätestens alle zwei Stunden einen Verbindungsnachweis lieferten, sollte Maul nachhaken. Außerdem sollte er reagieren, falls Hinweise aus Wiesbaden eingingen. Alfred hatte zunächst einen Termin bei Herbert Göttler, der höchstwahrscheinlich mal wieder eine Beschwerde von Herrn Hebestreit oder einem seiner Vorgesetzten bekommen hatte. Danach wollte er sich noch in der Kriminaltechnik mit dem Statistikexperten besprechen, den Klaus aufgetrieben hatte, um die Daten auf der Fritsche-CD zu analysieren.

»Wie heißt der?«, fragte Maul.

»Hebestreit«, sagte Alfred. »Ein Preuße halt.«

»Nein, ich meine den Vornamen.« Maul kniff die Augen zusammen. »Gisela?«

»Giselher«, sagte Alfred. »Altgermanischer Name.«

»Nie gehört.«

»Und hier ist eine Liste von Personen bei der Firma Syst-Ix, die wir für Topkandidaten halten.« Alfred deutete auf einen der Stapel. »Die Rufnummern stehen daneben. Wenn unser Mann da nicht dabei ist, lasse ich mich auf der Stelle pensionieren!«

»Ist das eine Strafe?«, fragte Maul.

»Das kommt drauf an.« Alfred lächelte schief. »Zur Sicherheit befindet sich darunter eine Liste mit allen Syst-Ix-Mitarbeitern. Sollte ein Name von dort auftauchen ... tja, dann haben wir irgendwas Wichtiges bisher übersehen!«

Als zwei Stunden später noch keine Meldungen der Telefonanbieter eingegangen waren, wurde es Rainer Maul langweilig. Er rief zunächst die Telekom an, die für das Festnetz bei der Arbeitsagentur zuständig war. Doch dort sagte man ihm, dass der genannte Teilnehmer heute noch überhaupt kein Telefonat geführt habe. Also nahm Maul sich den Mobilfunkanbieter zur Brust, besser gesagt eine dortig beschäftigte Telefonistin.

»Sie haben aber schon gemerkt, dass ich von der Kripo bin?«, blaffte Maul ins Telefon, als auch dieses Fräulein jedwede telefonische Aktivität unter der besagten Nummer verneinte.

»Ja, aber ich kann doch auch nichts machen, wenn der Inhaber dieser Nummer nicht telefoniert.«

»Der hat aber seit 16 Stunden nicht mehr telefoniert«, wandte Maul ein, während er die Aufzeichnungen prüfte.

»Ja, aber das kann ich doch auch nicht ändern.« Die Kleine wurde langsam zickig.

»Das ist ein großkopferter Kerl von der Arbeitsagentur.« Mauls Ton wurde nun wieder militärisch. »Sie glauben doch nicht im Ernst, dass der 16 Stunden lang nicht telefoniert! Mein Handy klingelt ja auch dauernd!«

»Wie gesagt, ich kann's nicht ändern!«

»Haben Sie vielleicht einmal drüber nachgedacht, dass der Bursche noch ein zweites Handy hat?«, fragte Maul zuckersüß.

»Nein, warum sollte ich?«

»Sehen Sie, da haben wir's schon wieder …«, seufzte Maul. »Diese Gesellschaft macht mich krank!«

»Sie haben nur Meldungen über Verbindungen dieser Mobilfunknummer angefordert.« Das Fräulein schien nun verwirrt.

»Dann denken Sie halt einmal für fünf Pfennig mit und prüfen Sie, ob auf diesen Namen noch andere Handynummern registriert sind!«

»Ich darf nur Daten zu der Verbindung herausgeben, zu der ein richterlicher Beschluss vorliegt«, erklärte die Kleine.

»Dürfen und können sind zwei paar Stiefel«, sagte Maul.

»Außerdem, woher soll ich denn wissen, ob es sich bei gleichen Namen um dieselbe Person handelt …«

»Gott, solche Menschen!«, stöhnte Maul. »Was glauben Sie denn, wie viele Giselher Hebestreits es gibt?«

»Ich darf Ihnen keine weiteren Verbindungsdaten herausgeben.« Sie klang verzweifelt.

»Wahrscheinlich können Sie es nicht«, schloss Maul. »Das höre ich doch auf den ersten Ton, dass Sie in dem Laden nichts zu melden haben …«

»Was soll denn das heißen?«

»Wie alt sind Sie denn? 19?«

»Ich bin 46, auch wenn Sie das nichts angeht!«

»So, was haben Sie denn dann schon geleistet im Leben, wenn Sie mit 46 immer noch Telefonistin sind?«, blaffte Maul. »Haben Sie Kinder?«

»Jetzt reicht's aber. Ich werde mich über Sie beschweren!«

»Jetzt werde ich mich über Sie beschweren.« Maul grinste. Es war immer dasselbe. Erst verschanzten sie sich hinter

Formalitäten und dann fielen sie um wie Kartenhäuser. »Geben Sie mir erst einmal jemanden, der hier Entscheidungen treffen kann, aber einen Mann, wenn ich bitten darf!«

Es wurde schon dunkel kurz vor acht. Das Tageslicht hatte es nun immer eiliger, zu verschwinden. Alfred stand auf dem Mainausteg und blickte auf den unter ihm dahinschwirrenden Verkehr. Er hatte das Original der CD von Claudia Fritsche bei sich und eine durchgeladene Dienstwaffe unter der Achsel. Auch wenn er nicht wirklich daran glaubte, dass Hebestreit auftauchen würde, so wollte er die kaum vorhandene Chance doch nutzen. In einem Dienstwagen auf der Fürther Seite überwachte Renan die Szene. Mehr Personal stand leider nicht mehr zur Verfügung, da die 24-Stunden-Überwachung des Consultants bereits große Kapazitäten gebunden hatte. Und Renan war auch nur verfügbar, weil der närrische Kollege aus München partout bis zum Wochenende in Nürnberg aushelfen wollte. Maul konnte sich nun den Tag im Büro um die Ohren schlagen und den Telefonanbietern regelmäßig auf die Füße treten. Die Überwachung der Telefongespräche würde demnächst noch wichtiger werden, weil die direkte Observierung von Hebestreit bestenfalls noch einen Tag möglich sein würde. Spätestens dann werde er die Leute wieder abziehen, hatte Herbert angekündigt. Da kam Alfred der Kollege Maul tatsächlich gar nicht ungelegen. Renan hatte starke Zweifel an der Zurechnungsfähigkeit des Mannes geäußert und darauf hingewiesen, dass Beamte sich nicht so einfach vorübergehend von einer Stadt in die andere versetzen lassen konnten. Das war Alfred durchaus bewusst. Gleichwohl war es nicht sein Problem, wie Maul in München seine »Dienstreise« rechtfertigte.

»Du magst ja recht haben«, hatte Alfred zu Renan gesagt, »aber solange er sich hier mit der Telefonüberwachung beschäftigt, hast du Zeit, mich am Mainausteg zu beschützen ...«

»Glaubst du wirklich, dass dieser Hebestreit ...«

»Das ist ein echter Irrer, Kollegin.« Alfred fühlte, wie sich sein Puls augenblicklich beschleunigte. »Dagegen ist unser Maul hier ein Chorknabe.«

»O.k., o.k. Aber wenn dann eine Dienstaufsichtsbeschwerde kommt, werde ich sagen, dass ich dagegen war, Herrn Maul hier mitarbeiten zu lassen!«

»Ich bin schuld, Ehrenwort«, sagte Alfred. »Aber wir müssen jetzt wirklich rauskriegen, mit wem bei Syst-Ix Hebestreit zusammengearbeitet hat. Ich bin mir sicher, dass diese Person die Schwachstelle in seinem Plan ist.«

»Das gefällt mir alles nicht«, seufzte Renan.

Es wurde acht, es wurde fünf nach acht, es wurde viertel neun. Langsam verblasste das Bild, das Alfred vor seinem geistigen Auge hatte, während er auf die Fahrbahn blickte: er selbst mit einem fremden MP3-Player um den Hals in einer Blutlache auf dem Asphalt. Womöglich war doch etwas Wahres daran, dass ab einem gewissen Alter die Nerven wieder nachließen. Alfred blickte sich in Richtung Nürnberg und Fürth um. Von links kam ein Fußgänger mit einem Dackel, viel zu klein für Hebestreit und außerdem weiblich. Noch etwas später kam ein Radfahrer ohne Licht von der anderen Seite. Alfred hielt den Atem an, merkte aber schnell, dass es sich nur um einen Jugendlichen handelte. Es musste schon halb neun sein, als plötzlich wie aus dem Nichts Renan vor ihm stand.

»Glaubst du, das wird noch was?«, fragte sie.

»Wohl nicht.« Er bemühte sich, den Schrecken zu verbergen, den sie ihm eingejagt hatte.

»Das war von Anfang an eine blöde Idee, dich als korrupter Bulle auszugeben«, tadelte Renan.

»Ist dir was Besseres eingefallen?« Alfred war weniger sauer als ratlos.

»Nein«, gab Renan zu, »aber jetzt macht es wirklich keinen Sinn mehr, hier weiter zu warten.«

»Also gut«, seufzte Alfred. »Machen wir Feierabend.«

Die Parkplatzsituation in Johannis war mal wieder äußerst angespannt. Den nächsten freien Parkplatz fand Alfred drei Querstraßen von seiner Wohnung entfernt. Irgendwann würde er sich doch um einen Tiefgaragenstellplatz in der Nähe kümmern müssen. Bislang war ihm das immer zu teuer gewesen. Außerdem war die allabendliche Parkplatzsuche ein guter Ersatz für Glücksspiel, und die Gewinnchancen waren immer noch besser als beim Lotto. Als Alfred durch die Nacht zu seiner Wohnung ging, hatte er das unbestimmte Gefühl, beobachtet zu werden. Hinter sich hörte er Schritte, nicht weit entfernt. Alfred blieb stehen und tat, als binde er sich einen Schuh zu. Die Schritte hinter ihm verstummten. Alfred wagte einen verstohlenen Blick auf seine Uhr, doch es war niemand zu sehen. Als er weiterging, waren die Schritte wieder zu hören. Er beschleunigte seinen Gang und bog um die nächste Hausecke. Dort blieb er stehen und drückte sich gegen die Wand. Die durchgeladene Waffe hielt er in der rechten Hand, vorschriftsmäßig zu Boden gerichtet. Die Schritte kamen näher und wurden schneller. Alfred stockte fast der Atem. Er hätte jetzt gerne eine geraucht, brauchte aber beide Hände. Als die Person eilig um die Ecke bog, packte Alfred ihren linken Arm, drehte ihn auf den Rücken und nahm die Waffe hoch.

»Kriminalpolizei«, sagte er. »Stellen Sie sich mit dem Gesicht gegen die Wand und spreizen Sie die Beine!«

»Hey, was geht denn hier ab, Mann?« Es war ein Jugendlicher von vielleicht 17 Jahren. Er trug zu weite Klamotten und Stöpsel in den Ohren.

»Das ist eine Polizeikontrolle«, sagte Alfred, nachdem er dem Burschen einen Stöpsel aus dem Ohr gezogen hatte. Er konnte jetzt ja schlecht einen Rückzieher machen, steckte die Pistole ein und ließ sich den Ausweis des Jungen zeigen.

»Was soll denn das?«, protestierte der weiter.

»Sie sind über 18 … Herr Djukanovic?«, fragte Alfred.

»Ja, Mann. Das steht doch da!« Er deutete auf seinen Ausweis.

»Gut, dann können Sie weitergehen.« Alfred gab ihm den Perso zurück.

»Und wenn ich erst 17 gewesen wäre?« Der Junge sortierte seine Kleider, die Alfred offenbar aus einer nicht erkennbaren Ordnung gebracht hatte.

»Dann hätte ich Sie festnehmen müssen«, log er. »Personen unter 18 Jahren dürfen werktags nicht mehr nach 22 Uhr aus dem Haus!«

»Seit wann denn das, Mann?«

»Seit diesem Monat«, erklärte Alfred. »Neues Gesetz. Bitte entschuldigen Sie die Belästigung.«

Er wandte sich von dem verblüfften Bürschchen ab und ging weiter in Richtung seiner Wohnung. Er zündete sich eine Kippe an. So weit war es jetzt also schon gekommen. Da ging er auf unschuldige Jugendliche los, nur weil so ein Berater der Arbeitsagentur einen irren Blick hatte. Er fragte sich, ob er diesen Job wirklich noch zehn Jahre machen wollte. Ominöse Verfolger in der Nacht! So was gab es doch nur im Fernsehen; bestenfalls noch in der Bronx oder einer Banlieue von Paris, aber doch nicht in Nürnberg-Johannis! Alfred fürchtete, dass er langsam paranoid wurde. Er bog um die nächste Ecke und passierte die erste Hofeinfahrt. Abermals vernahm er Schritte hinter sich. Nein, diesmal würde er sich nicht umdrehen. Eine Blamage pro Abend war genug.

Der Schmerz schlug wie ein Blitz in seinen Kopf ein und durchfuhr ihn bis zu den Zehenspitzen. Alfred spürte, wie er langsam das Bewusstsein verlor. Mit letzter Willenskraft zwang er seinen Körper zu einer halben Drehung. Der Mann trug eine Baseball-Cap und eine Sonnenbrille. Trotzdem erinnerte das Gesicht Alfred an einen amerikanischen Schauspieler. Klar, das war die Nummer zwei auf der Verdächtigenliste. Links neben der verzerrten Miene des Angreifers schwebte eine Baseballkeule oder etwas Ähnliches in seine Richtung. Es war Alfred, als würde die Stille der Nacht von einem Schuss zerrissen, dann wurde ihm endgültig schwarz vor Augen.

16. Sonne und Schatten

Die Abschlusspressekonferenz zum Mordfall Fritsche war anscheinend ein wenig aus dem Ruder gelaufen. Herbert Göttler hatte wie üblich eine Festrede vorbereitet, die der versammelten Journaille klarmachen sollte, dass mal wieder ein höchst ungewöhnlicher Mordfall dank seiner genialen Führung und Hartnäckigkeit in kürzester Zeit aufgeklärt worden war und dass die Nürnberger Kripo dabei auch nicht vor Autoritäten wie der Bundesagentur für Arbeit Halt gemacht hatte. Mittlerweile war auch klar, dass Hebestreit mindestens einmal im Statistischen Bundesamt aufgetaucht war. Mehrere Zeugen hatten sein Bild identifiziert. Er hatte anscheinend einen Termin bei Ingo Gruber gehabt. Die örtliche Kripo stellte nun nochmals die Wohnung des Opfers auf den Kopf, um Haare oder Schweißspuren zu finden, die nicht zum Toten gehörten, um sie mit einer DNA-Probe von Hebestreit zu vergleichen. Seine Anwesenheit in der Wohnung von Claudia Fritsche war inzwischen mittels des Haares, das Renan der Spurensicherung bei der ersten Untersuchung der Wohnung aufgenötigt hatte, nachgewiesen worden. Eingedenk der Tatsache, dass Roman Stocker ebenfalls mit einem Haar die Tat angehängt werden sollte, konnte man das nur als Ironie bezeichnen. Dass sich Hebestreit und sein Komplize momentan gegenseitig der Morde beschuldigten, spielte für den Ermittlungserfolg im Prinzip keine Rolle, da klar war, dass einer von beiden der Täter sein musste. Alles Weitere gab man in die kompetenten Hände der Justiz. Dann hatten sich aber einige Journalisten auffällig stark für das Mordmotiv der Täter interessiert. Herbert hatte versucht, sich mit Allgemeinplätzen wie interne Rivalität in der Arbeitsagentur herauszureden, aber die Presse hatte nicht lockergelassen. Schließlich hatte eine Redakteurin des Bayerischen Rundfunks, die extra wegen der Pressekonferenz aus München angereist war, gefragt, ob Herr Göttler denn bestätigen könne, dass es Beweismaterial für eine Manipulation der

Arbeitslosenzahlen gäbe und dass darin der wahre Grund für den Mord an Claudia Fritsche und womöglich auch für einen zweiten in Wiesbaden läge.

Göttlers Gesicht musste die Farbe des zehnjährigen Chateauneuf angenommen haben, den er so gerne trank. Zunächst hatte er wohl lautstark versucht, von der Journalistin zu erfahren, woher sie diese Informationen hatte. Als er jedoch bemerkte, dass drei Kameras auf ihn gerichtet waren, besann er sich eines Besseren und übergab das Wort an Hofmann, seinen Pressesprecher. Der beeilte sich zu erklären, dass tatsächlich eine Daten-CD in der Wohnung von Frau Fritsche sichergestellt worden sei, deren Inhalt womöglich aus dem System der Bundesagentur stammen könnte. Ob diese Daten jedoch etwas mit der Arbeitslosenstatistik zu tun hätten, könne zu diesem Zeitpunkt überhaupt noch nicht gesagt werden. Die CD sei zur Auswertung an das BKA übergeben worden.

Diese ganze Geschichte ließ sich Renan von einem gut gelaunten Markus erzählen, der feixend neben ihr auf dem Beifahrersitz saß.

»Und du bist dir sicher, dass die BR-Tante nicht im Geringsten angedeutet hat, woher sie das alles weiß?«, fragte sie, als sie vom Friedrich-Ebert-Platz in Richtung Nordklinikum abbog.

»Die hat nicht mal gesagt, dass ihr eine Kopie der CD vorliegt«, sagte Markus euphorisch. »Ich kenne die Kathrin, der kannst du voll und ganz vertrauen. Sonst hätte ich sie doch nicht auf die Spur gesetzt!«

»Das wollen wir lieber erst mal abwarten«, wandte Renan ein. Sie war nicht zu der Pressekonferenz gegangen, damit Göttler erst gar nicht auf die Idee kommen konnte, das Ganze hätte etwas mit ihr zu tun. Andererseits hatte Markus sie bei den Ermittlungen derart unterstützt, dass sie nur schwer hätte nein sagen können, als er sie um eine Kopie der CD bat. Und außerdem ging auch ihr die Vorstellung gegen den Strich, dass der Verdacht auf die manipulierten Arbeitsmarktzahlen von irgendeiner oberen Dienstbehörde unter den Teppich gekehrt werden würde. Dafür hatten sie sich nicht ganze Nächte um die Ohren geschlagen und dafür hatte Alfred sich nicht in Lebensgefahr begeben. Trotzdem mussten sie sich früher oder später auf ein paar unangenehme Fragen gefasst machen.

»Und was war das jetzt für ein schräger Typ, der Alfred das Leben gerettet hat?«, fragte Markus, als sie sich zwischen einem Versorgungstrakt aus den 30er Jahren und einem verglasten Neubau zur Neurologischen Station des Nordklinikums durchschlugen.

»Das war Rainer Maul aus München.« Renan verzog das Gesicht zu einem schiefen Lächeln. »Obwohl: Eigentlich ist er ja aus Fürth.«

»Und woher wusste der, dass dieser Messner Hebestreits Komplize war, und warum hat er ihn beschattet?«

»Er hat der Telekom und Hebestreits Mobilfunkanbieter Beine gemacht«, erklärte sie. »Wir wussten ja nur von seinem Festnetzanschluss bei der Agentur, seinem Hotelzimmer und dem Handy, das er dienstlich benutzt. Maul hat aber herausgefunden, dass er noch ein Handy besitzt, mit einer anderen Nummer.«

»Und wie hat er das gemacht, ich meine, so was dauert doch Tage?« Markus zögerte an einer Gabelung und wollte nach links, während Renan rechts weiterging.

»Giselher Hebestreit«, sagte Renan, ohne zu warten, bis Markus sie wieder einholte. »Was glaubst du, wie viele Personen dieses Namens ein Handy haben?«

»Giselher?«

»Ich kannte den Namen bis jetzt auch nicht.« Sie waren nun an einer Fahrstuhltür angekommen, und Renan drückte den Knopf. »Und außerdem hat Rainer eine ... na ja, besondere Art, mit seinen Mitmenschen zu reden, vor allem am Telefon.«

»Ihr seid schon per Du?«

»Ja. Jedenfalls hat Hebestreit von diesem Handy aus seit vorgestern zweimal Messner auf dessen Privathandy angerufen und ist dreimal von ihm angerufen worden.« Renan haute nochmals auf den Knopf neben der Aufzugtür.

»Und woher wusste ... Rainer, dass Messner zu Syst-Ix gehört?« Markus schien noch immer skeptisch.

»Vorbildliche Aktenführung«, sagte sie mit todernster Miene.

»Du?« Seine Skepsis wuchs weiter.

»Nein, aber ich habe doch mit Alfred eine Rangliste von Verdächtigen bei Syst-Ix gemacht und die lag auf meinem Schreibtisch, und da war Messner unsere Nummer zwei ... und ein bisschen was stand schon in den Akten.«

»Und wen habt ihr an die erste Stelle gesetzt?«

»Na, Künzel, den Chef, natürlich«, antwortete sie entgeistert. »Ein ehrgeiziger und rücksichtsloser Manager, der sich auf krumme Geschäfte eingelassen hat – haben wir jedenfalls geglaubt.«

»Na ja, nun ist er ja unschuldig«. Markus schien fast enttäuscht.

»Als unschuldig würde ich ihn nicht bezeichnen. Aber er hat die Morde nicht begangen«, konterte Renan.

»Und was war nun Messners Motiv, sich zum Mittäter zu machen?«

»Spielsucht«, antwortete Renan, während sie in den Aufzug stiegen. »Er gibt an, dass Hebestreit seine Schulden übernommen und ihn dann damit erpresst hat. Dazu passt, dass wir bei Messner zwei einschlägige Vorstrafen wegen illegalen Glückspiels registriert haben. Ich halte das für ziemlich plausibel.«

»Aber woher hat dieser Hebestreit das gewusst?« Markus gestikulierte hilflos mit den Armen. »Der war doch nicht bei Syst-Ix. Selbst wenn Messners ... Hobby dort bekannt war und getratscht wurde, erfährt jemand von außen das doch nicht so schnell!«

»Darüber habe ich mir auch schon den Kopf zerbrochen«, nickte Renan. »Herr Hebestreit macht dazu natürlich keine

Angaben – er sagt ja eh kaum etwas –, aber Messner hat ausgesagt, dass er vor der Stelle bei Syst-Ix ein Jahr arbeitslos war ...«

»Ja und?«

»Jetzt erinnere dich doch mal an unseren Besuch bei deinem Freund Fred.« Renan wurde streng. »Jeder Arbeitslose hat eine Akte, die von jeder Agentur im ganzen Land eingesehen werden kann ...«

»Du meinst?«

»Ganz genau. Vielleicht hat irgendein engagierter Arbeitsvermittler etwas von Messners Sucht mitbekommen. Vielleicht hat er es sogar selbst gesagt, um weniger schikaniert zu werden. Wenn so was dann in seiner Akte stand, war es für Hebestreit kein Problem, an die Informationen heranzukommen.«

»Soll ich Fred bitten, das nachzuprüfen?«, fragte Markus und hielt sein Handy hoch.

»Steck das Ding weg, wir sind hier im Krankenhaus«, schalt Renan. »Und außerdem soll das jetzt mal die Staatsanwaltschaft machen!«

»Jedenfalls gut, dass dieser Rainer sich die Mühe gemacht hat, Messner zu beschatten ...«, wechselte Markus das Thema, während sie den Aufzug wieder verließen.

»Allerdings«, schnaufte Renan. »Er scheint der einzige Bulle zu sein, der gerne observiert, weil er dabei seine Ruhe hat. Sonst würden wir Alfred jetzt womöglich nicht im Klinikum, sondern auf dem Friedhof besuchen!«

»Wollte Messner Alfred denn umbringen?« Markus zog die Augenbrauen zusammen. »Das hätte ihm doch nichts genutzt ...«

»Wahrscheinlich hat Hebestreit ihn angestiftet, Alfred die CD zu klauen.« Renan wühlte in ihrer Umhängetasche, während sie den Gang entlang auf Alfreds Einzelzimmer zugingen.

»Der muss doch damit gerechnet haben, dass das mit der Bestechlichkeit nur ein Trick von Alfred war und dass er vielleicht gar keine CD dabei hatte oder nur eine Kopie.« Markus lehnte sich vor der Tür gegen die Wand. Er schien diese Frage noch ausdiskutieren zu wollen.

»Eben drum«, sagte Renan, die inzwischen eine Bäckertüte zutage gefördert hatte. »Solange Messner sich darum kümmerte, konnte doch sein, was wollte. Hebestreit wäre auf jeden Fall aus dem Schneider gewesen. Im schlimmsten Fall hätten sie keine CD gehabt und Alfred wäre von einem Unbekannten überfallen worden, während Herr Hebestreit im *Maritim* an der Bar stand, capito?«

»Aber deswegen hätte er Alfred ja nicht erschlagen müssen«, beharrte Markus.

»Der wusste doch nur nicht, wie stark er zuschlagen musste.« Renans Ton wurde langsam ungeduldig. »Ich glaube ja auch nicht, dass er Alfred ermorden wollte. Trotzdem hat er eben probiert, ihn mit dem ersten Schlag k.o. zu hauen, damit er nicht erkannt wird ... aber mit diesen Fragen darf sich jetzt Gott sei Dank das Gericht rumschlagen!«

Alfred hatte eine schwere Gehirnerschütterung und einen Schädelbruch davongetragen. Die letzten zwei Tage hatte er auf der Intensivstation verbracht. Nun hatten sie ihn in die Neurologie verlegt, wo er ein fast schon luxuriöses Einzelzimmer bewohnte. Natürlich war der Fall noch nicht vollständig aufgeklärt. Bislang hatte nur Messner ausgepackt, dem Maul lediglich in die Wade geschossen hatte. Das Teilmantelgeschoss hatte trotzdem seine Pflicht getan und einen sofortigen Nervenschock hervorgerufen, so dass der Angreifer kurzzeitig bewusstlos wurde und den Baseballschläger fallen ließ. Tags darauf war er schon wieder vernehmungsfähig gewesen, und Rainer Maul hatte es sich nicht nehmen lassen, den Mann höchstpersönlich zu verhören. Gut, das war keine große Kunst mehr gewesen, weil Messner sofort freiwillig auspackte. Trotzdem war Rainer Mauls Gesprächsführung bemerkenswert.

»Wissen Sie, es gibt immer zwei Seiten einer Straße«, hatte Maul erklärt, als Messner angab, dass er nur den MP3-Player und das Haar von Roman Stocker organisiert hatte. »Auf der einen ist Sonne und auf der anderen Schatten. Und da, wo die Sonne ist, da bin ich! Da, wo Sie gerade sind, ist Schatten!«

»Ich gebe es doch zu«, hatte Messner beteuert, »aber Hebestreit hat mich erpresst, weil ich ...«

»Das interessiert mich jetzt nicht«, herrschte Maul ihn an. »Ich versuche Ihnen gerade den Unterschied zwischen einem Gesellschaftsversager wie Ihnen und einem Lebens-Weisen wie mir klarzumachen. Was haben Sie denn bisher geleistet im Leben?!«

»Wie bitte?«

»Sind Sie verheiratet?«

»Nein.«

»Haben Sie Kinder?«

»Nein.«

»Na also, das habe ich doch gleich gesehen.« Mauls Ton wurde plötzlich verbindlich. »Menschen wie Sie brauchen Lebens-Weise wie mich, die ihnen den Weg zeigen, verstehen Sie?«

»Ich würde jetzt doch gerne einen Anwalt sprechen.« In Messners Stimme mischte sich Resignation mit Angst. Offenbar wurde Maul ihm unheimlich.

»Was haben Sie denn zum Beispiel gestern zu Abend gegessen ...?«

Alfred war jedenfalls auf dem Weg der Besserung und trug sich bereits wieder mit dem Gedanken, eine zu rauchen, was ihm jedoch vom Pflegepersonal nicht gestattet wurde.

»In dem Moment, als ich mich umdrehte und das Gesicht erkannte, war für den Bruchteil einer Sekunde alles glasklar«, erzählte er mit noch matter Stimme. »Messner ist spielsüchtig. Er hat wahrscheinlich hohe Schulden. Die hat Hebestreit übernommen oder ausgelöst, und damit hatte er den Mann in der

Hand. Messner musste ihm einen optimalen Tatverdächtigen liefern und das Belastungsmaterial dazu …«

»Aber warum hat Hebestreit die Frau dann selbst umgebracht?«, fragte Markus.

»Weil er das Messner nicht zugetraut hat«, fuhr Alfred fort. »Außerdem war das Risiko zu groß, dass er irgendwie in den Kreis der Verdächtigen gerät und dann die Nerven verliert …«

»Was ja nun auch passiert ist«, ergänzte Renan, während sie mehrere Tüten auf Alfreds Nachttisch ausbreitete.

»Was ist das denn?«, fragte Alfred. Er konnte seinen Kopf noch nicht richtig bewegen und schielte unter dem Verband in Renans Richtung.

»Mit den besten Genesungswünschen von Rainer«, sagte sie und packte ein Brötchen aus. »Das ist von der Bäckerei …«

»… in der Fürther Südstadt!« Alfred fingerte nach der Fernbedienung für sein Krankenbett.

»Stimmt.« Sie schien kurz verwirrt, fuhr aber rasch fort: »Und hier ist ein Schälchen Bratwurstgehäck von der Metzgerei …«

»Kutter?« Alfred fuhr das Kopfteil langsam nach oben.

»Nein.« Renan klang vorwurfsvoll. »Bratwurstgehäck darf man nur bei Darmwind kaufen, und zwar unbedingt vor 12 Uhr. Danach ist es nicht mehr frisch!«

»Ein Traum«, seufzte Alfred. »Wenn ihr wüsstet, was die mir heute Morgen hingestellt haben.«

»Und dazu gibt's Gurken von der Norma, die kleinen.« Renan stellte ein Glas auf den Nachttisch und machte sich daran, das Brötchen mit ihrem Taschenmesser aufzuschneiden.

»Wenn ich noch mal kurz auf euren Fall zurückkommen dürfte«, meldete sich Markus.

»Ich habe alles ganz klar gesehen!«, wiederholte sich Alfred.

»Ausgangspunkt war doch die Frau, die dieser Hebestreit vom Mainausteg gestürzt hat«, fuhr Markus fort. »Die hat das irgendwie bemerkt, dass die Daten nicht stimmen. Hat die den Hebestreit dann erpresst oder wie?«

Renan hielt kurz in ihrer Arbeit an dem Brötchen inne und blickte Alfred auffordernd an.

»Das habe ich auch ganz genau erkannt.« Er lehnte sich mit dem Oberkörper leicht nach vorne und verharrte für eine halbe Minute in der Pose. »Aber dann habe ich es wieder vergessen!« Er ließ sich wieder zurücksinken.

»Vielleicht kriegen sie das im Lauf des Prozesses raus«, sprang Renan ein, während sie das Gurkenglas öffnete. »Messner hat jedenfalls angegeben, dass er nichts von einer Erpressung mitbekommen hat. Anscheinend war die Fritsche so naiv, dass sie mit ihrem Verdacht zu Hebestreit gegangen ist. Der hat dann versucht, sie zu überzeugen, dass es sich um einen Irrtum handeln müsste. Dann hat er ihre Arbeit beobachtet und irgendwie gemerkt, dass sie weitergesucht hat, und dann ist ihm die Sache zu heiß geworden.«

»Warum hat er nicht versucht, herauszufinden, ob sie Beweise gesichert hat?«, fragte Markus.

»Er hat es versucht«, sagte Renan. »Wir haben ja keinen Schlüssel bei der Leiche gefunden. Hebestreit hat ihn an sich genommen, bevor er die Frau auf die Autobahn gestürzt hat, und sich noch in der Tatnacht in der Wohnung umgesehen. Das erklärt auch, warum wir keinen Computer, keine CD-ROMs oder Datensticks gefunden haben. Das hat er sicher alles mitgenommen, durchsucht und dann verschwinden lassen.« Sie hatte das Brötchen fertig und reichte es ihrem Kollegen, der gierig hineinbiss, dann aber gleich schmerzlich das Gesicht verzog.

»Tut noch weh, das Kauen?«, fragte Markus.

»Ja, aaauu«, wimmerte Alfred.

»Du musst ganz langsam machen«, riet Markus. »Wahrscheinlich bis du mit dem Brötchen den ganzen Tag beschäftigt.«

»Und das in Wiesbaden habe ich auch ganz genau erkannt«, sagte Alfred, nachdem sich der Schmerz wieder gelegt hatte. »Hebestreit war's!«

»Ach nee«, frotzelte Renan. »So weit waren wir aber schon lange!«

»Gruber, der Ärmste, hat Unregelmäßigkeiten festgestellt und sich damit an die Arbeitsagentur gewandt«, fuhr Alfred fort, während er langsam kaute. »Da ist er entweder gleich bei Herrn Hebestreit gelandet oder ist irgendwann an ihn verwiesen worden.«

»Also, so ganz wieder da bist du noch nicht«, stellte Renan fest. »Das war uns doch schon seit Tagen klar!«

»War's das?«

»Ja, wir konnten es nur noch nicht beweisen!«

»Ich werde das Gericht überzeugen«, sagte Alfred, während seine Augen zufielen und das Brötchen seiner Hand entglitt.

»Auf so einen Zeugen haben die ganz sicher gewartet«, seufzte Renan und sicherte das Brötchen auf dem Nachttisch.

»Ich glaube, er braucht jetzt wirklich Ruhe«, stellte Markus fest.

Nachwort und Dank

Diese Geschichte ist frei erfunden. Es gibt keinerlei Hinweise auf eine Manipulation der Arbeitsmarktzahlen durch die Bundesagentur für Arbeit. Gleichwohl entsprechen die geschilderten Rahmenbedingungen weitgehend den Tatsachen. Die Hartz-Reformen brachten tatsächlich auch eine fundamentale Umstellung in der Statistik mit sich. Noch heute müssen die Zahlen teilweise geschätzt werden. Eine vorsätzliche »Korrektur« der Zahlen wäre ganz sicher nur unter sehr schweren Bedingungen zu bewerkstelligen. Weniger irreal ist dagegen die Wirkung von Zahlen und Statistiken auf die gesellschaftliche Psychologie. Hebestreits Argumentation, dass sich mit einer positiven Zahl auch eine positive Entwicklung in Gang setzen läßt, scheint mir nicht aus der Luft gegriffen, wenn man bedenkt, wie Umfragen, Statistiken und Prognosen die Medien beherrschen. Zwar ist heute, in Zeiten der Finanz- und Wirtschaftkrise, nicht mehr vom Aufschwung die Rede; umso interessanter scheint mir die Frage zu sein, was eine plötzliche positive Entwicklung der Arbeitsmarktzahlen bewirken könnte. Zutreffend ist auch, dass die Bundesagentur bei der Umsetzung von Reformen und Restrukturierungen stark auf die Mitwirkung externer Beratungsfirmen setzt.

Mein Dank gilt allen, die zum Gelingen dieses Buches beigetragen und mir mit profundem Wissen zur Verfügung gestanden haben. Insbesondere danke ich Reinhard Weirauch für die Inspiration, Dr. Harald Lederer für statistische Details und Informationen, Tom Wende für Wiesbaden und seine Fachkenntnis und Dr. Frank Wehner für seine Hilfe in rechtsmedizinischen Belangen. Alle verbliebenen Ungereimtheiten und Fehler sind alleine mir anzukreiden und dichterischer Freiheit bzw. dramaturgischer Notwendigkeit geschuldet.

Außerdem danke ich Hanna und allen anderen bei ars vivendi, meiner Familie, den treuen Lesern und natürlich Pia.

Veit Bronnenmeyer im März 2009